KB152392

生
還
者 생
환
자

옮긴이 박정임

경희대학교 철학과, 일본 지바 대학원 일본 근대문학 석사 과정을 마쳤다. 마스다 미리, 다니구치 지로, 온다 리쿠, 미야자와 겐지 등 굵직한 작가들의 작품과 『유곽 안내서』, 『은하철도 저 너머에』, 『꽃 아래 봄에 죽기를』 등 개성적인 소설들을 번역했다.

SEIKANSHA

© Atsushi SIMOMURA 2017

All rights reserved

Original Japanese editon published by KODANSHA LTD.

Korean translation rights arranged with KODANSHA LTD.

through JM Contents Agency Co.

이 책의 한국어판 저작권은 JM Contents Agency Co.를 통한 KODANSHA LTC.사와의 독점 계약으로 **피니스 아프리카에**가 소유합니다. 저작권법에 의하여 한국 내에서 보호를 받는 저작물이므로 무단전재와 복제를 금합니다.

이 도서의 국립중앙도서관 출판시 도서목록(CIP)은 서지정보유통지원시스템 홈페이지(http://seoji.nl.go.kr)와 국가자료공동목록시스템(http://www.nl.go.kr/kolisnet)에서 이용하실 수 있습니다. CIP제어번호:CIP2019027914

생환자

生還者

시모무라 아쓰시 지음 ― 박정임 옮김

피니스
아프리카에

✝ 일러두기
본문의 모든 주는 옮긴이 주입니다.

프롤로그

한 줄의 자일은 말 그대로 생명 줄이었다.

귀가 먹먹해질 정도로 거세게 휘몰아치는 눈보라 속에서 빙벽에 달라붙은 남자는 고글 너머로 나락 같은 빙하를 내려다보았다. 잠금 카라비너를 끼우고 팔자 매듭으로 하네스에 연결한 자일은 15미터 아래의 '그'와 연결돼 있을 터지만, 지금은 회색 세계에 삼켜져 육안으로 확인되지 않는다.

발라클라바^{머리와 얼굴을 완전히 가리고 눈만 보이게 만들어진 방한용 모자}를 안 쓰면 코도 귀도 잘려 나갈 정도의 눈보라다. 혈액도 골수도 얼어붙는다.

조금만 더 견뎌. 이제 다 왔어.

그 말은 자신에게 하는 말이기도 했다. 과연 끝까지 오를 수 있을까. 티베트어로 '다섯 개의 위대한 눈의 보고寶庫'를 의미하는 칸첸중가는 에베레스트와 K2에 이어 세계 3위의 표고를 자랑한다. 눈보라가 치기 전에 올려다본 빙벽은 얼어붙은 나이아가라 대폭포를 연상시키는 압도적인 존재였다.

남자는 아이스 액스^{ice ax}를 박아 넣었다. 팔에 힘을 빼고 투구하는 요령으로 손목을 돌렸다. 등산화에 끼운 아이젠의 앞 발톱 두 개를 직각으로 차 넣고 몸을 들어 올린다.

일거수일투족을 신중하게, 신중하게.

아이스 액스, 어깨, 팔꿈치를 일직선으로 유지한 채 원심력을 이용해 빙벽을 교차로 찍으며 올라간다. 등에 멘 30킬로그램의 배낭은 중력 때문에 아래로 당겨지는 데다가 설풍의 압력까지 더해져 당장이라도 벗겨질 듯하다.

남자는 확보 지점支持하는 점을 만들기 위해 아이스 스크루ice screw를 빙벽에 꽂았다. L 자형의 손잡이 부분을 잡고 돌리면, 드릴 모양의 끝부분이 회전하며 박힌다. 그리고 카라비너에 자일을 묶어 안전을 확보한다.

매서운 눈보라로 하늘의 존재는 사라졌다. 아이스 액스를 찍어 가며 오르고 올라도 정상이 보이지 않는다.

남자는 끈질기게 올라갔다. 추락은 죽음으로 이어진다. 확보 지점도 완벽하지 않다.

마침내 눈의 장막에 가려졌던 얼음 절벽의 정상이 모습을 드러냈다. 남자는 온 힘을 짜내 끝까지 오르고는 빙하를 내려다보며 '그'의 이름을 불렀다. 고함 소리는 폭풍설에 완전히 지워졌다. 사전에 약속했던 대로 자일로 신호를 보냈다.

기다려. 지금 구해 줄게.

남자는 피켈을 사용해 평지의 적설을 T 자형으로 40센티미터를 팠다. 120센티미터의 슬링sling 자일이나 가는 삼끈을 짧게 잘라 만든 고리로 줄사다리로 사용하는 등 필요에 따라 다양한 용도로 쓰인다을 감은 L 자형 스노 바snow bar를 가로로 박는다. 이렇게 하면 세로로 박을 때보다 내구력이 두 배가 된다.

두 곳에 지점을 만들어 하중을 분산하고 눈을 밟아 다졌다. 카라비너와 도르래, 오토블록 매듭_{하강 시 백업용의 자기 확보 매듭}을 이용해서 N 자로 고정한 자일을 목 뒤로 통과시켜 양손으로 꽉 쥔다.

준비 완료다.

남자는 자일을 당겼다. 중량이 어깨에 가해졌다. 이것은 '3분의 1 구조법'이라고 해서, 지렛대 원리를 이용해 이름 그대로 하중을 3분의 1로 줄여 대상을 끌어 올릴 수 있다. 계속 끌어당기자 인간 엘리베이터를 타고 '그'의 모습이 나타났다. 낙빙落氷에 맞아 거의 의식을 잃고 있다.

"정신 차려!"

남자는 종아리까지 빠지는 눈 속을 달려가 '그'를 불렀다. 고글을 벗겨 주자 그는 눈썹을 파르르 떨며 눈을 떴다.

"안전한 곳에서 비박크^{Biwak} <sub>등산 시 텐트를 사용하지 않고 동굴이나 바위, 큰 나무 따위를 이용하여 하룻밤을 지새우는 일한다. 걸을 수 있나?"

남자는 몸을 떨며 고개를 끄덕이는 '그'에게 어깨를 빌려줬다. 실려오는 체중을 받치면서 블리자드를 거슬러 걷는다. 온몸을 후려치는 풍압은 무시무시해서 바람이라고 할 수 없을 정도다. 광풍에 흔들리는 한겨울의 대해원에 내던져진 느낌이다.

동계 직전에 히말라야의 설산을 오르는 자는 신을 거역하는 어리석은 벌레와 마찬가지다. 눈앞에 나타난 작은 산처럼 보이는 눈의 기복도 지나간 후 돌아보면 형태가 절반 가까이 변해 있다. 그 정도의 대설이다. 풍설의 장막이 겹겹이 드리워져 채 몇 발자국 앞의 시야도 확보되지 않는다. 화이트아웃이다. 온통 백색의 세계에서는 색채 감각이 사라져 눈 위를 부유하는 느낌이 든다. 구역질이 나온다. 남자는 이따금씩 자신의 형광색 등산복을 보면서 색의 존재를 되찾아 정신의 안정을 꾀했다.

남자는 힌두교 산의 여신에게 날씨의 회복을 기도했다. 하지만 파괴의 신 시바의 노여움을 당하지 못한다. 눈보라는 더욱 거세질 뿐이다. 어차피 무신론자의 일시적인 기도 따위 전해질 리가 없다.

온몸이 떨린다. 몸이 체온을 높이려고 반응하는 것이다. 떨림이 있는 동안은 아직 희망이 있다. 그렇다고는 해도…….

제길. 이 상태로는 위험해.

자신이 내딛는 걸음보다 빠른 걸음으로 죽음이 뒤쫓고 있다는 실감이 들었다. 바람 소리가 사신이 커다란 낫으로 공기를 가르는 듯하다. 발라클라바로 덮인 목이 묘하게 선뜩했다. 안전한 장소를 찾기 어려울지도 모른다.

남자는 지형을 확인하고는 히말라야에서도 사용 가능한 원정용 텐트를 쳤다. 눈보라가 들이치는 것을 막아 주는 장막처럼 된 입구는 두툼한 나일론 재질이라 강도도 높다. 안으로 대피하고 소형 가스스토브로 물을 끓였다.

"당신, 산에는 왜……?"

'그'는 침묵한 채 컵에 든 커피를 노려보았다. 허무의 장막에 갇힌 눈동자가 액체에 비친다.

"사연이 있나 보군. 말하기 싫으면 안 해도 돼."

남자는 한숨을 쉬고는 묵묵히 식사 준비를 했다. 인스턴트 라면에 달걀과 떡을 넣어 칼로리와 영양분을 늘린다. 말없이 라면을 내밀자 '그'는 인사를 하고는 받아 들었다.

묵묵히 식사를 하던 '그'가 마침내 띄엄띄엄 이야기를 시작했다. 말단 혈관을 따뜻하게 하려는 듯 양손으로 컵을 감싼 채 새까만 액체를 노려보며 담담한 어조로.

그의 이야기는 죄의 사슬이라고도 해야 할, 믿기 힘든 '고백'이었다. 그의 사고 회로는 지금 마비 상태일 것이다. 자신의 이야기가 남에게 어떻게 들릴지 전혀 상상하지 못하는 듯했다. 그의 이야기를 듣고 남자는 텐트 밖의 폭풍설보다 거센 냉엄한 분노가 가슴속에서 날뛰었다. 자신도 모르게 물통을 부숴 버릴 듯 움켜쥐고 있었다.

'그'를 구해 준 건 실수였는지도 모른다. 하지만 남자는 감정을 겉으로 드러내지 않고 이해하는 척 듣는 역할에 임했다.

이야기를 마친 '그'는 비굴하게 엷은 웃음을 짓더니 커피 잔을 비우고 라면을 먹은 뒤 말없이 고개를 숙였다. 조금 전의 이야기로 언어를 다 써 버렸다는 듯, 그 뒤로는 입을 열지 않고 취침 준비를 할 뿐이었다.

침낭에 둘러싸여 하룻밤을 보내고, 남자는 먼저 눈을 떴다. '그'의 장비를 노려본다. 등산화 등 얼면 안 되는 장비는 침낭 사이에 끼워 두었다. 텐트 천장에 쳐 둔 로프에는 젖은 옷가지가 걸려 있다.

남자는 '그'의 숨소리를 확인하고 조용히 숨을 토해 냈다.

동료들이 있는 곳에 가게 해서는 안 된다. 절대로. 하지만 말로 설득해 봐야 헛수고일 것이다. '복수'가 완수될 때까지 그는 포기하지 않는다. 이 상태로는⋯⋯.

남자는 한참을 고민한 끝에 소리를 내지 않고 침낭에서 빠져나와 '그'의 장비에 손을 뻗었다.

　남자는 '그'가 자고 있는 동안 텐트에서 나왔다. 눈보라는 그쳐 있었다. 밖에 한데 모아 둔 피켈, 아이젠, 삽 등을 챙겨 하산하기 시작했다. 생각 이상으로 체력 소모가 심해서 도중에 몇 시간씩 휴식을 취하지 않으면 움직일 수 없었다.

　다시 기합을 넣고, 반드시 생환하겠다는 강한 의지를 다졌다. 일어나서 다시 걷기 시작했을 때였다. 산이 두 동강 나는 듯한 땅울림이 울려 퍼졌다. 남자는 놀라 고개를 들었다. 심장이 얼어붙었다. 종아리까지 파묻힌 다리는 움직일 수 없었다.

　급경사면에 달라붙어 있던 일대의 눈이 액체로 변한 것처럼 요동친 순간, 설산의 절반이 미끄러져 내릴 만큼의 눈사태가 일어났고, 순식간에 거대해진 눈사태는 회색 하늘을 삼키며 쫓아왔다.

1

기타 구에 위치한 장례식장에서 스님의 독경이 이어지고 있었다.

마스다 나오시는 아랫입술을 깨물며 삼단으로 된 백목 제단을 응시했다. 바구니 모양으로 장식된 국화와 백합 헌화에 말향 냄새가 가득하다.

형…….

제단 중앙에는 영정 사진이 있었고, 비니 위로 고글을 올린 형 겐이치가 싱그러운 웃음을 짓고 있다. 에베레스트 등정에 성공했을 때의 사진이다. 상주인 아버지와 어머니는 눈물도 보이지 않고 꿋꿋하게 한 점을 응시하고 있다. 하지만 부모님이 형의 죽음을 각오했던 건 아닐 터다. 수년 동안이나 산을 떠났던 형이 산으로 돌아가 서른넷의 젊은 나이에 목숨을 잃을 거라고는 상상도 하지 않았음이 분명하다.

칸첸중가에서 대형 눈사태가 발생…….

그 뉴스를 들었을 때도 남의 일로 생각했으리라. 사망자 명단에 마스다 겐이치의 이름을 발견했을 때도 동명이인이라고 믿었으리라.

일주일 전인 11월 25일, 네팔과 인도의 국경 지대에 걸쳐 있는 칸첸중가 산지에서 눈사태가 발생했다. 팡페마 베이스캠프에 체류 중이었던 현지인 가이드들이 사고를 목격하고 구조에 나섰다. 그곳에는 일본인 등산가 일곱 명이 등정 중이었다고 한다. 현재까지 생존자는 발견되지 않았고, 네 명의 시신이 회수되었다. 형도 그중 한 명이었다.

"분향하겠습니다."

사회자의 말에 부모님이 차례로 향을 올렸다. 이어서 마스다 나오시가 제단 앞으로 나가 영정 사진을 응시했다.

형, 왜 산으로 돌아간 거야?

칸첸중가의 주봉은 8,586미터. 표고는 에베레스트에 200미터 못 미치지만 등산가의 사망률은 에베레스트의 거의 4배인 약 20퍼센트다. 4년간의 공백이 있던 형이 도전하기에는 너무 무모한 산이 아닌가.

마스다는 분향대 앞에서 묵례하고는 향을 집어 이마 쪽으로 가져갔다. 가슴속에 갖가지 감정들이 오갔다. 슬픔, 괴로움, 분노, 의문……. 하지만 가장 사무친 감정은 회한이었다. 형을 책망한 채 화해할 기회도 없이 영원한 이별이 찾아왔다. 더 이상 사과할 수도 없다. 산이 변함없이 그 자리에 있듯이, 형도 늘 있을 거라고 착각했다.

분향이 끝나고, 장례는 막힘없이 진행된다. 시신은 현지에서 화장한 탓에 관 대신 유골 함이 놓여 있다.

아버지가 조문객을 둘러보며 인사했다.

"바쁘신 와중에 오늘 이렇게 장례식에 참석해 주셔서 진심으로 감사합니다. 겐이치는 어렸을 때부터 높은 곳을 좋아했습니다. 정글짐

꼭대기까지 올라가 '엄마, 아빠, 여기 봐요, 여기!' 하며 신이 나서 떠들던 모습이 어제 일처럼 떠오릅니다." 아버지는 몇 번이나 말을 잇지 못했으며, 오열을 삼키듯 목소리를 짜냈다. "생각해 보면 나무 타기를 하다 떨어져서 다쳤을 때 말렸어야 했는지도 모릅니다. 하지만 온 힘을 다하는 모습, 끝까지 올랐을 때의 그 자랑스러워하는 웃음 앞에서 부모는 칭찬할 수밖에 없었습니다. 등산에 빠졌을 때도 걱정보다 기쁨이 컸습니다. 일본의 명산을 등정한 겐이치가 보내 준 사진 속 웃음은 어렸을 적 그대로여서, 자식이 부모 품을 떠나 독립한 후 쓸쓸함을 느꼈던 우리 부부에게는 어딘가 반갑고 기쁜 느낌이었습니다. 사 년 전의 조난 사고 이후 다시는 산에 오르지 않겠다던 겐이치가 이제 와서 왜 다시 산에 올랐는지 우리는 모릅니다. 산의 매력을 거부할 수 없었는지, 아니면 뭔가 다른 이유가 있었는지. 자식의 입을 통해서는 더 이상 들을 수 없지만, 후회 없는 도전이었기를 그저 바랄 따름입니다……."

아버지의 인사말이 끝나자 마스다는 장례식장 밖으로 나왔다. 낮게 드리운 잿빛 구름이 태양을 가리고 있다. 비가 내릴 것 같은 날씨다. 빈 가지를 뻗은 나목 새로 한풍이 지나갔다. 상복 옷깃을 여민다.

자갈을 밟는 발소리가 들렸다.

"나오시……."

가자마 요코의 목소리였다. 돌아보지 않고 한곳을 응시하고 있자, 그녀가 가만히 다가와 달라붙듯 옆에 섰다. 한동안 침묵이 이어졌다. 하지만 이윽고 그녀가 입을 열었다.

"미안해. 이럴 때는 무슨 말을 해야 할지 몰라서……."

축축한 목소리였다. 마스다는 곁눈질로 그녀를 바라본 후, 담배 연기처럼 새하얀 숨을 토해 냈다. 가늘고 길게 뻗던 그 입김은 한풍에 휩쓸려 산산이 흩어졌다.

"내가 할 수 있는 일, 뭐 없을까?"

"없어."

"나오시, 깊은 생각에 빠진 얼굴을 하고 있으니까……."

갑작스러운 부고였다. 그것이 교통사고였다면 슬픔이 앞섰을 터였다. 하지만 형은 산에서 죽었다. 갖가지 감정을 커다란 솥에 뒤섞어 놓은 것처럼 뒤죽박죽이 된 자신의 마음을 파악할 수 없다.

"산……." 요코가 불쑥 말했다. "무섭네. 불의의 습격으로 대자연이 이빨을 드러내면 어떤 생명체도 이길 수 없다고 나오시가 했던 말. 처음으로 그 의미를 실감했어."

자신이 등산을 그만뒀으면 하는 것이 그녀의 본심일 것이다. 미지의 수단으로 처녀봉을 개척해 가는 등산에 대한 이해를 요구하기는 어렵다는 생각이 든다.

최근에는 세계 각국의 고봉이 온갖 루트로 등정되어 '최초'가 없어졌다. 특히 일본에서는 그와 함께 모험가가 줄었다. '최초'이기 때문에 목숨을 걸고 도전할 가치가 있다. 하지만 두 번째 등정, 세 번째 등정이라면? 누군가가 이미 등정한 루트에 과연 목숨을 걸 만한 가치가 있을까. '두 번째 등정'으로는 진정한 영광을 얻지 못한다. 그 결과 니트족_{학생도 아니고 직장인도 아니고 직업 훈련을 받지도 구직 활동을 하지도 않는 무리}이나 여대생이라는 경력을 내세운 아마추어가 교묘한 말로 자신을 미디어에 팔아 '명함'에 '최초'를 붙이기 시작했다.

이런 상황에서 개척적인 등산에 인생을 건 사람들의, 일종의 에고라고도 할 충동은 공감을 얻지 못할 것이다.

산은 생명의 본질을 그대로 드러내기 때문에 더더욱 아름다고 무서워……

시미즈 미쓰키의 말이 뇌리에 되살아났다. 미쓰키에게 산은 단순한 유행이나 취미가 아닌, 살아 있는 의미를 느끼게 해 주는 삶 자체였다.

마스다는 요코와 함께 장례식장으로 돌아갔다. 조문객들이 고인과의 추억담을 속삭이고 있었다. 산에서 죽는 것이 겐이치의 바람이었다고 믿지 않으면 슬픔에 무너지기 때문에 할 수 있는 말은 미담뿐이었다.

잠시 후 아버지가 마스다 곁으로 다가왔다. 작은 종이 상자를 안고 있다.

"겐이치의 유품이다. 네가 보관하는 게 좋겠다 싶어서……."

마스다는 종이 상자를 받아 들고 내용물을 확인했다. 사진과 애용했던 비니에 섞여 지나치게 짧은 자일이 눈에 들어왔다. 깜짝 놀라 자일을 꺼내고 아버지의 얼굴을 응시했다.

"이거, 언제 거야?"

"언제라니?"

"형이 칸첸중가에 갔을 때의 유품 맞아?"

"……그래. 허리의 고리에 묶여 있었다."

자동 잠금 카라비너에 묶여 있었다는 것은 칸첸중가에서 장착했던 자일이라는 뜻이다. 끝이 잘려 있다. 자일은 1톤 가까운 내하중耐荷重

을 자랑하는 것으로, 쉽게 끊어지지 않는다. 완강한 바위 등에 확보 지점을 만들었다면 눈사태에 몸이 휩쓸릴 때 그 압도적인 힘에 끊어 질 가능성도 전혀 없는 것은 아니지만……

마스다는 자일의 절단면을 살폈다. 표피가 찢어져 노출된 여러 가 닥의 가는 밧줄. 그중 세 가닥의 단면이 예리했다. 전율이 무릎을 타 고 올라온다. 심장이 갈비뼈를 부러뜨릴 기세로 고동쳤다.

인위적으로 절단한 흔적이다. 누군가가 미리 칼로 흠집을 내 두었 다면 내하중은 크게 떨어진다. 생명 줄이…… 끊어진다. 생사를 가르 는 국면에서 끊어진다.

그럴 리가 없다고 생각한다. 믿을 수 없다. 상상하고 싶지 않다. 하 지만 사실을 외면할 수는 없다.

형은…… 살해되었는지도 모른다. 그렇다면 시신에 어떤 증거가 남았을 가능성도 있다.

"왜……," 마스다는 아버지를 노려봤다. "왜 화장한 거야!"

"갑자기 무슨 말이냐. 너한테 연락이 안 돼서 내가…….."

마스다는 어금니를 깨물었다.

아버지를 탓할 일이 아니다. 알고 있다. 아버지는 내게 연락을 취 했다. 산악인이 히말라야에서 목숨을 잃으면, 눈과 얼음뿐인 산에서 나무들이 자란 곳까지 헬리콥터로 시신을 옮긴 후, 가족이 도착하기 를 기다렸다가 그곳에서 나무를 모아 화장하는 경우가 많다. 산에 익 숙하지 않은 아버지는 고산병의 위험도 있어서 본래 자신이 시신을 확인하러 가야 했었다. 하지만 집에 형의 부고가 전해졌을 때, 자신 은 남미 최고봉인 아콩카과를 등반 중이었다. 연락이 되지 않자 아버지는 어쩔 수 없이 직접 네팔로 떠났다. 그리고 형의 시신이 화장되는 모습을 지켜보았다.

자신이 그곳에서 자일을 봤다면 그 농간을 눈치챘을 것이다. 살인의 증거가 남아 있을 수도 있는 시신을 화장시키지는 않았을 것이다.

확인하고 싶어도 이미 늦었다.

2

장례식이 끝나고 마스다는 혼자 아카바네에 있는 연립주택으로 돌아왔다. 어둠 속에서는 나름대로 괜찮은 실루엣을 보이는 외관이지만 햇살 아래에서 보면 40년 된 건물이라 창살이 한두 개 빠진 방범창과 칠이 벗겨진 외벽, 뒤틀려서 빗물이 새는 홈통이 눈에 띈다.

철제 계단을 오르면 녹슬어 삐걱거리는 소리가 밤의 고요함 속에 울린다. 계단참에는 화분이 쓰러져 흙과 말라비틀어진 꽃이 쏟아져 나와 있다.

205호실 문을 열고 신발을 벗어 던졌다. 불을 켠다. 다다미 넉 장반 크기의 원룸. 펼쳐 둔 이불 위에 빨래가 널린 로프가 열십자 모양으로 걸려 있다. 포렴을 젖히듯 빨래를 헤치며 들어간다. 낮은 밥상 위에는 레토르트식품이 쌓여 있다.

상복을 갈아입고 방석에 앉아 종이 상자를 열어 유품인 자일을 노려보았다. 감정은 엉망으로 흐트러져 있었다. 누군가가 형의 자일에 손을 댔다. 왜? 대체 누가 무엇을 위해?

형 자신이 절단했을 가능성은 극히 낮다고 생각한다. 등반 중에 자일이 엉키거나 자일로 연결된 파트너가 공중에 매달려서 어쩔 수 없이 끊어야 하는 상황이라면 스스로 절단하는 경우도 있다. 하지만 그런 경우에는 등산 칼로 한 번에 자른다. 하지만 형의 자일은 심지 부분에 있는 섬유 다발 중 세 가닥의 절단면만 예리했다. 언뜻 봐서는 알 수 없도록, 하지만 생명 줄에 의지해야 할 상황에 잘린 면이 서서히 퍼져 끊어지도록 누군가가 칼집을 넣은 것이라고밖에 생각할 수 없다.

애초에 절대 끊을 수 없는 신뢰로 맺어져야 할 등반대원 중에 살의를 품고 자일을 끊으려는 자가 있다니, 그런 악의는 상상할 수 없다. 아니, 상상하고 싶지 않다.

뒤에서 부린 농간이 효과가 없다면 형에게 살의를 품은 자는 어떤 행동을 취할까. 직접적인 수단을 사용하지 않을까. 형의 사인은 눈사태로 인한 질식사로 보고 있다. 하지만 정말 그랬을까?

두 달 전의 온타케산 분화가 떠오른다. 미증유의 재해로 60명 가까운 사망자가 나왔다. 의사의 검시로 사인—대부분이 분석噴石 ^{화산 자갈}에 맞아 목숨을 잃었다— 을 판단했지만, 나가노 현경은 '사건성이 없고 분화의 영향으로 사망한 것이 확실'한 걸로 보고 사법해부 등의 절차 없이 '재해사'로 인정했다.

이번 경우도 마찬가지다. 명확한 살인의 증거라도 있으면 모를까, 히말라야에서 목숨을 잃은 사람은 대부분 사법해부를 하지 않는다. 우연히 등반에 동행한 의사라도 있지 않는 한 검시조차 이루어지지 않을 정도다.

실제로 살인이었는지도 모른다. 형을 짓누르고 코와 입에 눈을 밀어 넣었다면? 미리 만들어 둔 설동雪洞에 형을 밀어 넣고 삽으로 눈을 덮었다면? 눈사태로 인한 질식사로 위장하는 건 충분히 가능하다.

일본에서 사법해부를 요청하려고 해도 시신은 이미 그곳에서 재가 되어 버렸다.

늦은 걸까. 마음속에 의심을 품은 채 잊으라는 것인가.

형의 부고를 들은 후 별로 먹은 것이 없다 보니 배에서 소리가 났다. 냄비에 물을 부어 라면을 끓이고 날달걀을 넣어 먹었다. 등산을 하다 보니 간소한 식사가 익숙하다.

벽 쪽에는 침낭, 용량이 다른 몇 종류의 배낭, 자일 다발, 압축한 텐트, 각종 피켈, 아이젠, LED 헤드램프, 선글라스, 가스 카트리지, 버너 등 질서 정연하게 놓인 등상 장비 일체가 형광등의 하얀 빛을 받아 반짝인다. 3백만 엔은 썼을 것이다. 그 대신 월세와 생필품을 줄이고 있다. 시즌오프에 아르바이트와 강연으로 얻은 수입의 대부분은 등산 장비로 사라진다.

산……

형은 왜 산으로 돌아갔을까.

자문해도 답은 나오지 않는다. 당연하다. 4년 전의 조난 사고 이후, 형과는 소원해졌다. 형의 생활에 대해서는 아무것도 모른다.

생각을 포기하고 이불 주변에 흐트러져 있는 등산 기술서와 루트 지도를 헤집어 그 속에 파묻혀 있던 리모컨을 찾아내 텔레비전을 켰다. 저녁 뉴스에서는 칸첸중가의 눈사태 사망 사고 특집이 나오고 있었다. 화면 오른쪽 위에는 죽 늘어선 서봉, 주봉, 중앙봉, 남봉이 푸른 하늘을 삐죽삐죽 도려내고 있는 설산의 사진이 나오고 있다. 사망자의 얼굴 사진과 함께 아나운서의 목소리가 흐른다.

'사망자는 이노쿠마 쓰요시 씨 삼십구 세. 후루이치 고사쿠 씨 이십구 세. 마스다 겐이치 씨 삼십사 세. 모리타 유조 씨 사십오 세.'

화면이 비디오 영상으로 바뀌었다. 한 면이 눈으로 덮인 급경사 아래에는 눈사태로 생긴 눈 덩어리, '데브리'가 여기저기 쌓여 있었다. 새하얀 암석들을 떠올리게 한다.

그 위로 아나운서의 무기질적인 목소리가 흐른다.

'칸첸중가에서는 반년 전에도 현지 가이드인 네팔인 두 명과 인도인 등산가 한 명이 7,300미터 지점에서 눈사태를 만나 사망하는 사고가 있었습니다. 칸첸중가는 많은 등반대원들에 의해 루트가 완전히 개척된 에베레스트와는 달리 위험도가 높은 곳으로, 실력을 과신한 무모한 도전은 아니었나 하는 비판의 목소리도 나오고 있습니다.'

화면이 방송국으로 돌아오고, 중후한 테이블에 자리를 차지한 전문가와 해설자가 눈사태의 위험성을 설명하기 시작했다. 설명이 한차례 끝나자 가가야 시노라는 여성의 인터뷰 영상이 나왔다. 이번 눈사태 사고를 당한 등반가의 아내인 듯했다. 남편의 무사를 기원하고 있다.

마스다는 텔레비전을 끄고 목욕을 한 뒤 이불 속으로 들어갔다.

다음 날 저녁, 초인종이 울렸다. 가자마 요코였다. 인조털이 달린 트렌치코트 사이로 노르딕 무늬의 니트 원피스가 보인다. 오른손에는 슈퍼마켓 쇼핑 봉투.

"저기, 같이 저녁 먹고 싶어서. 오늘은 야간 근무도 아니고."

요코는 미소를 지어도 될지 어떨지 고민하는 듯 애매한 표정을 짓고 있었다.

"들어가도 돼?"

"……응."

"다행이다! 거절하면 혼자 외로운 저녁 식사를 할 뻔했어."

식재료를 들고 요리해 주러 올 때면, 그녀는 자신이 같이 먹고 싶어서 안달 난 듯 이야기한다. 물론 그런 마음도 있겠지만, 가난한 연인을 위한 음식 조달의 의미도 있으리라.

요코는 쇼핑 봉투 안에서 소고기 팩을 꺼냈다.

"오늘은 고기를 많이 샀어. 나, 내일 야간 근무라 체력 보충을 해야 하거든. 나오시도 인스턴트나 레토르트만 먹으면 몸에 해로워."

"산악인한테는 주식이야."

"그럴지도 모르지만, 지상에 있을 때는 영양을 섭취해야지. 산에 오르려면 체력도 필요하잖아."

그녀의 말대로였다. 폼 잡으며 '산악인의 주식'이라고 큰소리쳤지만 요코는 속지 않는다. 수입의 대부분이 등산 장비로 사라지는 이상, 등산가의 생활은 아무래도 검소해진다. 에베레스트에 재도전하기 위한 입산료도 필요하기 때문에 적금을 깰 수는 없다.

"맞아, 매번 고마워."

형의 죽음으로 생각이 많고 괴로웠던 탓인지, 그녀의 배려가 가슴에 사무쳤다. 고마운 마음이 순순히 입 밖으로 나왔다.

요코는 순간 놀란 듯 눈을 동그랗게 뜨더니 얼굴 앞에서 두 손을 열심히 흔들었다.

"전혀! 내가 같이 먹고 싶어서 멋대로 쳐들어온 건데 고맙다니……." 요코는 집으로 들어오더니 로프에 걸린 빨래를 만져 봤다. "앗, 빨래가 축축해. 밖에 널어 두었으면 좋았을 것을. 오늘, 날씨도 좋았는데."

"버릇이야."

텐트에서는 천장 가까이 친 텐트용 로프에 옷과 장갑을 말린다. 언제부턴가 실내에 너는 것이 습관이 됐다.

"그리고 좀 축축해야 방위 체력이 키워져."

방위 체력이란 생리적, 정신적, 생물적 스트레스, 즉 불면이나 배고픔, 갈증, 피로, 추위, 더위, 긴장, 공포, 병원균 등에 대한 저항력을 말한다. 방위 체력이 저하되면 저체온증과 고산병, 탈수증상, 자율신경기능이상, 감염증에 걸리기 쉽다.

평상시에 적응력을 높이는 훈련을 게을리해서는 안 된다. 난로나 담요를 사용하지 않는 생활로 설산에 적합한 육체를 만드는 것이다.

"오늘은 좀 추운 날씨라 젖은 옷은 안 돼. 나중에 내가 다리미질해 줄게."

"추우면 난로 켤까?"

"아니, 괜찮아. 가스레인지 쓰면 금방 더워져."

요코는 트렌치코트를 벗고는 걸려 있는 빨래 밑으로 빠져나가 주방으로 갔다.

"나도 방위 체력이 필요해. 요즘 시기에는 감기 환자가 많거든."

"안 옮게 조심해."

그녀와의 만남은 4년 전이었다. 미에현과 시가현 경계에 있는 고자이쇼다케산에서 형과 빙벽 등반을 하다가 낙상해서 오른쪽 정강이가 골절됐다. 그때 입원했던 현지 병원의 간호사가 요코였다. 그녀는 창문으로 들어온 햇살에 백의와 이마의 땀을 반짝이며 바쁘게 환자를 돌보면서 돌아다녔다.

당시 마스다는 미쓰키의 약혼 소식에 상심해 식욕도 없던 터라 병원 밥에는 입을 대지 않았다.

"마스다 씨, 조금이라도 들어요." 요코는 조식이 담긴 쟁반을 내밀었다. "영양 섭취를 안 하면 뼈도 안 붙는다고요."

"……병원 밥, 맛없어."

"우리 병원 밥은 꽤 괜찮아요!"

"그럼 그쪽이 드시든가."

자기 스스로도 어른답지 못한 태도였다고 생각한다. 엉뚱한 화풀이였다. 하지만 그녀는 장난스러운 웃음으로 응대했다.

"흐음, 병원 밥이란 병원 밥은 다 섭렵했죠. 야간 근무할 때는 우리도 환자들과 같은 걸 먹거든요." 요코는 수프를 뜬 숟가락을 내밀었다. "자, 아아. 먹여 줄까요?"

마스다는 고개를 돌렸다. 그녀의 한숨 소리가 들렸다. 짜증스러운 나머지 새어 나온 한숨이라기보다는 손이 가는 남동생의 생떼에 쓴웃음을 짓다 새어 나온 느낌이었다. 나이는 그녀가 서너 살 아래일 듯했지만, 간호사에게 환자는 모두 어린아이 같은지 모른다.

"그럼, 뭘 주면 먹을래요?"

마스다는 곁눈질로 그녀를 봤다.

"빙수. 딸기 빙수가 좋아. 머리가 아플 만큼 차가운 거."

"이 추운 날에?"

"딱히 상관없잖아. 뼈만 부러졌을 뿐 다른 곳은 멀쩡하니까."

진짜로 빙수가 먹고 싶었던 것은 아니다. 그냥 가장 부적절한 음식이 뭘까 생각하다가 마침 떠오른 것을 대답했을 뿐이다. 하지만 그녀는 점심시간에 정말로 빙수를 준비해 왔다.

자신이 요구해 놓고 안 먹기도 무안했다. 원래 그녀에게 불만이 있었던 것도 아니고, 오히려 헌신적인 모습에 감사할 정도였다. 어쩔수 없이 빙수를 먹었다.

"……에베레스트의 눈보다는 맛있군."

그녀가 깜짝 놀랐다.

"뭐야, 마치 먹어 본 사람 같네요."

"먹어 봤어. 산 사나이거든."

산악회의 에베레스트 원정대에 참가했지만 실력 부족으로 정상 공격 팀에는 뽑히지 못했다. 하지만 첫 히말라야 등정에 충분히 흥분했었다. 그때 히말라야의 눈을 녹여 물로 이용했었다.

"등산가예요?"

"골절도 클라이밍하다가 사고가 나서."

"오호. 그럼 병원 밥도 먹어야죠."

"왜?"

요코는 싱긋 웃었다.

"맛없는 영양식 먹는 데에 익숙하잖아요."

"……뭐야, 병원 밥, 역시 맛없는 거야?"

"아무래도." 그녀는 짓궂은 장난의 공범자에게 보이는 듯한 웃음을 지었다. "하지만 계속 맛있다고 말하면 그렇게 느껴지지 않나?"

그런 만남이었다. 의외로 그녀와 마음이 맞았다. 요코는 등산 이야기에 적당히 감동했고, 적당히 무지했다. 신이 나서 세계 명봉을 등정하는 꿈을 이야기했다.

"난 있지, 꿈을 가진 남자가 멋있더라."

"넌 꿈이 뭐야?"

"음, 나는 초등학교 오 학년 때 그게 이룰 수 없는 꿈이란 걸 알아 버렸어."

"초등학교? 빠르네. 대체 뭐가 되고 싶었는데?"

"세상의 아이들에게 행복을 선물하는, 산타클로스!"

마스다는 그녀의 얼굴을 뚫어지게 바라보다가 무심코 웃음을 터뜨렸다.

"그건 이룰 수 없겠네."

"그렇지. 산타클로스의 정체를 알아 버렸지, 꿈도 깨졌지, 이중의 비극. 정말 최악이었어."

"……하지만 지금 절반 정도는 이룬 거 아니야? 환자에게 행복을 선물하잖아."

"그런가?" 그녀는 싱긋 웃었다. "그래, 그러니까 마스다 씨도 웃어, 웃어."

옆에서 관찰해 보니, 결코 얼굴에는 드러나지 않지만 그녀는 친절할 뿐만 아니라 고봉을 오르는 여성 산악인에게도 지지 않을 만큼 억셌다. 환자의 피와 오물로 더러워진 옷을 갈아입으러 달려가는 모습도 종종 보였다. 환자의 저속한 농담에도 태연하게 대처했다.

이전에 옆의 골절 환자가 은밀한 부위를 꺼내고는 "어때?" 하며 성추행을 한 적이 있었다. 부끄러워하는 여성 간호사의 모습이 보고 싶었을 터다. 옆에서 주의를 주려고 했을 때, 그녀는 "자랑할 정도는 아니네. 내가 여기서 그런 걸 몇백 번 봤을 거라고 생각해요?" 하며 아무렇지도 않게 대답했다. 민망해진 사람은 상대방이었다.

온정만으로 할 수 있는 직업은 아닐 것이다.

그때는 입원해 있는 동안만의 관계로 끝났지만 힘든 시기에 도움을 받기도 했고, 그녀가 도쿄 소재의 병원으로 근무처를 바꿨을 때 다시 만나 교제를 시작해 지금에 이르렀다.

마스다는 텔레비전을 켜고 적당히 채널을 돌렸다. '산악인'이라는 자막이 눈에 들어왔다. 화면 오른쪽 위의 'LIVE'라는 자막과 깜빡이는 플래시. 하얀 글자로 '칸첸중가 눈사태 사망 사고 산악인 기적의 생환! 무사 귀국'이라는 자막이 떠 있다.

음량을 높였다.

"이번 일로 일본 국민 여러분께 큰 심려를 끼쳐 드려 정말로 면목이 없습니다. 그리고 목숨을 걸고 인명 검색에 함께해 주신 현지 여러분께 감사드립니다."

남자는 깊숙이 머리를 숙였다. 화면 아래의 자막에 따르면 다카세 마사키라는 것 같다. 쏟아지는 플래시 빛이 다카세를 새하얗게 칠해 버린다.

생환자.

다카세는 관계자가 권하는 대로 의자에 앉았다. 도저히 중력을 이기지 못하고 주저앉은 듯한 느낌이었다. 서른 후반일까. 볼이 홀쭉했다. 반복적으로 햇볕에 그을려 피부는 가죽처럼 변했고, 검은 수염이 입술을 뒤덮고 있다.

"네 명의 산악인이 사망한 와중에 기적의 생환을 하신 셈인데, 지금의 솔직한 심정을 말씀해 주십시오."

기자의 질문에 다카세의 얼굴이 굳어졌다. 수염이 약간 흔들리는 것은 꽉 다문 입술에 경련이 인 탓이리라.

"저는 단독 산행이어서……."

"죄송합니다. 마이크를 좀 더 가까이 대 주시겠습니까."

"아, 네."

다카세가 여러 개의 마이크에 얼굴을 가까이 대고 쉰 목소리를 짜냈다.

"저는 혼자였고, 돌아가신 분들과는 산에서 만나기 전까지는 일면식도 없었습니다. 그분들이 돌아가셨다는 말을 듣고 충격을 받았습니다."

"다카세 씨가 살아남았던 이유는 무엇이라고 생각합니까?"

"전 비컨을 갖고 있지 않았습니다. 그래서……."

"말씀 중에 죄송합니다만, 비컨이 뭐죠?"

"발신기와 수신기를 겸한 수색 기기의 일종입니다. 동료가 눈사태로 매몰됐을 때는 수신으로 바꿔서 수색합니다. 제게는 그럴 동료가 없어서 비컨을 지참하지 않았습니다."

마스다는 기자회견을 보면서 위화감을 느꼈다. 혼자라서 비컨은 의미가 없다. 설득력이 있는 말 같지만 과연 그럴까. 등반 중에 다른 팀과 만나게 되는 경우는 적지 않다. 실제로 다카세도 형이 속한 등반대와 만났다. 눈사태에 휩쓸리는 모습이 다른 사람에게 목격되면 도움을 받을 가능성이 있다. 반대로 피해를 목격했다면 도와주는 쪽이 된다.

비컨이 등장한 것은 1960년대 후반이다. 오스트리아에서 개발됐다. 주파수는 2.275kHz. 하지만 이후에 개발된 스위스제 비컨이 457kHz였던 탓에, 스위스에서 눈사태로 매몰된 오스트리아인 스키어를 현지 수색대가 발견하지 못하는 불행한 사건이 일어났다. 그 사건이 교훈이 되어 현재는 457kHz로 통일됐다. 휴대하고 있으면 구조를 받을 확률도, 구조할 확률도 높아진다.

그런데도 다카세는 사망률이 높은 칸첸중가에 비컨 없이 도전했다. 왜일까?

"그 비컨이 없는데도 용케 구조가 되셨군요?" 기자가 물었다. 의심보다는 단순한 호기심 같았다.

"그게 오히려 살아남을 수 있었던 요인이라고 생각합니다. 동료도 없고 비컨도 휴대하지 않아서 위험한 장소에는 가지 않으려고 주의했습니다. 산 자체를 집어삼킬 것처럼 거대한 눈사태여서 저도 한 번은 휩쓸렸습니다만, 직격은 아니어서 목숨을 건졌습니다."

"행운이었군요. 그 이후에…… 그러니까 일주일 이상 설산에서 구조를 기다린 셈이군요. 기적의 생환이라고들 합니다. 그때의 이야기를 들려주시겠습니까?"

다카세는 얼굴을 찡그리고 침울한 표정으로 침묵했다.

"힘든 이야기라고는 생각합니다만……."

"죄송합니다." 다카세는 천천히 일어나더니 고개를 숙였다. "오늘은 여기까지 했으면 합니다. 마음을 정리할 시간이 필요합니다. 이제

막 귀국한 참이라······."

기자의 질문이 계속 날아들고 플래시가 번쩍이는 동안 다카세는 관계자를 따라 기자회견장을 나갔다.

마스다는 텔레비전을 껐다. 생환한 다카세는 형이 참가했던 등반대와는 무관하다고 한다. 하지만 도중에 만났다고 했다. 현재 시점에서 그가 유일한 생환자다. 칸첸중가의 전말을 말해 준다면 뭔가를 알아낼지도 모른다.

요코가 돼지고기 감자조림을 접시에 담아 내왔다.

"무슨 일 있었어?"

"······그 눈사태 사고에 생존자가 있었고, 귀국했어."

"형과 같은 등반대 소속이야?"

"아니, 아닌가 봐."

"그렇구나······."

요코의 입이 무거워졌다. 얼마 전 형을 잃은 연인에게 마음을 써 주고 있음이 느껴진다. 마스다는 애써 밝은 목소리를 냈다.

"식기 전에 얼른 먹자."

이틀 후의 와이드쇼에서는 자료 영상과 일러스트 해설을 교차 편집하여 다카세의 인터뷰를 방송했다.

마스다는 화면에서 눈을 떼지 못했다.

클로즈업된 플립 차트에는 칸첸중가의 간략도가 그려져 있다. 8천미터급의 주봉과 중앙봉이 늘어선 사이에 그보다 표고가 낮은 산봉우리가 있었고, 그 봉우리 위쪽에 인형 스티커 여러 개가 붙어 있고,

등반대의 등반 루트가 빨간 선으로 그려져 있다.

저건 미답봉인가?

2014년인 올해 5월, 네팔 관광청은 정치적인 이유 등으로 입산을 금지했던 104좌의 미답봉을 개방했다. 입산료로 외화를 벌기 위해서다. 그때 칸첸중가산의 미답봉도 몇 군데 개방됐다. 형이 속한 등반대가 올랐던 봉우리의 정상은 6천여 백 미터일 것이다.

4년 동안이나 산을 등졌던 형이 등반대에 참가했던 것은 미답봉의 등정을 목표했기 때문일까? 104좌 개방 뉴스를 듣고, 빠른 자가 승리하는 세계에서 '최초 등정'의 명예를 바랐던 것일까?

"다카세 씨는 이 부근을 걷다가," 남성 아나운서가 등반대의 바로 아래를 손가락으로 가리켰다. "거센 눈보라를 만났습니다."

화면이 인터뷰 영상으로 바뀌었다. 입술이 검은 수염으로 덮인 다카세가 이야기하고 있다. 여윈 체격은 산악인보다 무모한 감량을 한 복서 같았다.

"그때까지는 창공을 가를 듯한 정상이 확실하게 보였습니다. 하양과 파랑의 두 색으로만 그려진 그림 같았고, 그 경치에 순간 마음을 빼앗겼습니다. 괴로움도 슬픔도 모두 떠안고 받아 줄 듯한, 그런 관대함을 느끼게 해 주는 압도적인 절경이었습니다."

다카세는 종종 눈을 감고 회상하듯 시간을 두었다. 침묵을 편집하지 않은 영상을 그대로 내보낸다.

"날씨도 좋아서 갈 수 있는 곳까지 가 보자고 결심했습니다. 지금 생각하면 산의 마력에 사로잡혔던 건지도 모릅니다. 잘못된 판단이었다고 생각합니다."

다카세는 무릎 위의 주먹을 노려보았다. 조난당했다가 구조된 산악인이 종종 보이는 수치심과 후회 그리고 자신의 무력함이 뒤섞인 표정이었다.

"산에서는 순간의 판단이 생사를 가릅니다. 기다려야 할까, 올라가야 할까, 내려가야 할까. 언제나 과신과 유혹과 방심이 잘못된 판단을 하게 합니다. 조난의 원인을 묻는다면, 제 경우에는 그 전부였다고 대답할 수밖에 없습니다. 산이 '여기서 포기할 텐가?' 하고 묻는 기분이 들어서 저는 당초의 예정을 변경했고, 정상을 향해 한 걸음 내디뎠습니다. 날씨가 급변한 건 다음 날이었습니다."

화면이 다시 바뀌면서 굉음을 동반한 폭풍설의 영상이 흘렀다. 재현식으로 연출된 영상이 더욱 생생한 현장감을 전달한다. 심령 방송 같은 무거운 목소리의 내레이션이 겹쳤다.

"예상과 달리 칸첸중가는 갑자기 이빨을 드러냈다. 미쳐 날뛰는 듯한 매서운 눈보라. 반 발자국 앞의 시야조차 흐릿하다. 다카세 씨는 그런 와중에도 계속 산을 올랐다……."

화면이 다시 다카세로 돌아왔다.

"고글에 눈이 달라붙어서 앞이 보이지 않았습니다. 지도와 컴퍼스를 읽기 위해 고글을 벗은 순간 뭉친 눈덩이가 날아와 눈을 뜰 수 없었습니다. 장갑을 세 겹으로 꼈는데도 손가락이 곱아서 컴퍼스를 떨어뜨렸습니다. 컴퍼스를 찾는 데 십 분은 걸렸을 겁니다."

다카세는 극한의 설산을 떠올린 듯 몸을 떨었다. 주먹을 노려본 채 이야기를 계속한다.

"비바크하면서 견뎌 내는 게 현명하다는 건 알았지만 눈사태의 우려도 있어서 안전한 곳까지 오르려고 했습니다. 하지만 루트가 완전히 소실됐고, 결국 조난을 당했습니다."

다시 폭풍설의 재현 영상으로 바뀌었다.

"죽음을 의식한 다카세 씨는 고독한 설산에서 등반대를 만난다. 그것이 이후의 운명을 바꾸게 되었다……."

화면이 돌아오자 다카세는 다시 이야기를 시작했다.

"무리한 탓에 식량도 다 떨어져 갔습니다. 이래서는 하산도 불가능하다고 생각했습니다. 돌변한 날씨에 계획은 완전히 틀어졌고, 패닉에 빠질 듯했습니다. 그러던 중, 눈보라 속에서 여러 사람들의 형체가 나타났습니다. 마지막 힘을 짜내서 달려가니 일본인 등반대였습니다. 마침내 살았구나 생각하며 도움을 요청했습니다."

화면은 그대로인 채 내레이션이 "하지만," 하며 의미심장한 분위기를 연출한다.

다카세는 긴장한 듯 침을 꿀꺽 삼켰고, 목젖이 위아래로 움직였다.

"등반대원들은 등정에 방해가 되니 그냥 주변에서 비바크하며 구조를 요청하라며 자신들과는 관계없는 일이라고 했습니다."

말도 안 돼. 마스다는 화면을 노려보며 주먹을 휘둘렀다. 산에는 낯선 사람들을 오랜 친구처럼 맺어 주는 자력이 있다. 곤경에 처한 사람을 만나면 더더욱 모른 척할 수 없는 법이며 그것이 산악인이다.

"마음은 이해합니다." 다카세는 말을 이었다. "'최초 등정'은 산악인에게 도전의 보람이 있는 꿈입니다. 미숙한 사람에게 발목을 잡혔다가는 등정을 포기해야 할 수도 있습니다. 미답봉은 경쟁이니까요. 저는 식량이라도 나눠 줄 수 없겠냐고 부탁했습니다. 비스킷 몇 조각밖에 없다고 하면서요. 하지만 그들은…… 식량도 '조절' 못하는 미숙한 자가 도전할 산이 아니다. 자업자득이다, 언제나 어리석은 자는 산에서 죽는다고 내뱉고는 동료들끼리 비웃었습니다. 저도 모르게 그들에게 덤벼들었습니다. 그들은 수프 한 봉지도 함부로 하지 않는다며 저를 밀쳐 버렸습니다. 저는 엉덩방아를 찧은 채 유령 같은 그들의 모습을 돌아보는 수밖에 없었습니다."

다시 내레이션이 삽입된다.

"극한상황에서 그들은 다른 사람을 돌볼 정신적인 여유가 없었던 것일까. 지금은 다카세 씨도 이해한다고 하지만, 그때는 너무도 비정한 처사에 무척 놀랐다고 한다. 다카세 씨가 만난 등반대는 식량도 일절 주지 않고 떠나 버렸다. 그런 절망적인 상황에서 다카세 씨를 구한 것은……."

다카세의 인터뷰로 바뀐다.

"버려진 저는 어쩔 수 없이 비바크 준비를 시작했습니다. 하지만 눈보라가 너무 강해서 혼자서는 텐트도 칠 수 없었습니다. 솟은 땀이 순식간에 얼어붙고, 몸속 깊숙이까지 얼어 갔습니다. 냉동 인간이 될 것 같았죠. 그렇게 갖은 고생을 하던 때에 갑자기 사람의 형체가 나타났습니다. 순간 악귀라도 나타났나 싶어서 심장이 덜컹했지만, 사람이었습니다. 등반대 중 한 명이었죠." 다카세의 얼굴에 처음으로 미소가 떠올랐다. "그는 가가야 요시히로라고 이름을 밝히고, 텐트 설치를 도와주었습니다. 함께 설치를 끝내자 가가야 씨는 식료품을 내밀었습니다. 그의 눈은 상냥하게 미소 짓고 있었습니다. 쌀뿐 아니라 카레와 마파두부덮밥, 돈가스덮밥, 감자 등의 레토르트 건조식품을 얻었습니다. 제대로 된 식사에 다시 살아난 기분이었습니다."

다카세가 잠시 사이를 둔 순간 광고가 들어갔다. 우연인지 의도적인지 레토르트 카레 광고였다.

마스다는 자신도 모르는 사이 꽉 쥐고 있던 주먹의 힘을 뺐다. 도움의 손길을 내민 사람이 가가야라는 등산가 한 명이었다면, 형은 다른 대원과 함께 다카세를 방치한 채 떠났다는 이야기가 된다.

산에서는 자신의 목숨과 동료의 목숨을 저울에 올리고 어쩔 수 없이 고뇌의 선택을 해야만 하는 상황이 생긴다. 하지만 다카세의 이야기만 놓고 보면, 형 일행은 세간의 공감과 동정을 얻지 못할 것이다. 죽음의 문턱에 선 산악인을 집단으로 비웃고 방치했다는 이야기는 인상이 너무 안 좋다. 비난을 피할 수 없다.

광고가 끝나자 내레이션이 간단하게 상황을 설명한 후 다카세의 이야기가 다시 이어졌다.

"저는 가가야 씨에게 이렇게 독자적으로 행동해도 괜찮은지 물었습니다. 그러자 가가야 씨는 그런 사람들과는 결별했다, 그런 사람들은 산을 사랑하는 사람에 낄 자격이 없다고 내뱉었습니다. 들어 보니, 가가야 씨는 그들의 언동에 진절머리가 난 듯했습니다. 산에 쓰레기를 함부로 버리기도 하고, 등정에 실패한 산악인을 비웃기도 하고……."

마스다는 주먹을 쥔 채 그만, 이제 그만하라고 마음속으로 간절히 빌었다. 형은 산을 사랑했으며, 산악인 동료들에 대한 경의를 잊지 않았다. 등산 중에 쓰레기를 발견할 때마다 주워 모으기도 했었다.

"산이 볼 때 인간은 이물질이야. 이물질이 너무 많으면 산은 가장 큰 이물질인 인간부터 배제하려고 해. 그래서 쓰레기를 줍는 거야."

형은 농담으로도 진심으로도 받아들일 수 있는 말을 했다. 산을 사랑해서 나온 말이라고 생각한다. 그런 형이 방약무인한 태도로 산을 더럽히고 위험에 처한 산악인을 방치했다고는 믿을 수 없다.

하지만…….

절대 있을 수 없는 일이라고 단언할 수 있을까? 자신은 과거의 형밖에 모른다. 인간은 비극을 만나면 이제껏 쌓아 왔던 가치관이 무너져, 생각지 못한 방향으로 변하는 법이다. 형은 힘들게 견뎌 온 4년 반 동안 산을 미워하게 된지도 모른다. 하지만 그렇다면 왜 산으로 돌아갔을까? 미답봉의 '최초 등반' 외에 다른 이유가 있었을까?

"가가야 씨는 함께 하산하자고 말했습니다. 하지만 장비가 부족했습니다. 팀을 꾸려서 등반하는 경우에는 공동으로 사용하는 것, 예컨대 의약품 등의 구급상자는 공동 장비로 한 사람이 구비해서 지참하는 경우가 많기 때문입니다. 전원이 같은 것을 가져가는 허비를 없애면, 그만큼 가스나 자일을 여분으로 가져갈 수 있으니까요. 등반대와 결별한 가가야 씨의 휴대품은 불안했습니다. 하지만 식료품도 떨어져 가던 제게 파트너의 존재는 큰 위안이었습니다."

다카세는 눈보라가 휘몰아치는 칸첸중가로 되돌아간 듯 진지한 표정으로 이야기하기 시작했다.

그의 증언에 의하면 두 사람은 서로의 안전 확보를 위해 자일을 연결하는 N형 안자일렌등산에서 여러 명이 위험한 바위 따위를 오르내릴 때 안전을 위하여 서로의 몸을 로프로 잡아매는 일을 하고 걷기 시작했다고 한다. 한쪽이 크레바스나 빙하에 떨어질 때 함께 끌려 들어가지 않도록 약 15미터의 길이로 연결했다.

"가가야 씨는 생명의 은인입니다. 식료품도 넉넉하게 나눠 주셨고, 걸림돌이 될 저를 결코 내버려 두려고 하지 않았습니다. 그에게는 장비가 갖춰진 등반대와 행동하는 쪽이 편했을 겁니다. 그런데도," 다카세는 주먹을 부들부들 떨었다. "등정의 꿈을 포기하고, 동료와 결별하고, 처음 보는 저를 구해 주었습니다. 무사히 귀국한다면 반드시 은혜를 갚겠다고 마음속으로 결심하고, 저는 가가야 씨의 호의에 기댔습니다."

또다시 폭풍설 영상으로 바뀌고 내레이션이 흘렀다. 심각함을 띤 낮은 목소리였다.

"첫 만남부터 서로를 도와 가며 혹독한 설산을 걷는 동안 두 사람은 단단한 신뢰를 맺는다. 하산은 순조로운 듯 보였다. 하지만!" 목소리에 힘이 들어간다. "그런 두 사람에게 대자연의 위협이 덮친다. 인간들의 하찮은 신뢰 관계를 비웃는 듯한 대형 눈사태였다."

화면이 돌아오자 다카세는 공포에 질린 얼굴로 침을 삼켰다. 말을 꺼내는 데에 상당한 각오가 필요한 듯했다.

"하룻밤을 보내고 텐트를 정리하던 중이었습니다. 하늘이 무너지는 듯한 굉음이 고요함을 깬 순간 대지가 흔들렸습니다. 가가야 씨가 '눈사태다! 도망가!' 하고 외쳤습니다. 올려다보니 눈 벽이 밀려오고 있었습니다. 세상이 그림자로 덮였고, 위험한 상황이라고 생각했습니다. 저는 생존 본능이 시키는 대로 비스듬하게 비껴 달렸습니다. 필사적이었습니다."

말투에서 긴박감이 전해진다.

현장 영상이 비쳤다. 화면 아래에는 '칸첸중가 눈사태 사고 후의 실제 사진'이라는 자막이 나와 있다. 하늘을 뚫을 듯한 설산의 비탈면이 U 자형으로 깎여내려져 있었다. 거대한 눈의 강이 만들어진 것처럼 도려내진 눈사태의 주로走路, 아래쪽 퇴적지에는 사람보다 큰 눈덩이가 무수하게 쌓여 있다.

추측건대 못해도 초속 50미터는 되는 눈사태였으리라. 눈사태를 알아챘을 때는 이미 늦는다. 도망갈 틈도 없이 삼켜진다.

내레이터가 말했다. "각각의 비컨 발신에 의지해 등반대 대원 네 명의 시신을 발견했다. 하지만 가가야 씨는 아직 발견되지 않았다. 기적적인 생환을 기원할 따름이다."

화면이 다카세에게 돌아왔다.

"자연재해 앞에서 인간은 너무나 무력했습니다. 눈사태에 휩쓸린 저는 필사적으로 버둥거리며 파묻히지 않으려고 저항했습니다. 하지만 그렇게 큰 눈사태 앞에서는 무의미했습니다. 몸이 사방으로 굴렀고, 어디가 위고 아래인지조차 알 수 없는 상태로 눈에 파묻혔습니다. 눈의 관에 갇힌 기분이었습니다. 아, 정말 죽는구나 하고 생각했습니다."

힘겹게 말을 쥐어짜 내는 다카세의 입술은 눈보라를 맞고 있는 것처럼 떨렸다. 무리도 아니다. 심각한 재해를 직면하면 누구나 패닉에 빠지며, 구조된다고 해도 심리적 외상 후 스트레스 장애를 앓게 될 것이다.

"저는, 저는 일단 발버둥을 쳤습니다. 설령 죽게 된다고 해도, 최후의 최후까지 포기하지 않고 저항하겠다고 생각했습니다. 눈의 무게에 짓눌릴 것 같았습니다. 그러던 중 간신히 팔이 지상으로 뚫고 나갔습니다. 저는 일말의 희망에 매달린 채, 해변을 향해 개구리헤엄을 치듯 눈을 파헤쳤습니다."

다카세의 녹화 영상이 정지하고, 그 위로 내레이션이 흐른다.

"눈사태를 헤치고 나온 다카세 씨는 그 광경에 너무 놀랐다. 눈사태는 그 규모만큼의 상처를 설산에 새겼다. 구사일생한 다카세 씨는 가가야 씨의 이름을 소리쳐 불렀다. 하지만 돌아오는 것은 메아리가 된 자신의 목소리뿐이었다."

영상이 다시 재생되고, 다카세가 말한다.

"이차적인 눈사태의 위험을 생각하면 원래 조금이라도 안전한 장소로 이동하는 게 현명하다는 건 알고 있었습니다. 하지만 전 그럴 수 없었습니다. 가가야 씨를 버리고 갈 수는 없었습니다. 저는 그곳에서 그를 찾기 시작했습니다."

다카세의 수염이 휙 올라가고 턱에 힘이 들어가는 걸 알 수 있었다. 시선이 주먹 위로 떨어진다.

"죄의식이었다고 생각합니다. 나를 돕지 않았다면, 나와 하산하지 않았다면, 가가야 씨는 눈사태에 휘말리지 않았을 거라고 생각했습니다. 냉정하게 생각해 보면 그 정도의 대규모 눈사태였으니 등정을 계속했던 등반대도 휘말렸을 가능성은 높았고, 결과는 마찬가지였을지도 모릅니다. 하지만 그때의 저는 냉정하지 못했고, 여하튼 한시라도 빨리 가가야 씨를 찾아야 한다는 초조감에 사로잡혔습니다."

산에서 파트너가 위험에 빠지면 반드시 자신의 책임처럼 느끼게 된다. 그때 그렇게 했더라면, 그때 그렇게 안 했더라면 하고.

"체력 보존이 최선이라는 걸 알면서도 수색을 그만둘 수 없었습니다. 무작정 헤매며 가가야 씨의 옷가지라도 보이지 않을까 찾아다녔습니다. 하지만 보이지 않았습니다. 그는 비컨을 갖고 있었는데……. 저는 제가 비컨을 휴대하지 않은 걸 후회하면서 닥치는 대로 눈을 파헤쳤습니다."

다카세는 자신의 두 손바닥을 응시했다. 눈을 파헤쳤을 때의 흔적, 장갑을 껴도 피할 수 없었던 동상이라도 찾는 듯. 또는 손가락이 닳아 없어질 때까지 눈을 파헤치지 않았던 것을 후회하는 듯.

캐나다에서 실시한 눈사태 희생자 조사 결과에 따르면, 비컨 소지자와 비소지자의 생존율 차이는 10퍼센트였다. 하지만 이는 20년도 더 된 자료였고, 비컨이 보급화되고 사용법 강습도 당연해진 요즘이라면 그 차이는 더 클 것이다. 비컨을 소지한다면 생존율이 높아지는 것은 확실하다.

"하루 종일이라도 계속 수색할 생각이었습니다. 하지만 다시 눈보라가 시작돼서…… 전 조난을 당했습니다. 가가야 씨는 제 목숨을 구해 줬지만, 전 그분의 목숨을 구하지 못했습니다." 다카세의 눈동자에 차오른 눈물이 볼을 타고 흘러내렸다. "죄송합니다. 물론 아직 사망으로 밝혀진 것은 아닙니다. 하지만……,"

그는 말을 잇지 못했다.

영상이 정지했고, 다카세를 대신해 내레이터가 이야기한다.

"다카세 씨는 그 후 구출되기까지의 팔 일 동안 눈보라 치는 칸첸중가에 홀로 갇혔다. 눈사태로 배낭을 잃어버린 그는 주머니에 있던 비스킷과 양갱을 씹으며 배고픔을 견뎠고, 환청과 환각의 습격과도 싸웠던 것이다."

구출 장면의 영상이 흘렀다. 심하게 떨리는 화면 구석에, 설원에 찰싹 달라붙어 있는 듯한 빨간색 텐트가 있다. 다카세가 굴러서 나왔다. 두 팔을 힘없이 흔들고 있다.

중간 과정이 편집되고, 네팔의 민간 헬리콥터가 날아왔다. 6천 미터가 비행의 한계 고도다. 소형 권양기가 장착되지 않은 기체가 회전 날개의 풍압으로 눈가루를 말아 올리며 비스듬하게 한쪽 다리로 착륙하자마자, 구조대원이 뛰어내려 다카세를 구조하고 다시 날아올랐다. 순식간에 이뤄진 귀신같은 솜씨였다. 조종사는 실력이 뛰어난 스위스인이리라.

구출된 직후의 영상으로 바뀌었다. 다카세는 들것에 누워 있었다. 왼쪽 가슴에 안전을 기원하는 부적이 꿰매진 빨간 다운재킷을 입고 애매한 미소를 짓고 있다. 제멋대로 자란 검은 수염을 움직여 일본어로 "감사합니다." 하고 중얼거렸다.

화면은 다시 현재의 다카세로 돌아왔다.

"현지 여러분들에게는 아무리 감사하다는 말을 드려도 부족합니다. 하지만 가장 큰 은인은 역시 가가야 씨입니다. 위험도 무릅쓰고 도와주셨습니다. 제가 살 수 있었던 것은 그분 덕입니다. 등반대의 유일한 양심입니다. 가가야 씨야말로 진정한 영웅입니다. 정말로 산의 사무라이입니다. 그를 만나지 못했다면 저는 이곳에 없었겠죠."

내레이션이 흘렀다.

"현지에서는 가가야 요시히로 씨와 아즈마 교이치로 씨의 수색이 이어지고 있다."

‘※이미지 영상입니다’라는 주석이 달린 영상이 흘렀다. 일본의 설산일까. 구조대가 수색하는 모습이 비친다. 존디렌Sondieren 설면에 꽂아 붕괴나 눈사태의 위험도를 탐지하는 스틱. 눈사태로 매몰된 조난자를 수색할 때 주로 쓰인다. 노란 형광색 옷을 입은 대원들이 일렬횡대로 서서 장대높이뛰기용 장대를 연상시키는 금속제 스틱을 눈 속에 꽂으며 나아간다. 조금 떨어진 곳에서는 눈사태의 2차 피해를 경계하는 안전 요원과 수색 활동을 기록하는 기록 요원이 서 있다. 정신이 혼미해질 정도로 끈기가 필요한 작업이다. 현지의 영상을 준비 못한 것은 아마도 실제로는 더 이상 수색이 이루어지지 않기 때문일 것이다.

네팔 정부는 고액의 입산료를 받으면서도 국비로 아무것도 해 주지 않는다. 우연히 눈사태를 목격한 등반대나 현지인 가이드가 개별적인 호의로 움직여 주는 정도다. 하지만 등반대원들은 자신들의 목표가 있고, ‘산에서의 사고는 자기 책임’이라는 공통적인 인식도 있는 탓에 수색에 귀중한 장비와 시간을 그렇게까지 할애해 주지 않는다. 셰르파는 돈을 위해 움직이기 때문에, 돈이 안 되는 위험에 목숨을 걸지 않고 포기도 빠르다.

눈사태로 매몰됐을 때 생사를 가르는 경계선은 15분이다. 15분 이내에 발견하면 거의 생존해 있다. 하지만 그 후로는 생존율이 급격하게 낮아진다. 6시간이 지나면 5퍼센트다. 일주일이 넘게 경과한 현재, 에베레스트라면 그나마 모르겠지만 칸첸중가는 등산객도 많지 않아서 구조는 어렵다. 더구나 곧 혹한기에 접어들어 입산 자체가 어려워진다.

특집이 끝나자 마스다는 한숨을 쉬며 텔레비전을 껐다. 다카세의 기적적인 생환과 가가야의 일화는 방송이 의도한 대로 미담이 될 것이다. 하지만 그 한편, 형을 포함한 등반대는 다카세를 방치한 산악인으로 비난받을 터다.

노트북을 켜고 누리꾼의 반응을 확인했다. 동 시간대 시청률이 가장 높은 와이드쇼에서 특집으로 방송된 만큼 꽤 화제가 되어 있었다.

다카세가 '산의 사무라이'라고 칭한 가가야에 대한 칭찬, 영웅화, 무사 귀국을 기원하는 목소리가 다수다. 사망자들에게 비판적이었던 보도 내용에 대해서는 신중하지 못했고 명예훼손이라는 논조도 소수지만 존재했다. 하지만 예상대로 다른 등반대원들에 대한 비방과 중상이 눈에 띄었다.

조난자를 방치하다니 너무 심하다. 인간 실격. 어디 가서 산악인이라고 하지 마라. 눈사태를 만난 건 자업자득. 천벌이다. 꼴좋다. 자만과 교만의 결과. 남에게 한 만큼 자신에게 돌아온다는 말을 새겨봐야 한다.

죽은 자에 대한 매도는 눈 뜨고 볼 수 없는 수준이었다. 에베레스트를 등정한 적도 있는 유명 등산가가 재빨리 소셜 네트워크에 자신의 주장을 올렸다.

'산악인은 누구나 똑같다고 생각하지 마세요. 산에서 조난자를 만나면 손을 뻗는 것이 진정한 산악인입니다. 산을 사랑하기에 더더욱 그 산에서 누군가가 죽기를 원하지 않습니다. 대부분의 산악인은 가가야 씨처럼 행동합니다. 저도 그렇습니다. 그러니까 일부 사람들의 행동으로 산악인 전체를 비판하지 말아 주십시오.'

찬동하는 댓글이 계속해서 이어진다.

'죽은 자는 말이 없다'였다. 텔레비전에 보도된 이야기가 사실로 인식되고, 그것을 전제로 여론이 형성된다. 레토르트식품 하나 양보하지 않으면서 다카세의 미숙함을 비웃고 사라진 산악인들과, 목숨을 걸고 다카세를 돕다가 눈사태로 행방불명된 가가야. 악과 정의. 비열한 인간과 영웅. 명확한 대비다.

다카세가 거짓말을 했다고는 생각하지 않는다. 하지만 산을 사랑하고 산악인을 존경하던 형이 동료들과 함께 다카세를 무시하고 방치했다고는 믿고 싶지 않다.

마스다는 주먹으로 다다미 바닥을 내려쳤다.

등반대원 중에 형의 자일에 손을 댄 자가 있다. 형에게 살의를 품었던 자가 있다. 또는 직접 손을 쓴 자가 있다. 그자가 누구일까? 동기는? 오랫동안 산에서 떨어져 있던 형이 칸첸중가의 미답봉에 오를 결심을 한 이유는 무엇일까?

답을 알 수 없는 의문투성이였다.

3

마스다는 신주쿠에 있는 체육관같이 생긴 클라이밍 센터에서 인공 벽을 올려다보았다. 형태도 크기도 다양한 가지각색의 홀드─폴리에 틸렌 재질의 돌─가 벽에 박혀 있고, 군데군데에 있는 지점支點에 카라비너가 매달려 있다. 자일을 사용하지 않는 '볼더링 벽'만 있는 시설이 많은데, 이곳은 로프 클라이밍도 할 수 있어서 예전부터 이용해 왔다.

허리 벨트를 조이고 하네스를 장착한 클라이머가 홀드를 움켜쥐고 벽에 스파이더맨처럼 달라붙어 있다. 양쪽 손발을 능숙하게 다루며 10미터 높이까지 올라간다. 도중에 있는 지점의 카라비너에 자일을 통과시키며 위로, 위로 올라간다.

지상에서는 등반자가 낙하할 경우 자일을 조작해 추락을 멈추게 하는 확보자가 파트너를 지켜보고 있다.

마스다는 장비를 점검하고 천장까지 수직으로 솟은 벽에 도전했다. 손가락을 걸듯이 최소한의 힘으로 위쪽 홀드를 잡고 아래쪽 홀드에 체중을 싣는다. 트레이닝에 몰두하면 어떤 일이든 일시적으로 잊을 수 있을 줄 알았다.

하지만…….

반대였다. 기억이, 추억이 격류가 되어 되살아난다.

시미즈 미쓰키와 만난 건 이 클라이밍 센터에서였다. 대학 입시를 반년 앞둔 여름. 형이 고만고만한 대학의 산악부에서 자유를 만끽하는 만큼, 나는 변호사인 아버지의 기대를 한 몸에 지고 일류 대학 법학부를 목표로 하고 있었다. 입시에 한 번 떨어진 탓에 정신적으로 바닥이었다. 삼수는 절대 안 된다, 반드시 합격하라는 아버지의 명령이 있었고, 입시 학원에 다니면서 참고서와 씨름하는 나날. 노트 위를 달리는 샤프 소리가 짜증 나서 몇 번이나 심을 부러뜨렸다.

곤두선 신경이 파삭파삭, 파삭파삭, 파삭파삭.

방 안의 공기가 꽉 막혀 있다. 두통이 인다. 숨이 막힌다. 창문 너머 도로에서 들려오는 초등학생의 웃음소리에 화가 치밀었다. 엉뚱한 분풀이로 소리를 지를 것 같을 때마다 펜 끝으로 허벅지를 찌르며 견뎠다.

인생의 실패는 용납할 수 없다, 두 번 다시는.

오로지 공부에만 매달리는 하루하루가 이어지던 어느 날, 형에게 전화가 왔다. 클라이밍 도구를 깜박했으니 센터까지 가져다 달라고 한다. 수험생에게 이런 염치없는 부탁을 하다니, 화가 치밀었다. 하지만 외출할 구실이 되겠다고 생각을 바꾸고 승낙했다.

지도를 보며 신주쿠에 있는 클라이밍 센터를 찾아갔다. 우뚝 솟은 여러 개의 벽에 빨강, 파랑, 노랑, 초록, 보라색의 돌이 빽빽하게 박혀 있는 모습은 예전에 사진에서 본 안토니오 가우디의 작품, 구엘 공원을 채색한 모자이크 타일의 입체 아트를 연상시켰다.

둘러보니 안쪽 벽 앞에서 형이 트레이닝 복장으로 서 있었다. 형을 불렀지만 돌아보지 않았다. 지상에서 자일을 움켜쥐고 10미터 높이에 달라붙어 있는 클라이머를 응시하고 있다. 마스다는 형에게 다가가 말을 걸었다.

"고맙다. 짐은 저기에 놔 줘."

"뭐야, 얼굴도 안 보고…… . 내가 심부름꾼이야?"

"미안. 확보자는 등반자에게서 눈을 뗄 수 없어서. 사고의 원흉이거든. 철저하게 주시해야 해."

"저 남자를 지키는 게 형의 역할인가."

마스다는 혼자 어깨를 으쓱하고 위를 올려다보았다. 등반자는 개구리 같은 동작으로 몇 미터를 내려오더니 마지막에는 신호를 보낸 후 자일을 타고 한 번에 낙하했다. 그리고 지상으로 내려오자마자 헤어밴드를 벗었다. 윤기 있게 빛나는 검은 머리카락이 가볍게 휘날리며 등으로 내려왔다. 남자가 아닌 여자였다.

그녀의 미모에서 눈을 뗄 수 없었다. 순백의 탱크톱 위로 부풀어오른 가슴, 스포츠용 반바지 아래로 뻗은 종아리. 다갈색 피부에서 튕겨 나온 땀방울이 형광등빛을 머금고 반짝였으며, 온몸에서 생명력이 흘러넘쳤다.

"소개할게." 형이 그녀를 보았다. "이쪽은 시미즈 미쓰키. 내 파트너야."

"……형한테 애인이 있다는 얘기는 처음 듣는데."

"애인이 아니라 파트너라고. 등산 파트너. 같은 대학 산악부야. 일

년 후배."

마스다는 내심 안도했다.

"아, 저는……," 마스다는 그녀를 응시했다. "동생인 나오시입니다. 법학부를 목표로 공부 중인……."

불필요한 설명까지 했던 이유는 등산이라는 공통점으로 이어진 그녀와 형 사이를 질투해서였는지도 모른다. 형과는 다른 자신의 '무기'를 보여 주고 싶었다. 그런 자신의 계산을 깨닫고는, 후회했다.

미쓰키는 말없이 돌아보았다. 그녀의 칠흑색 눈동자는 속마음을 꿰뚫어 볼 듯한 깊이를 띠고 있었다.

"……나오시, 너, 살아 있니?"

"어? 그야 살아 있죠, 당연히."

"내게는 그렇게 안 보여. 수험 공부, 재미없지?"

순간 대답할 말을 잃었다.

"재밌지는 않습니다."

"역시. 표정이 어두워. 쫓기는 느낌이야. 인생을 좀 더 즐겨야 해."

"시미즈 씨는……,"

"그냥 미쓰키라고 불러도 돼."

"미쓰키 씨는 왜 산에 오릅니까? 진부한 질문이지만."

미쓰키는 아름다운 눈썹을 찡그리며 잠시 생각하더니 대답했다.

"'인생은 계속해서 흘러가는데, 그 인생이 정말로 살아 있는 것 같지 않다면 난 견딜 수 없다'."

"네?"

"헤밍웨이의 『태양은 다시 떠오른다』. 문학에는 흥미 없어?"

"그쪽 방면은 별로……."

"그 대사를 받고 주인공은 이렇게 대답해. '투우사도 아닌 이상, 자신의 인생을 철저하게 사는 사람은 없어'."

"투우사라면 철저하게 인생을 산다는 말입니까?"

"삶과 죽음의 경계에 있을 때 비로소 생명은 빛나. 난 그게 산이야. 물론 산악인이 삶과 죽음의 경계에 서고 싶어 한다고는 생각 안해. 실력으로 위험을 회피하지. 하지만 백 퍼센트의 안전은 보장되지 않아. 방심은 죽음으로 직결되지. 그런 속에서 살아남는 것, 그것이 인생. 나의 인생."

"……전 모르겠어요."

미쓰키에게 호감을 느낀 이상, 공감이나 이해를 표시하는 편이 좋았을 터다. 하지만 솔직한 심정을 위장할 수는 없었다. 빛나는 그녀에 대한 열등감이 마음 한구석에 있었는지도 모른다. 또는, 인생을 살고 있지 않다는 지적에 정곡을 찔렸다고 느꼈을까. 여하튼 그녀가 거짓 이해를 원하지는 않을 것이라고 생각했다.

형이 호쾌하게 웃으며 미쓰키의 머리를 툭툭 쳤다.

"이 녀석, 건방지긴."

그 말에 비난의 느낌은 전혀 없었고, 오히려 오랜 연인 같은 친근함이 있었다. 미쓰키는 "쪼옴!" 하며 형의 팔을 밀쳐 내고 입술을 삐죽 내밀었다.

"난 진지하다고! 놀리지 마!"

"미안. 뭐, 인생관은 모르겠고, 나오시가 지루한 얼굴을 하고 있다는 건 동감이야. 방에만 처박혀 있어서 고여 있는 거 아닐까?"

"고이다니 뭐가?"

"이상한 상상 마. 스트레스 말이야. 최근에는 공부만 하잖아."

"당연한 거 아냐? 수험생인데. 삼수는 못 해."

"딱딱하긴. 누구를 위한 인생이야?"

설교 같은 말투에 마음이 확 상했다.

"이거 보세요, 형이 자기 하고 싶은 대로만 한 덕분에 내가 아버지의 기대를 전부 짊어지고 있거든요? 잘난 척하지 마."

"……네가 짊어지고 있는 건 아버지의 기대가 아니야."

"그럼 뭔데?"

"아버지의 인생이지. 부모의 인생을 짊어지면 안 되는 거야. 짊어지는 건 부모님이 나이 들어서 보살펴 줘야 할 때야."

"그렇게 간단한 문제가 아니라고. 내게 다른 길 따윈 없어."

"산은 좋아." 형은 바보같이 웃었다. "자신의 다리로 걸을 수 있지. 오르는 것도 내려오는 것도 자기 하기 나름이야. 매너는 있지만 룰은 없어."

몰두할 수 있는 것. 살아 있다고 실감할 수 있는 것.

돌이켜 보면 부모님이 깔아 둔 레일 위를 걸어왔다. 아니, 열차로 운반됐다는 표현이 적절할까. 인생을 자신의 다리로 걷고 있다는 실감은 없었다.

"하지만 이제 와서……."

"나오시." 미쓰키가 인공 암벽의 돌을 움켜쥐었다. "도전해 볼래?"

"나한테는 무리예요. 수험 공부 때문에 축구부도 그만둔 지 이 년이 됐고, 근력도 떨어졌고."

"괜찮다니까. 클라이밍은 근력이 아니야." 미쓰키는 오른팔을 구부렸다. 알통을 만드는 자세다. "봐. 보통이지?"

그녀의 말대로 탄탄하기는 했지만 평균적인 여성의 가녀린 팔로밖에 보이지 않았다. 탱크톱 사이로 엿보이는 겨드랑이의 움푹 들어간 곳이 묘하게 요염하다.

"봐 봐, 이곳에 근육질 타입의 남자는 없잖아. 무슨 일이든 도전하는 거야, 도전. 사용 요금이랑 장비 대여 비용은 내가 낼게."

"하지만 그건⋯⋯,"

"나이 어린 사람은 사양하는 거 아니야."

강제로 떠밀려 볼더링을 배우게 됐다. 갑자기 손을 잡혔을 때는 심장이 뛰었다. 그녀의 눈이 마스다의 손끝에 쏠려 있었다.

"좋아, 손톱도 짧고. 오케이. 그럼 당장 해 보자."

마스다는 빌린 암벽화를 신고 스트레칭을 했다. 체육 수업처럼 정면에서 시범을 보이는 미쓰키에게서 눈을 뗄 수 없었다. 그녀가 탄탄한 상체를 비틀고, 젖히고, 구부릴 때마다 탱크톱에 눌린 가슴의 형태가 달라진다.

"어이!" 다리를 180도로 벌리고 바닥에 몸을 납작하게 붙인 미쓰키가 그 자세 그대로 얼굴을 들었다. "진지하게 해!"

"아, 네."

마스다는 황급히 그녀를 따라 했다. 수험 공부로 둔해진 몸은 단순한 준비운동에도 비명을 질렀다.

스트레칭이 끝나자 이마의 땀을 닦고는 안내받은 대로 초보자용 볼더링 벽 앞에 섰다. 3미터 정도의 높이다.

이거라면, 하고 생각한다.

그녀에게 기본동작을 배우면서 첫 홀드를 잡았다. 보라색 홀드는 초승달 모양을 하고 있어서 잡기 쉬울 듯했다.

"사다리를 오르는 요령으로 다리 그리고 손, 다시 다리 그리고 손이야. 이렇게……."

갑자기 탄력 있는 감촉이 등에 달라붙었고, 희미한 땀 냄새가 코끝을 간질였다. 미쓰키가 밀착해 있었다. 그녀의 손바닥이 내 손등에 겹친다.

"이렇게. 알겠어?"

"아, 네."

미쓰키는 말 그대로 손발을 잡고 오르는 법을 하나하나 가르쳤다. 커진 심장 소리가 그녀에게 들리는 건 아닐까. 부끄러워져서 황급히 오르기 시작했다. 의외로 어렵지 않았다. 높이 3미터의 인공 암벽은 끝까지 올라도 매트에서 암벽화 바닥까지 1미터 남짓이라 공포심은 느껴지지 않는다. 어렸을 때 놀았던 공원의 정글짐이 훨씬 울툭불툭해서 무서웠다.

어느새 동심으로 돌아가 무아지경에 빠져 있었다. 홀드에서 홀드로 체중을 옮기고 팔을 뻗는다. 끝까지 올라간 후에는 좌우로 이동했다. 생각해 보면 예전에는 형처럼 높은 곳을 좋아했다. 하지만 언젠가부터 위험은 최대한 피하고 있었다.

손가락에 더 이상 힘이 들어가지 않아 지상으로 내려왔다. 땀투성이 티셔츠는 피부에 달라붙었다. 무릎을 짚고 숨을 토해 낸다.

"수고! 어땠어?"

미쓰키의 목소리가 머리 위에서 내려왔다. 땀방울이 뚝뚝 떨어지는 얼굴을 들자 그녀가 웃는 얼굴로 서 있었다.

"아, 대답 안 해도 알겠어. 상쾌한 얼굴이네, 뭐."

마스다도 웃는 얼굴로 대답을 대신했다. 그냥 지어진 표정이었다.

갈아입을 옷을 가져오지 않아서 클라이밍 센터의 샤워실을 이용하지 않고 귀가한 후 욕조에서 땀을 씻었다. 그런 다음 참고서를 펼쳤다. 하지만 미쓰키의 말이 머리에서 떠나질 않았다.

나오시, 너, 살아 있니?

과연 나는 살아 있는 걸까. 중학교 때 무리해서 명문 대학 입학률이 높은 고등학교에 들어갔고, 그 후로는 수업에 뒤처지지 않으려고 맹렬하게 공부했다. 축구부에 들어간 것도 팀이 약소하고 연습이 느슨해서 선택했을 뿐이다. 지금은 아버지의 기대에 부응하겠다는 목표만으로 공부하고 있다.

눈을 감자 생명력 넘치는 미쓰키의 웃는 얼굴만 떠올랐다.

그 후에는 공부 중간에 일주일에 한 번 클라이밍 센터를 찾았고, 형과 미쓰키에게 볼더링 기술을 배우는 날들이 이어졌다. 오랜만에 기분 좋은 근육통을 느꼈다. 육체적인 피로의 해소와 함께 정신적 스트레스도 완화되어 공부에 집중할 수 있었다.

"이번 휴일에 셋이서 산에 올라 보지 않을래?"

미쓰키가 제안한 건 12월 중순이었다.

"산이라니. 난 아직 야외 클라이밍은 해 본 적 없어요."

"암벽을 오르자는 게 아니라니까. 평범한 등산. 야쓰가타케의 다테시나야마산을 생각하고 있어. 당일치기도 가능해서 설산 입문에는 아주 좋거든. 딱 지금부터 삼월 하순까지가 최적이야."

형과 미쓰키와 어울리게 된 이후 산에 흥미도 생겼고, 기분 전환 겸 가기로 결정했다. 그것이 첫 등산이었다.

다테시나야마산은 그녀 말대로 오르기 쉬웠다. 설원에 늘어선 벌 거벗은 잎갈나무 숲을 빠져나가자 아름답게 눈꽃을 피운 상록 침엽 수림 지대를 가르듯 눈 덮인 등산로가 나타났다. 앞 발톱이 없는 아 이젠과 등산 스틱만으로 충분한 난도였다. 그렇기는 해도 설산은 첫 체험이라 상상 이상으로 체력이 소모됐고, 정상 바로 밑 암석 지대의 사방에 깔린 바위에 앉아 휴식을 취했다. 솟아나던 땀도 매섭게 달려 드는 한풍에 순식간에 마른다.

"자, 거의 다 왔어. 금방이야."

미쓰키의 격려를 받으며 마지막 한 발을 내디뎌 정상에 올랐다. 그 곳에서 주위를 바라보고는 숨을 삼켰다. 백운을 배경으로 남북 30킬 로미터에 이르는 야쓰가타케산맥이 펼쳐져 있었다. 이어지는 옅은 남색 산들이 눈으로 된 새하얀 면사포를 쓰고 있다.

"오길 잘했다……."

감탄의 한숨이 새어 나왔다. 형 옆에 있던 미쓰키가 마스다 옆으로 와서 "그렇지?" 하고 웃는다. 잠시 말이 없자, 그녀가 멀리 야쓰가타 케 산맥을 바라본 채 말했다.

"난 있지, 언젠가 아이거 북벽에 도전해 보는 게 꿈이야."

"아이거?"

"스위스에 있는 산. 알프스의 명봉인데 표고는 3,970미터야."

"에베레스트의 절반이 안 되네요."

"표고에 속으면 안 돼. 내가 오르고 싶은 곳은 아이거 북벽. '악마의 벽'이라고도 하는데……," 미쓰키는 흐응 하고 콧소리를 내고는 애인 자랑이라도 하는 듯한 표정과 말투로 말했다. "무려 1,800미터의 암벽이거든."

"네에?"

"1,800미터! 그곳을 암벽등반하는 거야."

"……제정신이 아니군요."

"응, 나도 그렇게 생각해." 미쓰키는 태연하게 웃었다. "전에 알프스로 여행 갔을 때 아이거 북벽을 올려다봤거든. 굉장했어. 지평선 따위의 개념이 사라진 것처럼 하늘까지 가로막은 암벽이 솟은 모습을 보니 오르지도 않았는데 심장이 조이고 무릎이 떨렸어. 그런 경험은 살면서 처음이었어."

흥분한 말투의 미쓰키는 눈동자를 반짝이고 있었다. 생명력의 집적체.

그 다테시나야마산의 첫 등산이 계기가 되었고, 나도 그녀처럼 인생을 살아 보고 싶다고 생각했다. 귀가 후, 목표 대학을 바꾸고 싶다고 부모님께 고백했다. 쫓겨날 각오도 했다. 하지만…….

"네가 원하는 게 산이라면 그걸로 상관없어. 인생은 한 번이다. 후회 없도록 살면 되는 거야."

"나한테 변호사 사무실을 잇게 할 생각 아니었어?"

"자만하지 마라. 우리 사무실에도 유망주가 있어. 변호사는 넘쳐나. 네가 걱정할 만큼 어렵지 않아."

"변호사가 되길 바라는 줄만……,"

"그게 네 선택이라고 생각했으니까 부모로서 응원했을 뿐이야. 입시에 실패했을 땐 엄하게 말하기도 했지만. 만약 훗날 네 선택을 후회하고 스스로 도저히 어쩔 수 없게 된다면 그때 다시 의논하면 돼."

반대해도 절대 뜻을 굽히지 않겠다고 결심한 뒤 꺼낸 말이었는데, 뜻밖의 대답을 듣고 자신도 모르게 감격했다. 어머니도 아버지와 같은 의견이었다.

형과 미쓰키가 다니는 대학에 입학했고, 같은 산악부에 들어갔다. 그리고 등산에 빠져들었다. 국내의 설산만도 로프웨이를 이용해 오르는 대설 지대의 다니가와다케를 비롯해 새하얗게 우뚝 솟은 아카다케, 바위 능선이 심해서 아이젠 워크영어와 독일어의 합성으로 만들어진 일본식 등산 용어로, 아이젠을 신고 얼음이나 눈 사면을 걷거나 오를 때 사용하는 발놀림 기술를 시도할 수 있는 가이코마가타케, 도전적인 남알프스의 시오미다케, 상급자 코스인 고류다케 등 다양한 산을 올랐다.

미쓰키에게 인정받고 싶은 마음 하나로 실력을 키워 갔다. 경쟁 대상은 형이었다. 산에 오를 때마다 형에게 지지 않으려고 걸음을 내디뎠다. 하지만 함께 같은 루트를 공략하는 이상 명확한 차이를 드러내기는 힘들다.

그녀가 자신을 돌아보게 하려면…… 더욱 큰 위험을 만들어 내는 수밖에 없다.

그런 생각으로 형보다 장비의 양과 질을 떨어뜨렸다. 예비 장비도 식량도 최소한으로 줄였다. 이설로 등정에 성공하면 형보다 뛰어나다는 걸 증명할 수 있다.

등산의 세계에서는 '더욱 위험하게' 오르는 편이 높은 평가를 받는

다. 예컨대 산소와 기압이 평지의 3분의 1인 고봉에 도전할 때, 산소
통을 사용하면 난도가 낮아진다. 그래서 산소통 없이 도전한다. 이를
'무산소 등정'이라고 한다. 다수의 등반대를 조직해서 오르는 것보다
혼자서 오르는 편이 어렵다. 이를 '단독 등정'이라고 한다.

단독 무산소 등정.

이것이 가장 난도가 높은 등정 방식이다.

이탈리아의 전설적인 등반가 라인홀트 메스너는 1978년, 지원 없
이 소수 몇 명으로 한 번에 오르는 알파인 스타일로 인류 역사상 처
음인 에베레스트 무산소 등정에 성공했다. 2년 후에는 난도를 더욱
높여 단독 무산소 등정의 위업을 이뤄 냈다.

개척된 루트보다는 미답 루트, 잔설기보다는 엄동기, 팀보다는 단
독, 산소통 사용보다는 무산소. 진정한 등반가는 스스로 만들어 낸
위험을 극복하는 데에서 의미를 찾으며 도전을 계속한다. 그래서 산
악부 회원들보다 장비의 양도 질도 낮춰서 선봉에 서겠다고 결심했
다. 하지만 출발 전날 밤, 형에게 배낭의 내용물을 들켰다.

"뭐냐, 이건." 형의 말투에는 화가 섞여 있었다. "식품도 가스도 장
비도…… 엄동기의 설산을 오를 수준이 아니잖아."

"……난 이 정도면 충분해. 문제없이 등정할 수 있어."

"산을 얕보지 마."

"실력을 증명하고 싶단 말이야. 위험을 만들어 내고 극복한다, 이
게 등산 아니야?"

형의 미간에 주름이 잡혔다.

"너, 뭔가 착각하는 거 아니냐?"

"뭐가? 등반가는 더욱 큰 위험에 도전하는 거잖아."

"등산에 대한 생각은 등반가마다 다를 테고 말장난할 생각도 없다만…… 등산가는 위험에 도전하는 게 아니라 고난에 도전하는 거야. 위험을 만들어 내는 게 아니라 고난을 만들어 내는 거라고."

"그러면 말을 바꿀게. 난 더욱 고난이 가득한 등산을 하려는 거야. 그럼 됐지?"

"그게 아니야. 그런 게 아니라고. 넌……,"

"그만 좀 해. 내 맘이야!"

화가 나서 소리를 지른 순간이었다. 주먹이 눈으로 날아들었다. 반사적으로 고개를 돌렸다. 뺨이 튕겨 나가고 시야가 옆으로 빠르게 지나간다. 앗 하는 순간에는 이미 카펫에 얼굴을 처박고 있었다.

쓰러진 채로 고개를 들어 형을 노려보았다.

"무, 무슨 짓이야!"

"적당히 해! 동료를 죽일 셈이냐!"

형의 말에 전류가 흘렀고, 정신이 번쩍 들었다.

"잘 들어, 나오시. 등반가가 고난에 도전할 때는 미리 등반 루트도 장비도 면밀하게 계산해서 멤버의 동의를 얻은 뒤에 도전하는 거다. 지금 너는 스탠드플레이를 하는 거야. 동료를 위험에 빠뜨리는 어리석은 행동이야. 널 커버하면서 오를 동료의 부담은 생각했어? 만약 네게 사고가 일어나면 누군가가 목숨을 걸고 널 구해야 해. 반대로 동료에게 사고가 생겼을 때 넌 그 장비를 갖고 동료를 구할 수 있을 것 같아? 불충분한 장비로 도전한다는 건 말이지, 동료의 목숨을 경시하는 것과 마찬가지야. 그 정도는 알아야지!"

한마디도 대꾸할 수 없었다. 형이 옳았다. 자신의 유치함에 혐오감이 치밀었다. 미쓰키를 돌아보게 하고 싶은 마음에 폭주하고 있었다. 자기중심적인 행동으로 동료를 위험에 빠뜨리는 게 무슨 등반가인가. 그제야 그녀가 형에게 반한 이유를 깨달았다.

그래, 미쓰키는 형을 선택했지…….

마스다는 정신을 차리고 추억에서 현실로 돌아왔다. 돌아보니 자신은 12미터 인공 암벽의 정중앙에 멈춰 있었다. 오늘은 집중할 수 없을 것 같다.

산을 버린 형이 왜 칸첸중가를 올랐을까? 등반대원들은 아는 사이였을까? 폐쇄적인 설산에서 무슨 일이 있었던 걸까? 누가 자일에 흠을 냈을까? 형의 사인은 무엇이었을까?

머릿속에 맴도는 수수께끼들이 풀리지 않는 이상, 마음은 안정되지 않는다. 트레이닝으로 잊은 척하는 건 불가능하다.

마스다는 샤워실에서 땀을 씻고는 옷을 갈아입고 집으로 가서 안면이 있는 편집자에게 전화했다. 눈사태의 위험을 설명한 전문 서적과 설산 사진집, 등산 체험담 등을 출판했을 때 같이 작업했던 편집자다.

편집자는 전화를 받더니 무슨 말을 해야 할지 망설이듯 시간을 둔 후, 침통한 목소리로 조의를 표했다. 형의 장례식에 참석하지 못했던 비례非禮를 사과하고 화제를 바꿨다. "오늘은 무슨 일로……?"

"칸첸중가 눈사태 사고로 실종된 가가야 씨 일로요."

"아, 그 '산의 사무라이' 말씀인가요?"

"생환한 다카세 씨의 표현이죠."

"네. 매스컴은 다카세 씨를 집요하게 따라다니고 있습니다. 인터넷에서도 가가야 씨의 생환을 기원하는 목소리가 엄청나죠."

"사실은 그 가가야 씨의 가족을 만날 수 없을까 해서요."

"이유를 여쭤도 될까요?"

형을 둘러싼 여러 가지 의문들에 대해서는 말하지 않는 편이 좋을 것이다. 현 단계에서 이야기가 공개되면 공연히 소동만 일게 된다.

"특별한 이유가 있는 건 아닙니다. 단지, 가가야 씨는 형이 참가했던 등반대의 멤버였고, 가족분들에게 형의 이야기를 들을 수 없을까 생각했을 뿐입니다."

"……그렇습니까. 화제가 된 영웅의 가족이니 주소를 알아보는 건 어렵지 않을 겁니다."

"감사합니다."

"아, 찾아뵐 때는 주의하는 게 좋습니다. 지금 매스컴이 공격을 가하고 있으니까요."

"충고 고맙습니다. 조심하겠습니다."

"그러면 알게 되는 대로 전화드리겠습니다."

"잘 부탁드립니다."

전화를 끊고 텔레비전을 켰다. 저녁 뉴스에 다카세 마사키가 생방송에 출연하고 있었다. 야위었던 볼에 조금 살이 붙었다. 입을 뒤덮고 있던 검은 수염을 밀자, 배우 못지않은 핸섬한 얼굴이 드러났다.

"……미숙한 실력으로 무모하게 도전한 제 책임입니다." 다카세는 기특하게 고개를 숙였다. "가가야 씨를 휘말리게 해서 죄송한 마음 금할 길이 없습니다. 어떻게 사죄를 드려야 할지 모르겠습니다."

잠시 시간을 둔 후 여성 해설자가 입을 열었다.

"가가야 씨는 다카세 씨를 구하기 위해 목숨을 걸었습니다. 그의 영웅적인 행동은 최근 일본인이 잊고 있는 타인에 대한 동정심의 소중함을 가르쳐 주었죠. 원래 현대사회는……,"

그녀는 이번 눈사태 사고를 이용해 사회 비판을 시작했다. 하지만 본론에 들어가기 전에 사회자가 끼어들어 원래의 이야기로 돌렸다.

"다카세 씨는 가가야 씨에게 구조되었죠."

"……네. 등반대에 버려졌을 때는 죽음을 각오했습니다만 가가야 씨의 용감함에 구조됐습니다. 무사를 기원할 따름입니다. 그는 정말로 훌륭한 분입니다. 이런 눈사태로 목숨을 잃어도 되는 사람이 아닙니다."

자각하지 못했겠지만 유족에게는 신경을 건드리는 발언이었다. 조난자를 비웃고 내버려 뒀던 일행은 목숨을 잃어도 어쩔 수 없다……. 넌지시 그렇게 말하는 기분이 들었다.

"비바크를 했을 때 가가야 씨는 갓난쟁이 아들 이야기를 해 주었습니다. 사진도 보여 주셨는데, 정말로 귀엽게 웃고 있는……."

사회자가 미간에 주름을 세우며 침통한 표정으로 끄덕였다.

다카세는 카메라를 응시하며 말했다.

"가족분들을 위해서라도 가가야 씨가 꼭 살아서 돌아오셨으면 합니다."

화면에 가가야 씨의 사진이 나왔다. 등반 중인 사진이 아니라 대관람차와 제트코스터를 배경으로 아내와 웃으며 나란히 서 있는 사진이다. 요전 뉴스에서 얼굴을 드러내고 남편의 무사를 기원했기 때문인지 아내의 얼굴에 모자이크 처리는 하지 않았다.

"우리는 가가야 씨의 생환을 기원합니다."

사회자가 그렇게 마무리했다. 분명히 등반대원 중 한 명도 아직 연락 두절 상태였지만, 그의 얘기는 다뤄지지 않았다.

마스다는 텔레비전을 끄고 노트북을 열었다.

인터넷에서는 다카세를 동정하는 목소리가 압도적으로 많았다. 미숙한 실력으로 칸첸중가산맥의 미답봉에 도전한 다카세의 얕은 생각을 탓하는 비판은 순식간에 덮인다. 당연하다. 감정론을 배제하면 등반대의 사인은 천재지변이었고, 다카세를 책망할 이유가 없다. 가가야 건에 대해서도, 그가 등반대와 행동을 같이했다면 네 명의 동료와 마찬가지로 매몰되어 지금쯤 시신으로 귀국하는 상황이 됐을 터였다. 다카세와 행동했기 때문에 오히려 생존 가능성이 남아 있다. 그 가능성이 1만분의 1이라고 해도.

한편 다카세를 외면했던 등반대에 대한 비방과 중상은 눈을 가리고 싶을 만큼 심해졌다.

마스다는 내려치듯 노트북을 덮었다. 엉뚱한 화풀이라는 건 알지만, 다카세에 대한 반감이 마음속에서 소용돌이친다. 그는 설산에서 있었던 사실을 말했을 뿐이다. 하지만, 하지만……

정말로 필요한 이야기였을까. 송장에 매질하는 일이다. 가가야 혼자만 다카세를 구하려고 했던 이유를 설명하려면 등반대에 버려진 사실을 이야기할 수밖에 없음은 알고 있다. 하지만 조금 에둘러 얘기해 주었다면……. 그런 식으로 생각하게 되는 건 형에 대한 죄의식을 떨쳐 내고 싶었기 때문인지도 모른다. 미쓰키의 죽음에 대한 책임을 형에게 떠넘기며 비난했고, 사이가 틀어진 채 죽음으로 이별했다.

사과 한마디라도 하고 싶었다.

회한을 곱씹고 있자 휴대폰이 울렸다. 편집자의 전화였다. 가가야 씨의 주소를 알아냈다고 한다.

마스다는 고맙다는 인사를 하고 전화를 끊은 후 외출 준비를 했다.

4

사이타마

가가야의 집은 사이타마현 아게오시에 있었다. 좁은 베란다가 있는 목조 2층 건물로, 모르타르를 바른 벽은 멀리서 봐도 벗어진 것이 눈에 띈다. 지은 지 30년은 넘었을 것이다. 현관 옆에는 자전거와 접이식 의자가 놓여 있다.

마스다는 주변을 둘러봤다. 높은 건물은 보이지 않았고, 밤하늘이 드넓다. 공터와 밭이 많고 도심에 비해 건물과 건물의 거리가 멀어서 그들은 눈에 띄었다.

마스다는 가가야 집 주변에 모인 매스컴 관계자에 넌더리가 났다. 텔레비전 카메라를 어깨에 멘 사람, 삼각대를 세워 놓은 사람, 마이크를 쥔 사람 등 각양각색이다. 모두 '산의 사무라이'의 아내를 인터뷰하고 싶은 것이다. 시청자는 늘 미담에 목마르다.

지금 가가야의 아내를 방문하는 건 좋은 생각이 아니다. 자신의 정체가 드러나면 취재 공격을 가해 올 것이다. 영웅의 아내와 마찬가지로, 다카세를 위험 속에 내팽개친 등산가의 동생은 호기심을 부추긴다. 형이 설산에서 취한 행동을 어떻게 생각하는지 추궁당하고 전국의 웃음거리가 되는 건 사양하고 싶다.

마스다는 일단 그 자리에서 벗어나 적당히 시간을 때웠다. 가가야집 주변에서 사람들이 사라진 때는 오후 9시 반이었다. 가가야 부인의 인터뷰에 성공해 만족한 것일까, 거절당해 포기한 것일까.

마음을 다잡고 초인종을 눌렀다. 인터폰이 응답했다. 날카로운 여자 목소리.

"취재는 곤란하다고 말했잖아요. 할 말 없습니다!"

매스컴이 어떤 응대를 받았는지 알 수 있었다.

인터폰에 굵은 남자 목소리가 끼어들었다.

"또냐? 애비가 쫓아 주마. 이봐, 적당히 해! 그놈의 취재, 취재!"

"죄송합니다. 매스컴 관계자는 아닙니다. 가가야 씨와 함께했던 등반대원의 유족입니다."

인터폰 너머로 숨을 삼키는 소리가 들렸다. 무리도 아니다. 다카세를 내팽개치고 가가야와 갈라섰던 등산가의 가족인 것이다. 분명 만남을 거절하겠지.

"혼자세요?" 여자가 물었다.

"네. 혼자입니다."

"……알겠습니다. 잠시만 기다리세요."

예상과 달리 문이 열리고 텔레비전에서 본 여성이 얼굴을 드러냈다. 화장기 없는 창백한 얼굴은 까칠했다. 그녀 뒤에는 중년 남성이 보디가드처럼 서 있다.

"가가야의 아내입니다." 여성은 살짝 뒤를 봤다. "아버지입니다. 저를 걱정해서 와 주셨어요."

"가가야 도모카즈입니다." 중년 남성이 무뚝뚝하게 대답했다.

"밤늦게 죄송합니다. 마스다 나오시라고 합니다."

"저기……," 가가야의 아내가 말했다. "무슨 일로……?"

"형은 최근 사 년 동안 산을 멀리했었습니다. 그런데 갑자기 칸첸 중가산맥의 미답봉을 올랐고, 눈사태로 목숨을 잃었습니다. 왜 산으로 돌아갔는지 알고 싶은 마음에, 힘드신 상황인 줄 알면서도 찾아왔습니다."

"남편도요!" 가가야 부인의 목소리가 커졌다. "남편도 마찬가지예요! 아, 똑같다고는 할 수 없지만……."

"무슨 뜻입니까?"

"사실은 남편이 등산을 한다는 걸 전혀 몰랐어요. 저흰 이 년 전에 결혼했습니다만, 남편은 산을 싫어해서 여름휴가도 산보다는 바다가 좋다고." 가가야 부인은 실내로 시선을 옮겼다. "괜찮으시면 들어와서 이야기하실래요?"

마스다는 그녀의 제안에 따라 거실로 이동했다. 구석에 놓인 천연목의 아기 침대에는 갓난아이가 자고 있다.

소파에 앉자 그녀가 따뜻한 차를 내왔다.

"별로 드릴 게 없어서요."

"별말씀을요. 고맙습니다."

마스다가 고마움을 표하자 가가야 부인은 맞은편 소파에 앉았다. 양손으로 무릎을 꼭 쥐고 있다.

"조금 전 얘기입니다만……," 마스다는 이야기를 시작했다. "가가야 씨가 등반대에 참가한 이유, 짚이는 게 전혀 없으신가요?"

"없어요. 네팔에 있는 산을 오르겠다는 말을 꺼냈을 때는 만우절은 이미 지났거든, 하고 웃었을 정도였어요. 설마 진심이라고 생각지도 못했죠. 하지만 남편은 갑자기 트레이닝을 시작했고, 실지 훈련이라며 일본의 산을 오르기도 했어요." 그녀는 침대의 갓난아이를 응시했다. "아기가 태어난 걸 그렇게도 기뻐하며, 피곤하고 힘들어도 매일매일 돌봐 줬는데……."

가가야에게는 자신의 아이를 뒷전으로 돌리고도 산을 올라야만 할 이유가 있었던 걸까?

그녀의 부친은 엄숙한 표정으로 선 채 팔짱을 끼고 있었다.

"솔직히 난 요시히로 군이 무책임했다고 생각합니다. 처자식을 두고 해외의 산 따위에 갔다가 이런 꼴이 됐으니."

가가야 부인은 고개를 숙이고 카펫의 무늬를 노려보고 있었다. 자신과 아이가 무시당했다는 사실을 새삼 상기하고는 분노와 슬픔을 쏟아 낼 곳을 찾기라도 하는 듯했다.

"저……," 그녀가 조용히 입을 열었다. "마스다 씨의 형님은 등반 이유에 대해 아무 말도 안 하셨나요?"

"부끄럽지만 형과는 오랫동안 소원했던 상황이라."

"저런, 안타깝네요……."

거북한 침묵의 베일이 드리워졌다. 벽시계의 초침 소리가 들린다.

"가가야 씨는 달리 어떤 말씀이 없으셨습니까?"

가가야 부인은 기억해 보려는 듯 미간을 찡그렸다.

"그러고 보니…… '왜 가는 건데?' 하고 물었더니 남편은 '단죄가 필요해'라고 대답했어요."

"단죄라고요?"

의미심장한 단어다. 복수를 연상케 한다. 가가야는 누군가의 죄를 심판하려던 것일까? 생환한 다카세에게 '산의 사무라이'라고 칭해지고, 매스컴과 세간으로부터 영웅시된 청렴결백한 남자와는 다른 얼굴을 본 기분이었다.

누군가 형의 자일에 손을 댔다. 생명 줄로 이용한 순간 하중을 견디지 못하고 끊어지도록 흠집을 낸 자국이 있었다. 그녀의 이야기를 들으니 불길한 추측이 들고 만다. 눈사태로 인한 질식사로 위장되어 살해됐을지도 모르는 형. 한편 가가야는 누군가를 단죄하려고 했다. 단죄. 복수. 연결 짓지 말라는 편이 무리일 터다. 형을 증오했던 자는 가가야일지도 모른다.

하지만 왜? 형은 뭔가 가가야의 원한을 살 짓을 했던 걸까?

"'단죄'라는 말에 짐작 가시는 거라도?"

"모르겠어요. 남편은 아무런 대답도 해 주지 않아서. 생각에 잠긴 얼굴로 등산 도구를 노려보기만 했어요."

"가가야 씨와 저희 형은 아는 사이였을까요?"

"모르겠어요."

"뭔가 짐작 가는 거라도……."

"모르겠어요. 정말 아무것도 몰라요." 가가야 부인의 얼굴은 비통함으로 찢어질 듯했다. "그래서 매스컴 관계자들이 남편에 대한 질문을 해도 대답할 수가 없어요. 용감하십니다, 영웅입니다, 산악인의 귀감입니다, 어떻게 생각하십니까…… 아무리 물어봐도, 남편이 등산을 한다는 사실조차 몰랐던 터라."

그녀가 거짓말을 하는 것으로는 보이지 않는다. 산과 관련된 느낌은 털끝만큼도 없었던 남자가 어느 날 갑자기 '단죄가 필요하다'는 말을 남기고, 등반대를 꾸려 네팔의 칸첸중가를 오른다. 그 동기는 뭘까? 대체 누구를 '단죄'한다는 걸까? 역시 형인 걸까?

　"저……," 마스다는 물었다. "시미즈 미쓰키라는 이름을 들어 본 적 없으십니까?"

　"시미즈 미쓰키요?"

　"네. 맑을 청에 물수, 아름다울 미에 달월의 한자를 씁니다."

　"……모르겠는데요. 어떤 분이시죠?"

　"형의 약혼자였습니다. 사 년 전에 산에서…… 죽었습니다."

　"그 여성과 남편이 왜?"

　"……등반대원 중 누군가가 형에게 원한이 있었던 모양입니다. 자일, 등산용 로프입니다만, 형의 자일에 인위적인 칼자국이 있었습니다. 형이 원한을 살 만한 일이 있다면 시미즈와 관련된 것 외에는 떠오르지 않습니다."

　"잠깐만요." 가가야 부인의 얼굴이 굳었다. "남편이 당신 형을 죽이고 싶을 만큼 미워했다? 그래서 로프에 손을 댔다는 말씀인가요?"

　"아니요, 그런 뜻이 아니라……."

　"그만 가 주세요!" 가가야 부인이 자리에서 일어섰다. "남편은, 남편은 사람을 죽일 수 있는 사람이 아니에요! 자신이 잘못한 게 없어도 사과하는, 그렇게 마음 약한 사람입니다!"

　그녀의 서슬에 갓난아기가 울음을 터뜨렸다. 당황한 가가야 부인은 아기 침대로 달려가 아들을 안아 올리며 달랬다. "미안해, 미안해, 무서웠지?"

사과하기 위해 다가가려고 하자 그녀의 아버지가 팔짱을 풀고 벽처럼 막아섰다.

"딸에게 상처 주는 말은 그만하시죠. 당신이 이번 눈사태 사고의 유족이라고 해도 그럴 권리는 없습니다."

맞는 말이다. 아직 남편의 안부도 모른 채 견디기 힘든 불안 속에 던져진 그녀에게 더 이상 상처를 줘서는 안 된다.

"죄송합니다." 마스다는 고개를 숙였다. "힘든 시기에 마음을 상하게 해 드렸습니다."

마스다는 사죄하고 가가야의 집을 나왔다. 전철을 타고 아카바네에 있는 연립으로 돌아와 계단을 오르자 문 앞에 가자마 요코가 기다리고 있었다. 니트 모자를 쓰고 코트 깃을 여민 채 떨고 있다.

"나오시!" 요코가 달려왔다. "문자도 보내고 전화도 했는데. 무슨 일 있나 싶어서 걱정했어."

"미안. 전원을 꺼 놨어. 가가야 씨의 부인을 만나느라. 이야기를 듣고 싶어서."

"설산에서 등산가를 도왔던 영웅?" 요코는 퍼뜩 놀라 눈을 크게 뜨고 손으로 입가를 가렸다. "미안."

"……뭐가 미안해?"

"그건……."

말을 잇지 못하고 고개를 숙인 그녀를 바라보며 마스다는 자신의 못된 심보에 화가 나서 혀를 찼다. 가가야가 영웅시되는 반면, 다카세를 외면한 다른 등반대원들은 목숨을 잃은 데다가 비난까지 받고 있다. 가가야가 영웅이라면 정반대의 행동을 한 자들은 무엇인가.

"신경 쓰지 마. 조난자를 외면했다면 비난은 당연해."

등산가 중에는 전인미답의 도전을 약속하고 스폰서를 모집해 수천만 엔, 때로는 억 단위의 큰돈을 끌어 산에 오르는 사람도 있다. 장비 구입 비용, 입산료, 현지인 가이드와 물자 운반 등에 지불할 돈도 필요하며, 인원이 많으면 많을수록 돈이 든다. 그래서 실패는 결코 용납되지 않는다. 무슨 일이 있어도 등정해야 한다. 하지만 그런 상황이라도 조난자를 발견하면 손을 내민다. 도전을 포기해야 하는 상황에 갈등은 되겠지만, 그래도 반드시 돕는다. 그것이 등산가로서 산을 사랑하는 자들의 본능이다.

산에서는 누구나 죽음의 가능성이 따라다닌다. 눈앞의 조난자는 미래의 자신일지도 모른다. 그렇기 때문에 더욱 모른 척할 수 없다. 자신의 오랜 꿈은 버려도 생사의 경계에서 헤매는 사람을 버릴 수는 없다. 버리는 경우는 오로지 자신의 지력과 체력을 다해도 도저히 어쩔 수 없어서 자신과 동료의 목숨을 저울질해야 하는 상황에 빠졌을 때뿐이다.

물론 모두가 의식이 높은 것은 아니다. 최근에는 윤리관이 부족한 등산가도 눈에 띈다. 쓰레기를 함부로 버리기도 하고, 등산로를 막듯이 휴식을 취하거나 함부로 꽃을 잡아 뜯기도 하고. 등산이 보편화되면서 매너를 지키지 않는 자들이 민폐를 끼친다.

형과 함께한 등반대원들의 이름은 전혀 들어 본 적이 없다. 등산가로서 무명이었을 것이다. 자신은 죽지 않으리라는 근거 없는 믿음으로 교만했을 수도 있다.

마스다는 집으로 들어가 요코의 요리를 기다리는 동안 텔레비전을 보았다. 야간 뉴스에도 다카세가 출연했다. 인기인이다. 점차 매스컴에도 익숙해졌는지 긴장하는 기색은 옅어졌다.

남자 아나운서가 반복해서 보도되었던 미담의 요점을 정리하고 칸첸중가산맥의 미담봉 일러스트를 보여 준다. 다카세는 엄숙한 표정으로 산의 위쪽을 가리켰다.

"제가 등반대를 만난 곳이 이곳입니다. 처음에는 모두 저를 외면했지만 가가야 씨만이 돌아와 주었습니다. 그리고," 다카세는 손가락을 조금 아래로 미끄러뜨렸다. "우리 둘은 하산을 시작했습니다. 비바크를 했던 곳은 이 근방입니다."

"눈사태를 만난 곳이군요."

"네." 다카세는 빨간색 매직을 받아 들더니 손가락으로 가리킨 곳부터 꾸불꾸불한 선을 그렸다. "눈사태의 경로가 이런 느낌이었고, 가가야 씨는 이 부근까지 휩쓸려 내려갔다고 생각합니다."

"구조대에도 얘기를 전하셨습니까?"

"엄밀히 말해 '구조대'랄 건 없었습니다만 당연히 가장 먼저 얘기했습니다. 다행히 영어가 통해서."

"가가야 씨의 안부가 걱정이군요."

"네." 다카세는 테이블 위로 주먹을 꽉 쥐고 고개를 숙였다. "그는 저보다 살아야 할 가치가 있는 사람입니다. 훌륭한 사람입니다."

갑자기 화면이 남자 아나운서를 비추었다. 그는 긴박한 표정으로 메모 용지를 바라보고는 다시 카메라로 시선을 돌렸다.

"방금 막 속보가 들어왔습니다! 안부를 알 수 없었던 등반대원 아즈마 교이치로 씨가 살아 있다는 소식입니다. 생명에 크게 지장은 없으며, 이후 귀국 예정이라고 합니다."

화면이 돌아오자 눈을 부릅뜬 다카세가 서 있었다. 남성 해설자가 말을 시켰다.

"무사히 구조돼서 천만다행입니다. 가가야 씨가 살아서 돌아올 가능성도 아직 있겠군요."

"……그, 그렇습니다." 다카세는 자리에 앉았다. "저도 기적을 믿습니다."

그날을 경계로 다카세는 매스컴에서 모습을 감췄다. 하지만 칸첸중가 눈사태 사고의 뉴스 가치는 떨어지지 않았으며, 여전히 톱뉴스로 보도되고 있었다. 귀국한 아즈마 교이치로가 와이드쇼에 등장한 것은 그런 와중이었다.

화면 오른쪽 위에 '방송 독점 인터뷰!'라는 자막. 아즈마는 병실에서 휠체어에 앉아 있었다. 양쪽 다리는 새하얀 장화 같은 깁스로 고정되어 있다.

'기적의 생환을 이뤄 낸 아즈마 교이치로 씨(36세)'

화면 아래에 자막이 나왔다. 녹화 영상인 듯했다. 마이크를 쥔 인터뷰어가 둥근 의자에 앉아 있다.

"네." 아즈마가 대답했다. 얼굴의 왼쪽 절반이 보랏빛으로 부어올랐고, 코끝은 강아지처럼 거무스름했다. 동상이다. "눈사태를 만났을 때는 대형 트럭에 받힌 듯한 충격이 느껴졌고, 그대로 끌려가는 기분이었습니다. 죽음을 각오했습니다. 죽을힘을 다해 버둥거리고 버둥거려서 간신히 눈 위로 올라왔고, 어떻게 매몰되는 것만은 피할 수 있었습니다."

"구사일생이었군요."

"그 정도 규모의 눈사태에 휩쓸렸다면 보통은 한순간에 끝났을 겁니다. 기적 같은 행운이었습니다."

"그다음은 어떻게 하셨습니까?"

"비컨으로 동료를 찾으려고 했습니다. 하지만 눈사태 범위가 너무 넓어서 무리였습니다. 배낭은 발견했지만. 저는 며칠이나 눈보라 속을 헤맸습니다. 불안과 절망으로 미칠 것 같았습니다. 낭떠러지에서 가스에 휩싸인 지상을 내려다보며 여기서 뛰어내리면 산기슭까지 순식간에 내려가지 않을까 하는 헛된 망상을 했을 정도였습니다. 크레바스를 발견했을 때는 지구 반대편까지 이어질 것 같았고, 열대의 브라질로 나온다면 따뜻하겠다, 아니, 아니, 브라질은 일본 뒤쪽이었지, 그러면 네팔 뒤쪽은 어딜까 하는 생각도 하면서."

"생환할 수 있었던 건 기적이군요. 그 다리는……."

"도중에 실족했습니다. 두 다리 모두 골절돼서 걸을 수 없는 상태라 어쩔 수 없이 그곳에서 눈 동굴을 만들어 눈바람을 피했습니다. 다리가 기절할 듯 아팠지만 등산화를 벗지 않았습니다. 한번 벗으면 부어올라서 더 이상 신을 수 없을 것 같았기 때문입니다. 식량이 다 떨어진 후부터는 마요네즈를 이십 그램씩 핥아 먹으며 배고픔을 견뎠습니다. 이십 그램이라도 백오십 칼로리는 섭취할 수 있습니다. 마요네즈가 마지막 희망이었습니다."

"그런 상황에서 구조대에 발견된 것이군요."

"구조대가 아닙니다. 독일 등반대입니다. 그들도 칸첸중가의 미답봉에 도전했던 등반대였는데 우연히 그들에게 발견되어 구조되었습니다. 눈보라로 등정을 포기하고 하산하는 중이었다고 하더군요. 헬리콥터를 부를 수 있는 곳까지 이틀에 걸쳐 저를 업어 주었습니다."

에베레스트와 달리 동계 등정 기록이 없는 칸첸중가에서는 12월이 되면 외국의 등반대도 입산하지 않는다. 이번 구조는 극적일 만큼 아슬아슬한 상황으로 판단된다.

"눈사태 사고를 당한 등반대 대원들은 어떤 분들이셨습니까?"

"등산가로 유명한 사람들은 아니지만 히말라야에 도전한 경험도 있는 멤버였습니다. 산악회는 제약이 많다 보니 소속 없이 개인적으로 산에 오르는 걸 좋아했는데, 인터넷 교류 사이트를 통해 서로를 알게 됐고, 메일을 주고받게 되면서 두세 곳의 산에 함께 올랐습니다. 이번의 미답봉 도전은 제 제안이었습니다. 그런데 설마 이런 결과가……."

"조금 껄끄러운 질문을 드리겠습니다. 등반대원들이 조난당한 다카세 씨를 외면했다는 보도가 나오고 있습니다만……?"

아즈마는 단호하게 고개를 저었다.

"거짓입니다. 전부 거짓입니다. 다카세라는 등산가는 거짓말을 하고 있습니다. 가가야는 오히려 우리 등반대를 외면하고 죽게 만든 비겁자입니다. 결코 영웅 따위가 아닙니다."

5

야기사와 에리나는 나나쓰가마 계곡을 걷고 있었다. 낙석 대비용 헬멧을 쓰고, 미끄러지지 않도록 손가락장갑을 끼고, 오래 입은 울 재질 내의에 반소매 티셔츠를 받쳐 입고 다시 우비를 껴입었다. 등에는 용량 30리터짜리 배낭을 메고 있다.

양귀비과의 다년초가 무성하게 자란 초록빛 흙벽이 양쪽에서 압박한다. 위를 올려다보면 나목과 상록수 가지가 서로 다투듯 멀리 위쪽까지 뻗어 하늘의 대부분을 뒤덮고 있다. 잘려 나간 거인의 팔처럼 쓰러져 있는 나무에도 마름모꼴 바위에도 이끼가 끼어 있었고, 갈색 나무 기둥과 나뭇잎들 틈새로 엿보이는 하늘의 파란색 외에는 온통 초록의 세상이다. 군데군데 서릿발이 흙을 돋우고 있다.

도시의 떠들썩함과는 거리가 멀고, 배기가스와 담배 냄새도 존재하지 않는다. 인간의 사리사욕이 끼어들 여지가 없는 순수한 생명을 느낀다. 계곡 등반을 하고 있으면 추악한 싸움과 갖가지 범죄를 잊을 수 있다. 하지만 20대 후반에 가까워진 지금, 가장 잊고 싶은 것은 연인과의 이별이었다.

한숨을 내쉬며 회상한다. 레스토랑에 나타난 그의 목덜미에 향수의 잔향이 달라붙어 있었다. 내 추궁에 그는 핸드폰을 내밀었다.

"자, 찾아봐. 수상한 문자 따위 한 적 없으니까."

여자와 주고받은 문자는 일일이 삭제했는지 확실히 바람의 증거가 될 만한 문자는 찾을 수 없었다. 하지만 핸드폰을 손에 쥔 이상 조사할 방법은 또 있다. 핸드폰 문자판에 '사'를 입력했다. 세 번째에 '사랑해'라는 자동 완성 문장이 나타났다. 그가 최근에 작성해서 휴대폰에 기억된 문장이다. 다시 '호' 자를 입력하자 두 번째로 '호텔에 갈까'가 표시되었다.

내게는 보낸 적이 없는 문장이다.

"봐, 여기. 바람피운다는 증거 아니야?"

순간 그는 얼굴이 새파래졌지만 이내 여유를 되찾았다.

"너한테 보내려고 쳤다가 쑥스러워 관둔 거야."

그를 남겨 두고 돌아가려고 하자 역까지 데려다주겠다고 우기며 쫓아와서는 믿어 달라는 말을 반복했다.

에리나는 육교를 올라갔고, 맨 끝 계단에서 그를 마주 보았다. 가로등이 희미하게 어두운 밤을 비추고 있다.

"넌 나를 믿어?"

"그럼 믿지. 그러니까 나도 믿어 줘."

"……오호, 그래?" 공격적인 감정이 치밀어 오른다. "그런데 트러스트 폴이라고 알아?"

"트러스트 뭐?"

"신뢰를 배우는 훈련. 한 사람이 뒤로 넘어지면 다른 한 사람이 그 사람을 받아 주는 거야. 상대방을 믿지 못하면 할 수 없지." 에리나는 육교의 계단을 내려다봤다. "내가 받쳐 줄 테니까 맨 위에서 넘어져 봐."

"너도 같이 떨어질걸."

"괜찮아. 계곡 등반으로 충분히 단련했으니까."

그는 계단을 응시하고는 침을 삼켰다.

"아, 알았어. 그렇게 해서 네가 믿어 준다면······."

그는 계단 맨 위에 서서 등을 돌렸다. 에리나는 한 계단 아래에서 기다렸다.

"가, 간다. 받아 줘."

그가 심호흡을 하고 중력에 몸을 맡기려는 순간 에리나는 조그맣게 중얼거렸다.

"······만약 내가 받쳐 주지 않으면 사고사가 되겠지."

그의 움직임이 멈추고 온몸이 굳었다.

"왜 그래? 나를 믿는다면 할 수 있잖아."

1분, 2분을 기다렸다. 그의 숨소리가 거칠어졌다. 밤의 어둠 속에서 헐떡이는 숨소리만이 들린다.

그는 쓰러지지 못했다. 바람을 피운 것에 대한 복수가 두려워 몸을 맡기지 못했다.

"안녕."

에리나는 그 한마디를 남기고 떠났다. 그대로 이별이었다. 2년을 교제했어도 신뢰가 겨우 그 정도라고 생각하자 허무했다. 에리나는 기분 전환을 하러 한 달 만에 계곡 등반을 즐기기로 했다.

에리나는 돌멩이를 뛰어넘었다. 넘어지지 않도록 충분히 주의했다. 계곡 트레킹화는 바닥에 미끄럼 방지용 펠트가 붙어 있어서, 발가락으로 지면을 움켜쥐듯 걷는 것이 요령이다.

나뭇잎 사이로 비치는 햇살이 깊은 산속 시냇물에 떨어져 짙은 녹색의 음영을 만들고 있다.

얽혀 있는 가지와 이파리 뒤에서 멧새가 우렁차게 울고 있었다. 나뭇잎이 스치며 수런거리는 소리까지 더해져 자연이 연주하는 아악을 듣는 기분이었다.

눈을 감고 연주에 귀를 기울였다. 인공적인 멜로디가 끼어든 것은 그때였다. 재킷 주머니에서 울리는 소리다. 비닐로 이중 밀폐한 방수용 스마트폰을 꺼내 이름을 확인했다. 다시 한숨이 새 나온다. 불길한 예감이 든다.

에리나는 비닐을 열어 전화를 꺼냈다.

"어. 야기사와, 지금 어딘가?"

"……지바입니다. 산속."

에리나는 걸으면서 대답했다. 사방에서 나뭇가지와 잡초가 덮치는, 완전한 초록의 동굴이다. 동물의 골격 표본을 뿌려 놓은 것 같은 마른 가지들을 트레킹화로 꾹꾹 밟아 가며 나아간다. 한 걸음마다 신발 아래로 뼈가 부서지는 듯한 소리가 울린다.

"취재를 맡아야겠다. 돌아와."

"저, 유급휴가 중입니다, 편집장님."

"자넨 산에 대해 잘 알 테지. 그 눈사태 사고 건이다."

"아, 생환자 체험담 말입니까. 산에서는 죽음도 미담도 흔한 얘깁니다. 메이저 신문 뒷북이나 치는 기사에는 관심 없습니다. 게다가 전 산악인 취재는 안 해요. 아시잖아요."

"반전이 생겼다."

에리나는 양팔을 벌리고 납작한 돌멩이와 돌멩이 사이에 걸쳐 쓰러진 나무에 발을 올렸다. 높은 곳에서 통나무 다리를 건너는 기분을 느끼면서 한 걸음 한 걸음 걸어간다. 오른손에 쥔 스마트폰에서 편집장의 고함 소리가 들린다.

"……인일 수도 있어!"

뜬금없는 단어에 귀를 의심했고, 오른쪽 다리가 미끄러졌다. 쓰러진 나무 바로 아래의 웅덩이를 신발 밑창이 흐트러뜨린다. 스마트폰을 귀에 댄다.

"뭐라고요?"

"살인일지도 모른다고."

"그 사고는 그냥 불운한 자연재해였잖아요."

"미안, 미안. 얘기가 과장됐다. 내 멋대로 상상해 본 것뿐이야."

"뭐예요!"

"흥미를 안 끌면 들어주질 않잖아."

편집장은 시시한 기사에도 선정적인 문구를 만들어 내는 데에 탁월해서, 편집부원의 헤드라인을 계속해서 퇴짜 놓다가 결국엔 자신이 써 버린다. 편집부 내에서 꽤 독재 정권을 구축하고 있다. 겸손한 것 같아도 절대로 양보하지 않는다.

"일단 상세하게 얘기해 주세요."

"오, 돌아올 마음인가?"

"조금 신경이 쓰일 뿐입니다."

에리나는 오른쪽 다리를 다시 쓰러진 나무 위로 올리더니, 이번에는 스마트폰을 귀에서 떼지 않고 걸었고, 마지막에는 돌멩이를 뛰어넘었다. 그대로 계곡의 안쪽을 향해 간다. 풀잎과 돌이 쌓이고 쌓여 계곡은 점점 좁아졌고, 거미줄 모양으로 둘러쳐진 새끼줄 같은 마른 가지가 앞길을 방해했다.

"사실은 말이지, 두 번째로 귀국한 생환자가 다카세와 가가야의 미담이 전부 거짓이라고 주장했어."

"뭐가 거짓이란 말입니까?"

"가가야는 매스컴에서 떠드는 것처럼 좋은 사람이 아니라는군. 등반대를 외면한 비겁자라고."

"두 생환자의 이야기가 대립한 겁니까? 반론에 대해 다카세 씨는 뭐라고 했죠?"

"취재 거부. 아즈마 교이치로의 생환을 끝으로 매스컴에서 모습을 감췄어. 인터뷰를 요청해도 '몸이 안 좋다'거나 '떠올리기도 괴롭다'는 식인데, 여하튼 발뺌 중이야."

에리나는 마른 가지의 장애물을 빠르게 빠져나가 쓰러진 Y 자 모양의 나무 두 그루를 뛰어넘고 젖은 풀밭을 단단히 밟으며 나아간다. 녹색 덤불이 덩어리가 되어 양쪽에서 다가왔다. 나뭇잎에 붙은 물방울은 얼어 있다.

"두 번째 생환자의 주장은요?"

"등반대는 이인 일조로 행동했던 모양인데, 가가야는 파트너를 내팽개치고 자기 혼자 올라갔다는군. 선행했던 멤버는 그 이야기를 들고 깜짝 놀랐고. 가가야 외의 네 명이서 수색에 나섰나 봐. 그때는 힘을 합쳐서 간신히 구조에 성공했다는군."

"가가야의 영웅상이 흔들리네요. 다카세 씨와의 관계는요?"

"조난자를 발견하고도 외면한다는 건 있을 수 없다, 그런 짓은 절대 하지 않는다, 다카세라는 등산가는 만난 적이 없다고 하더군. 지나칠 정도로 분노를 표출했어. 사실무근의 중상모략에 단단히 화가 난 것도 같고, 자신들의 죄를 감추기 위한 연기로도 보였어. 진상은 몰라."

"한쪽은 확실히 거짓말을 하는 게 되네요."

"다카세일까, 아즈마일까. 칸첸중가뿐만 아니라 네팔의 설산은 완전한 폐쇄 공간이니. 당사자의 주장이 대립하면 본인밖에 진위를 알 수 없지."

"……내게 뭘 하라는 거죠?"

"두 사람을 취재해서 다른 신문사를 앞질러. 산에 대한 지식이 있으면 주장의 모순을 파헤칠 수 있을지도 모르지 않나."

거짓말을 하는 쪽은 누구일까? 가가야를 영웅시하며 '산의 사무라이'라고 칭송했던 다카세인가, 아니면 등반대의 교만한 언동을 부정하고 가가야를 비겁자라고 부르는 아즈마인가. 논리적으로 생각하면 아즈마의 말이 거짓일 가능성이 높다. 애초부터 등반대와는 초면인 다카세가 거짓말을 할 동기가 없다. 자신을 미화하고 있다면 몰라도.

다카세는 미숙한 기량으로 민폐를 끼친 일에 책임을 느끼며 고뇌의 표정으로 몇 번이나 사죄했다. 자기 정당화는 전혀 없다. 그는 오로지 처음 만났을 뿐인 가가야를 칭찬한다. 어리석은 자신을 위해 목숨을 걸고 행동해 주었다고.

한편 아즈마는 어떤가. 다카세에게 했다는 등반대의 언동을 부정했다. 그것은 당연할 것이다. 인터넷을 중심으로 호된 비난을 받는 입장에서는 사실이라도 인정할 수는 없다. 거짓말을 할 동기가 있다. 하지만, 과연 가가야를 비난할 필요까지 있을까?

영웅시되고 있는 사람을 비난하는 것은 위험이 크다. 안 그래도 호감도가 낮은 상황이다. 반발은 더 거세진다. 그런데도 가가야를 비겁자로 단정했다.

거짓말쟁이는 과연 어느 쪽일까?

다카세일까? 아즈마일까? 그리고 그 동기는?

"알겠습니다." 에리나는 스마트폰에 대고 대답했다. "하산하겠습니다."

단, 대폭포만은 보겠다고 마음속으로 덧붙인다.

전화를 끊고 조금 걷자 협곡이 나왔다. 골짜기 양쪽에는 덩굴풀로 덮인 납빛 암벽이 솟아 있었다. 절벽 위에는 나무줄기가 가지처럼 가늘고 낮은 나무가 무성하다.

축축하게 빛나는 울퉁불퉁한 바위 표면이 안쪽까지 구불구불 뻗어 있어, 소인이 되어 공룡의 창자 속을 걷는 기분이 들었다. 그런데도 으스스한 기분은 거의 들지 않았다. 협곡의 좁은 틈새로 비쳐 드는 햇살은 계곡을 덮은 레이스 커튼 같다. 그것은 탁한 수면도 반짝이게 하고 있다.

에리나는 배낭 벨트와 등 사이에 꽂아 두었던 등산 스틱을 꺼내 깊이를 잰 후 못에 발을 담갔다. 전날의 큰비로 물이 불어난 탓에 허리

까지 잠겼다. 마른 나뭇잎색으로 탁해진 수면에 허벅지조차 보이지
않는다.

한 걸음마다 수심을 확인하며 계류를 따라 오른다.

무릎까지 오는 전신 타이즈는 잠수복 소재로 만들어졌고, 계곡 등
반 애호가인, 소위 '계곡꾼'답게 늘 우비를 입고 있어서 물에 거부감
은 없다. 등에 멘 배낭도 계곡 등반 전용이다. 바닥에 물 빠짐 구멍
이 뚫려 있어서 계곡물에 잠겨도 무거워지지 않는다. 하네스와 카라
비너, 폴딩 나이프, 구급상자 등의 장비와 식량은 배낭의 이너로 사
용하는 방수 가방에 들어 있어서 젖을 걱정이 없다. 하지만 얼음처럼
차가운 물에는 몸이 떨렸다.

허리로 물의 흐름에 저항하면서 나아가자 이내 못이 얕아졌다. 깊
은 곳은 일부분뿐이었을 터다. 5분 정도 더 걸었을 즈음, 이끼색 암
벽 사이에 낀 나시자와 대폭포가 맞아 주었다. 낙차는 6, 7미터이며,
계단 모양의 경사면에 물이 떨어져 새하얀 띠 다발을 이루었다.

에리나는 디지털카메라로 사진 몇 장을 촬영했다. 그리고 폭포의
물보라를 맞으며 왼쪽의 젖은 비탈면을 일직선으로 올랐다. 암장巖場
등반자가 바위를 타는 곳의 튀어나온 부분과 파인 부분에 힘을 실어 가며 수
직으로 올라간다. '삼점지지三点支持'는 결코 태만히 하지 않는다. 암벽
이나 풋홀드에서 몸을 뗄 때는 양손과 양발 중 반드시 한 손이나 한
발만을 사용하고, 항상 남은 세 지점으로 몸을 지탱한다. 그 원칙을
잊으면 안정감이 사라져 미끄러진다.

발뒤꿈치를 내리고 그립을 활용해서 무사히 끝까지 올랐다. 허리
에 손을 올리고 숨을 토해 낸다. 적당한 거목을 발견하고 스로라인이

라는, 끝에 추가 달린 끈을 던져 나뭇가지에 걸고 자일을 끌어당긴다. 끌어당긴 자일을 하네스에 연결했다. 나무에 오를 때 사용하는 기본 로프 테크닉이다.

양손으로 자일을 당길 때마다 몸이 짐처럼 조금씩 들어 올려진다. 다리를 사용하지 않고도 올라갈 수 있다.

거목의 가지가 갈라진 부분에 올라앉아 지상을 바라보았다. 수목과 초목이 우거진 암벽이 멀리까지 이어진다.

다카세와 아즈마의 엇갈린 주장.

목격자도 없고 증거도 없는 상황에서 진위를 파악하기는 어렵다. 하지만 밝혀내겠다. 과거에 취재했던 등산가들은 모두 산에 대해서는 성실하고 진지했다. 교만하거나 이기적이거나 경박했던 자도 있었지만 산에 대해서는 정직했다.

그렇기 때문에 더욱, 신성한 산에 관해 거짓말을 하는 등산가는 용납할 수 없다.

에리나는 결의를 다지고 거목에서 내려와 하산을 시작했다.

6

마스다 나오시는 엘리베이터를 타고 맨션 5층으로 올라가, 관리인에게 맡겨 두었던 열쇠를 꽂고 형의 집 안으로 들어갔다. 부모님 대신에 유품 정리를 맡은 것이다. 전문 업자에게 부탁할 생각은 없다.

복도 끝에 거실이 있고, 소파와 테이블이 놓여 있다. 집 안은 깔끔하게 정리되어 있었다. 언뜻 보기에 등산과 관련된 물건은 없다. 옷장을 열었다. 방한복이나 등산용 티셔츠, 아우터 종류는 보이지 않았다. 몇 벌의 양복과 일상복이 옷걸이에 걸려 있을 뿐이다.

형은 역시 등산을 그만둔 상태였다.

그런데도 무슨 이유에서인지 등반대에 참가해 칸첸중가에 올랐다. 가가야도 마찬가지였다. 가가야의 부인은 남편이 등산한다는 사실을 전혀 몰랐다며 당혹해했다.

칸첸중가산맥의 미답봉은 난도가 높다. 베이스캠프까지 가는 것도 꽤 힘들 것이다. 초보자가 도전할 산이 아니다. 가가야도 과거에 꽤 많은 등산 경험이 있을 터였다.

단죄.

등산에서 멀어져 있던 두 사람이 산으로 돌아갔다. 대체 왜?

다카세는 가가야를 칭송했지만, 후에 생환한 아즈마는 반론했다. 개인적으로는 아즈마의 주장을 믿고 싶다. '등반대가 다카세를 만나고도 외면했다는 건 사실이 아니다, 새빨간 거짓말이다'라는 주장을.

마스다는 커져 가는 의혹을 억누르며 형의 옷을 정리했다. 초인종이 울린 것은 마지막 옷을 개고 있을 때였다.

문을 열자 낯선 여성이 서 있었다. 길 잃은 고양이를 떠올리게 하는 표정이 팬츠슈트와 어울리지 않았다. 서른 전후쯤일까.

"실례합니다." 여성이 입을 열었다. "창문으로 불빛이 보이길래, 무심코……."

"네, 형의 유품을 정리하고 있었습니다만."

여성은 받아들이기 힘든 현실에 맞닥뜨린 것처럼 고개를 숙였다.

마스다는 일단 자기소개를 했다. 그녀도 조심스럽게 대답했다. 형과 교제했던 예전 동료라고 한다. 장례식에도 왔었는지 모르지만 잘 기억나지 않는다.

"얼마나," 그녀는 괴로운 듯 말을 짜냈다. "애통하십니까."

"고맙습니다."

서로가 이을 말을 찾지 못하고 다시 침묵에 휩싸였다. 한풍이 복도를 빠져나간다.

"아, 괜찮으시면 들어오세요." 마스다는 실내를 가리켰다.

"그래도 될까요?"

"네. 가능하면 형 이야기도 듣고 싶습니다. 사실 최근의 형에 대해서는 모릅니다. 다시 등산을 했다는 것도 너무 뜻밖이어서."

"……저도 마찬가지입니다. 겐이치 씨의 마음을 전혀 알 수가 없어서. 그래서 의미도 없이 여기까지 와 버렸습니다."

"그래도 상관없습니다. 제가 모르는 형을 알고 싶습니다."

마스다는 여성을 안으로 들이고 소파에 앉았다. 싸구려 연립주택의 다다미와 텐트의 맨바닥에 익숙한 엉덩이는 낯선 가죽 감촉에 어쩔 줄 몰라 한다. 아니, 처음 들어와 본 형의 집이라서 더욱 그런 기분이 들었는지 모른다.

여성은 선 채로 실내를 둘러봤다. 형과 보냈던 추억의 잔향이라도 찾고 있는 듯했다.

"이쪽으로 앉으십시오."

형의 과거 연인은 고개를 끄덕이고 조심스럽게 소파에 앉았다. 이 집에 대해서는 아마도 그녀가 더 익숙할 것이다.

"형의 옛 동료라고 하셨는데, 회사를 그만두셨습니까?"

"네?" 여성은 눈을 깜박거렸다. "아, 제가 아니라 겐이치 씨가요. 반년 전에 갑자기 이별을 고하고는 그대로 퇴사를……."

"형이 회사를 그만뒀었나요?"

"네."

"대체 왜?"

"그게…… 잘 모르겠어요. 산을 더럽혀서는 안 된다, 그래서 오르지 않으면 안 된다고."

무슨 의미일까? 형은 '산을 더럽히지 않기 위해' 칸첸중가에 올랐다. 그리고 등반대원 중에는 형에게 살의를 품고 자일에 손을 댄 자가 있었다.

형과 가가야가 품고 있던 생각은 대체 무엇일까? 설산이라는 '열린 폐쇄 공간'에서 무슨 일이 일어났을까? 등반대원이 거의 사망한 지금, 상황을 말할 수 있는 사람은 살아서 돌아온 아즈마 교이치로밖에 없다. 하지만 만나기는 힘들 것이다. 아즈마는 너무 많은 매스컴의 주목을 받고 있다.

다카세가 주장한 '영웅 가가야' 이야기를 정면으로 부정한 아즈마. 진실을 말하는 사람은 과연 어느 쪽일까? 칸첸중가산맥의 미답봉에서 무슨 일이 있었던 것일까?

"형이 다른 말은 안 했습니까?"

여자는 슬픈 표정으로 눈길을 피했다.

"……전 갑작스러운 상황에 혼란스러워서 이곳을 몇 번 찾아왔습니다. 겐이치 씨가 회사를 그만둔 후에요. 하지만 만나지 못했어요. 처음에는 없는 척한다고 생각했지만, 아무래도 아닌 것 같았어요. 며칠이나 응답이 없었어요. 매일 퇴근길에 들렀는데, 어느 날 짐을 등에 멘 겐이치 씨를 만났습니다. 산에서 내려온 듯한 모습이었죠."

아마도 칸첸중가에 도전하기 위해 체력 훈련과 고소 적응을 하러 갔었을 터다. 고산병을 피하려면 미리 후지산 등에 머물면서 높은 곳에 몸을 적응시켜야 한다.

"겐이치 씨는, 더 이상 오지 말라는 말만 하고 맨션으로 들어갔습니다. 이후로는 한 번도 만나지 못했어요."

형은 죽음도 각오했기 때문에 미리 그녀와 헤어졌을 것이다. 전성기라면 몰라도, 4년이나 산을 떠났던 형에게 칸첸중가는 지나치게 힘겨운 고봉이다. 반년 정도의 트레이닝으로는 공백을 메울 수 없다.

"그건 그렇고……," 마스다는 화제를 바꿨다. "형에게 애인이 있다는 건 몰랐습니다."

"……네. 그 사고 이후, 계속 힘들어했으니까요."

시미즈 미쓰키를 잃은 눈사태 사고를 말하는 것이리라. 그녀를 지키지 못한 형을 책망했다. 살아남은 자의 괴로움은 헤아려 보지도 않고 일방적으로 탓했다. 갈 곳 없는 분노를 형에게 향했다.

"당시의 형은 어떤 모습이었습니까?"

그렇게 묻자 여자는 마음이 도려내진 듯한 표정을 보였다. 미간의 주름이 깊은 고뇌를 보여 준다.

"결혼을 앞두고 일어난 비극에 회사 사람들은 모두 조심스러워했습니다. 겨울에는 사내 식당에서 텔레비전 뉴스를 아예 틀지 않기도 했고요. 산에서 사고가 많은 시기잖아요. 그는 등산을 연상시키는 것만 봐도 눈이 커지고 경직됐어요. 겐이치 씨는 자신이 그녀의 목숨을 앗았다고, 왜 자신이 살아남아야 했냐고 입버릇처럼 말했어요. 정말로 괴로워 보였고 당장이라도 마음이 산산이 찢겨 죽을 것만 같아서, 그래서 무슨 말이라도 해 주고 싶었지만……." 그녀는 주먹을 꼭 쥐었다. "당신 잘못이 아니에요. 최선을 다했어요. 운명이었던 거예요. 극복하세요." 그녀는 아랫입술을 깨물며 잠시 말을 쉬었다. "그런 말, 할 수가 없었어요. 무슨 말을 해도 남의 일이라고 쉽게 얘기하는 것처럼 들릴까 봐……."

단단한 껍질 속으로 들어가 한 곳을 노려보는 형의 모습이 뇌리에 떠올랐다.

"겐이치 씨에게 술자리를 권유한 건 일 년 정도 지난 뒤였어요. 하지만 그때 자신이 이렇게 했다면, 저렇게 했다면 하는 생각에 술이나 약의 힘을 빌리지 않으면 잠을 못 잔다고. 옆에서 보고 있자니 심장이 쥐어짜이듯 아팠어요. 괴로움을 덜어 줄 방법이 달리 없어서 저는 말없이 겐이치 씨를 안아 주기만 했죠."

당시 형에게 퍼부었던 엉뚱한 화풀이가 되살아난다.

—형이 죽였어.

—그녀는 살 수 있었어.

형과는 미쓰키의 죽음을 경계로 소원해졌다. 자신의 폭언을 사과할 기회를 잃은 채로 영원한 이별이 찾아왔다. 친동생에게 책망을 받은 형은 얼마나 괴로웠을까.

"당신이 형을 지탱해 주셨군요."

"그건……," 그녀가 고개를 숙였다. "잘 모르겠어요. 겐이치 씨는 끝까지 마음 깊은 곳을 보여 주지 않았습니다." 떨리는 주먹 위로 물방울이 떨어진다. "전 아무것도 해 주지 못했어요, 아무것도."

"그러셨군요……."

"슬픈 일이지만." 그녀는 소맷부리로 눈물을 닦고 고개를 들었다. "작년 십이월에 조명이 아름다운 거리에서 데이트를 했는데, 신기하게 눈이 내리기 시작했어요. 전, 올해는 화이트크리스마스면 좋겠다며 겐이치 씨 어깨에 있는 눈을 떨어 주려고 손을 뻗었는데…… 그가 갑자기 제 손을 뿌리쳤어요. 그는 무서운 얼굴로 밤하늘을 노려보고 있었어요. 어딘가 멀리서 다른 커플의 행복한 웃음소리가 들렸죠."

미쓰키는 눈보라와 눈사태로 목숨을 잃었다. 형에게 눈은 괴로운 과거를 불러오는 도화선이었다.

"전 마음속으로 신께 빌었습니다. 두 번 다시 눈을 내리지 말아 달라고. 들어줄 리 없는 소원이지만 그의 괴로운 표정을 보고 있자니 그렇게 기도할 수밖에 없었습니다."

형은 끝내 괴로움을 떨쳐 내지 못하고 있었던 것이다.

마스다는 주먹으로 자신의 허벅지를 내려쳤다. 그때 형을 위로했어야 했다. 형에게 내던진 말도 안 되는 폭언에 어색해져 사과조차 미루다가 잊어버렸다.

미안해, 형.

"하지만 겐이치 씨는 전문적인 모임에 다니면서 조금씩 긍정적으로 바뀌기 시작했어요. 정말로 조금씩이었지만."

"전문적인 모임이오?"

"네. 재해를 당하고 무슨 증후군으로 괴로워하는 사람들의 모임이었어요."

"서바이버 증후군 말씀이십니까?"

"아, 맞아요. 그거예요."

서바이버 증후군. 생존자의 죄책감이라고 불리는 증상이다. 미쓰키를 잃기 전까지는 들어 본 적도 없는 용어였다. 재해나 큰 사고로 가까운 사람이 죽고 자신만 살아남으면 죄의식을 느끼게 된다. 다른 사람이 볼 때는 잘못한 것이 없는데도 죄책감에 시달린다.

한신 대지진이나 JR후쿠치야마선 탈선 사고, 동일본 대지진 등의 생존자에게 많이 나타나면서 주목받게 된 증상이라고 한다.

"단체 상담 같은 것을 통해 마음속 괴로움을 고백하면서 죄책감을 가볍게 하는 모임입니다. 밝아진 겐이치 씨를 보고 기뻤는데…… 그가 이별을 선언하고 사표를 제출한 건 그러던 중이었어요."

그녀는 그 말을 끝으로 침묵했다.

특히 가까운 사람을 잃은 경우에는 세월이 흐를수록 생존자의 죄책감이 커지는 경우가 많고, 20년 동안 죄의식에 시달린 생존자도 있다고 한다.

"저⋯⋯," 그녀가 일어섰다. "그만 가 볼게요. 마스다 씨도 바쁘실 테고⋯⋯."

"아니요." 반사적으로 고개를 저었지만, 생각에 잠긴 그녀의 눈길을 보고는 진의를 깨달았다. 옛 연인의 집에 있기가 너무 괴로운 것이다.

"그래요. 오늘은 정말 감사했습니다."

마스다는 현관까지 배웅하고 거실로 돌아왔다. 책상의 서랍을 열고 다시 유품 정리를 시작했다. 엽서, 명함, 펜 등에 섞여 수첩이 눈에 들어왔다. 펼쳐 보니 등산에 관련된 내용이 휘갈겨 쓴 글씨로 적혀 있었다.

'칸첸중가 도전. 진실은?'

'다운재킷 미착용. 왜?'

이건 뭐지?

의문문으로 끝나 있다. 형은 이번 칸첸중가 도전에 불신감을 가졌던 것일까? 아즈마 교이치로는 텔레비전에서 자신이 등반 계획을 세웠다고 했다.

혹시 거기에 무언가가 있는 것은 아닐까? 형의 자일이 조작되지 않으면 안 됐던 무언가가?

7

사이타마

오후 4시 반. 야기사와 에리나는 지치부시에서 전철을 내렸다. 녹음으로 둘러싸인 분지는 마치 마을 주변에 거대한 브로콜리를 빽빽하게 심어 놓은 것처럼 보인다. 강철과 콘크리트로 된 탑이 높이 솟은 지치부하시 다리도 그 녹음 속으로 빨려 들어가는 듯했다. 남쪽으로는 투구처럼 생긴 표고 1,304미터의 부코산이 바라보인다.

에리나는 목적지인 단독주택에 도착해 초인종을 눌렀다. 한풍 속에서 2, 3분을 기다렸다. 인터폰에서 남성의 목소리가 들렸다.

"누구십니까?"

"조금 전에 전화드렸던 야기사와입니다."

"아, 잡지기자이신."

"네. 이야기를 들려주실 순 없을까 해서요, 실례인 줄 알면서도 찾아왔습니다."

"같은 얘기만 반복될 뿐입니다."

"괜찮습니다. 진실을 밝히고 싶습니다."

"……저를 의심하십니까?"

아즈마 교이치로의 목소리에는 불쾌감이 깔려 있다. 에리나는 일부러 도발적으로 대답하기로 한다.

"진실을 말씀하시는 거라면 경계할 필요가 없지 않습니까?"

침묵이 돌아왔다. 에리나는 석양을 받아 길게 뻗은 자신의 그림자를 노려보며 기다렸다. 낙엽이 땅 위로 달려간다.

화만 돋우고 실패한 건가 생각한 순간, 현관문이 열렸다. 얼굴을 내민 사람은 나이 든 여자였다.

나이로 추측건대 모친이리라. 그녀의 뒤쪽 마루 귀틀에 아즈마의 모습이 있었다. 휠체어에 앉아 있다. 얼굴 왼쪽은 흑자색의 동상. 양쪽 다리에는 깁스.

에리나는 문설주를 지나 세 계단을 올라 아즈마에게 인사했다.

"자택이 불편하시다면 근처에 휠체어를 이용할 수 있는 식당 두세 곳을 찾아 두었는데 어떠세요?"

"……기자님이 이렇게 배려해 주시는 건 처음이군요. 낮에도 몇 명이 왔었습니다만 추운 데서 오랫동안 질문 공세를 해서."

"저런, 마음이 아프네요. 그러면 따뜻한 거라도 함께 드실까요?"

"야기사와 씨라고 하셨죠? 차를 가져오셨습니까?"

"죄송합니다. 전철로 왔습니다. 하지만 제가 휠체어를 밀고……."

"아, 아닙니다. 그런 뜻으로 여쭤본 게 아닙니다. 야기사와 씨, 운전은?"

"할 수 있습니다."

"……사실은 가고 싶은 곳이 있습니다. 폐가 아니라면 운전을 부탁해도 되겠습니까?"

"네, 괜찮습니다."

이야기를 들을 수 있다면 운전은 일도 아니다.

에리나는 아즈마의 모친과 협력해서 그를 마루 귀틀에서 내리고는, 열쇠를 받아 차고에 있던 왜건을 꺼내 집 앞에 댔다. 차에서 내린 에리나는 아즈마를 정면에서 끌어안듯 들어 올린 후 반 바퀴를 돌아 그를 뒤쪽 좌석에 앉혔다. 산이나 계곡에서 무거운 배낭을 메며 단련한 근력을 한껏 활용했다. 휠체어 생활을 했던 할머니가 87세로 돌아가시기 전까지 돌봐 드렸던 경험이 있어서 차에 태우는 방법도 잘 알고 있다.

"고맙습니다." 아즈마는 미안한 표정으로 고개를 숙였다. 조난당한 등산가를 외면할 사람으로는 보이지 않는다. 말투도 정중했고, 성실함이 느껴진다.

"체력에는 자신이 있습니다. 무엇이든 편하게 말씀해 주세요." 에리나는 왜건에 올라타 핸들을 쥔다. "어디로 갈까요?"

"……나카쓰키 협곡까지. 내비를 따라가시면 됩니다."

에리나는 내비게이션을 설정하고 왜건을 출발시켰다. 나카쓰키 협곡은 같은 지치부시에 있어서 도착까지는 그리 오랜 시간이 걸리지 않았다. 절벽으로 에워싸인 산길을 달렸다. 도로 양쪽으로 밀려난 눈이 하얀 통나무처럼 쌓여 있고, 노면은 얼어 있다. 스터드리스 타이어_{징이 없는 미끄럼 방지용 타이어}가 장착된 차라서 안심이다.

적동색 전봇대에 '나카쓰키가와 빙벽'이라는 글자와 화살표가 있었다. 완만한 곡선을 그리고 있는 가드레일 뒤쪽에 '미끄럼 주의' 안내판이 있다. 그곳 노변에 차를 세웠다.

"다 왔습니다."

에리나는 먼저 휠체어를 내리고 아즈마를 앉혔다.

"고맙습니다. 이십 대 무렵에는 나카쓰키가와 계곡에 자주 왔었습니다. 지역 명소랍니다."

가드레일 바로 뒤에는 눈에 보이는 하늘의 절반을 가릴 만한 절벽이 솟아 있었다. 50미터 이상이다. 온통 마른 나무줄기와 가지로 뒤덮여 갈색이 된 바위 표면에 기다란 은색 융단 몇 장이 세로로 걸려 있다. 표면으로 새어 나온 물이 얼어붙어 만들어진 얼음의 예술이다.

"나카쓰키가와는 가을이 좋죠." 아즈마가 입을 열었다. "단풍나무, 마가목, 너도밤나무, 진달래 등등 다양한 수목의 가지와 잎이 서로 겹치면서 초록색, 노란색, 빨간색, 오렌지색이 뒤섞인 단풍 절경은 한번 볼 만합니다. 하지만 저는 겨울이 좋습니다. 설산과 빙벽이 항상 제 심장을 움켜쥐죠. 예전에는 얼어붙은 폭포에서 빙벽 등반 연습을 하고는 했습니다."

"……알아요." 에리나는 '얼음 폭포'를 올려다보았다. "확실히 오르고 싶게 만들죠."

"오호. 기자님도 그렇게 생각합니까?"

"저도 등산을 합니다. 최근에는 계곡에 빠져 있습니다만."

아즈마는 흥미롭다는 듯 눈을 크게 떴다.

"산을 타는 기자는 별로 없더군요. 어제 취재에도 전문용어를 되묻는 경우가 많아서……. 야기사와 씨는 보통 어떤 산을 오르십니까?"

"가장 좋았던 산은 시로우마다케였습니다."

"북알프스 말입니까? 사월이 가장 좋죠. 날은 계속 좋아지고."

"제가 등산했던 때는 엄동기였어요. 단독 등반으로요."

아즈마가 휠체어에서 상체를 내밀었다. 큰 바퀴 바깥쪽에 붙은 바퀴 손잡이를 쥔 손에 힘이 들어가 있다.

"엄동기에 혼자……. 겨울은 대피소도 폐쇄돼서 입산하는 사람 자체가 별로 없지 않은가요? 조난자가 많은 시기죠."

칸첸중가에서의 악몽이 되살아났는지 아즈마는 가족의 부고를 들은 듯한 표정을 짓고 있었다.

"죄송합니다." 에리나는 고개를 숙였다. "설산 이야기를 꺼내다니 생각이 짧았습니다."

"네? 아닙니다. 무슨 그런 말씀을. 등산이나 클라이밍 이야기를 피하려고 했다면," 아즈마는 '얼음 폭포'를 응시했다. "이런 곳에 안 왔겠죠. 시로우마다케는 어떠셨습니까? 전 등정해 본 적이 없습니다. 감상을 꼭 듣고 싶군요."

"……보이는 건 온통 은백색의 세상이었고, 표식도 눈에 파묻혀서 언제 조난당할지 모를 위험한 등산이었습니다. 그 대신 정상에서 바라본 경치는 최고였습니다. 눈으로 뒤덮인 묘코산과 히우치야마와 야케야마가 굴곡을 만들며 이어진 모습은, 그래요, 마치 폭풍우 속 바다에서 커다란 파도가 솟아오른 순간 얼어붙어 버린 듯한, 그런 압도적인 경관이었죠. 설산의 투명한 하늘색과 파란 하늘이 서로 녹아들어 경계선도 구분이 가지 않는."

"눈에 보이는 듯하군요. 저도 보고 싶어지는군요." 아즈마는 자신의 두 다리를 노려보았다. "이 다리로는 당분간 오를 수 없을 겁니다. 그 큰 눈사태를 만나고도 살아 돌아왔으니 그것만도 행운이라고 생각해야겠죠."

에리나는 본론으로 들어갈 실마리를 잡았다고 생각했다.

"아즈마 씨의 기자회견을 봤습니다. 앞서 생환한 다카세 씨와 주장이 엇갈립니다만."

"전 진실을 말하고 있습니다. 믿어 주십시오."

"믿고 싶습니다. 하지만 근거 없는 기사를 쓸 수는 없습니다. 구체적인 이야기를 들려주실 수 없을까요?"

"……무엇이든 물어보십시오."

"네. 그러면 근본적인 부분을 확인하겠습니다만, 다카세 씨는 같은 등반대원은 아니었다는 말씀이시죠?"

"네. 다카세라는 분은 모릅니다."

"조난당한 다카세 씨와 등반대가 만났다는 이야기는?"

"거짓말입니다. 우리는 다카세 씨를 만난 적이 없습니다."

"하지만 다카세 씨는 등반대에 도움을 요청했다고 주장하고 있습니다."

"이해할 수 없습니다. 새빨간 거짓말입니다. 우리 등반대는 칸첸중가에서 아무도 만나지 않았습니다."

다카세는 등반대원들이 자신을 비웃고 방치한 채 떠났다고 주장했다. 그런 상황에서 아즈마가 만남 자체를 부정하는 건 당연할 터다. 만났다면 도와주지 않았던 이유를 설명해야 한다.

하지만 아즈마가 거짓말을 한다고 보기는 힘들었다. 그에게는 등산가에게 종종 보이는 교만함이 느껴지지 않는다. 설산에서 조난자를 비웃는 모습이 상상되지 않는다.

아즈마의 이야기가 사실이라면 다카세는 알지도 못하는 등반대를 비방하고, 알지도 못하는 가가야를 칭송한 것이 된다. 그건 있을 수 없는 일이다. 어떤 형태로든 접점이 있었을 터다.

에리나는 가방을 열고 역 매점에서 구입한 스포츠 신문을 펼쳤다. 아즈마의 사진이 한 면을 채우고 있다.

'가가야는 도둑이다!'

실종자에게 돌을 던지는 선정적인 헤드라인이다. 기자의 비열한 의도에 그대로 걸려 구입해 버렸다.

"이 기사를 읽었습니다."

에리나는 새삼 기사를 훑었다.

"예상외의 눈보라를 만났을 때 우리는 텐트를 치고 비바크를 하고 있었습니다. 날씨가 회복되기를 기다리는 수밖에 없었습니다. 전원이 합심해서 고난을 극복하려고 했습니다. 하지만 가가야는 패닉에 빠졌고, 안정시키려는 동료의 멱살을 잡고는 우리는 죽을 거야, 여기서 죽을 거야 하고 소리치며 날뛰었습니다."

—극한상황에서 내분이 일어났군요.

"그렇습니다. 가가야는, 이대로는 식량도 떨어져 모두가 살아남는 건 불가능하다고 주장했습니다. 말도 안 되는 이야기였죠. 우리는 장비도 식량도 충분히 준비했습니다. 설령 며칠 동안 텐트에 갇힌다고 해도 모두가 견뎌 낼 수 있는 양이었습니다. 하지만 가가야는 믿지 않았습니다."

—무슨 일이 일어났습니까?

"이튿날 아침 눈을 뜨니 가가야의 모습이 보이지 않았습니다. 게다가 우리의 식량과 가스도 사라졌습니다. 그가 한밤중에 짐을 들고 도망간 것입니다. 그는 우리를 내팽개치고 자신만 살겠다고 도망간 비겁자입니다. 결코 영웅이 아닙니다."

ㅡ짐을 도둑맞은 후에는 어떻게 하셨습니까?

"식량과 장비를 도둑맞은 이상 야영을 계속하는 건 불가능했습니다. 그 거센 눈보라 속으로 들어가는 건 무모했지만, 생환하기 위해서는 걸을 수밖에 없었습니다. 눈사태를 만난 건 그때였습니다."

ㅡ회수된 시신에는 아무도 배낭을 메고 있지 않았었죠. 짐을 도둑맞았기 때문입니까?

"그렇습니다. 거의 아무것도 남지 않은 배낭을 멜 필요가 없어서 남은 짐을 하나로 합쳐서 제가 멨습니다. 설산에서 아무도 배낭을 안 메고 있다니, 있을 수 없는 상황이죠? 그거야말로 가가야가 짐을 들고 도망갔다는 명확한 증거입니다."

ㅡ짐을 도둑맞지 않았다면 어떻게 됐으리라고 생각하십니까?

"전원 생환할 수 있었다고 생각합니다. 우리 등반대가 야영했던 장소는 눈사태의 주로에서 떨어져 있었습니다. 우리가 위험 지대를 통과해야만 했던 것은 짐을 잃어버려 이동하지 않을 수 없었기 때문입니다."

ㅡ가가야 씨는 지금도 행방불명입니다만.

"……가가야는 비컨을 갖고 있지 않아서, 매몰됐다면 찾기 힘들지도 모릅니다."

ㅡ그렇습니까. 오늘은 정말 감사했습니다.

에리나는 신문에서 아즈마에게 시선을 옮겼다.

"이 기사 내용은 사실입니까?"

"물론입니다." 아즈마는 단호하게 고개를 끄덕였다. "가가야는 등반대의 짐을 들고 도망갔습니다. 자기 혼자 살아남겠다고."

"……아즈마 씨는 가가야 씨를 원망하십니까?"

솔직한 질문을 던지자 아즈마는 양손으로 허벅지를 움켜쥐었다.

"그가 짐을 들고 도망가지만 않았다면 동료들은 죽지 않았습니다. 그가 무사하길 바라지만, 용서는…… 죄송합니다. 할 수 없습니다."

"냉혹하게 들리겠지만 남편의 무사 귀환을 기원하는 가가야 부인은 당신 이야기에 상처를 받고 있을 겁니다. 가가야 씨의 안부를 알 수 없는 상황에서 이러한 고백을 하는 데 주저하진 않으셨습니까?"

"……망설였습니다. 사실이라도 입을 다물고 있어야 한다고 생각했습니다."

"그런데 왜?"

"구조된 후 일본에 퍼져 있는 미담을 들었습니다. 인터넷에서는 가가야가 영웅으로 칭송되고, 우리 등반대는 악인으로 중상모략을 당하고 있었습니다. 그것을 용서할 수 없었습니다. 등산가로서 있을 수 없는 행동을 한 것은 우리가 아니라 가가야입니다. 그런데 그는 '산의 사무라이'로 떠받들리고 있습니다. 그걸 견딜 수 없었습니다. 그래서 비판받을 각오로 이야기했습니다. 이야기하지 않을 수 없었습니다."

"등반대와 만난 적도 없는 다카세 씨가 왜 당신들을 비난하고 가가야 씨를 칭찬했을까요?"

"……모르겠습니다."

"그렇다면 다카세 씨와 가가야 씨의 접점은?"

"짐을 들고 도망간 가가야가 하산하는 도중에 만났는지도 모르죠. 제가 아는 건 그 다카세라는 사람이 새빨간 거짓말을 퍼트리고 있다는 것뿐입니다."

"다카세 씨의 인터뷰에 의하면 가가야 씨는 비컨을 갖고 있었다고 합니다만, 당신은 없었다고 하고 있습니다. 어느 쪽이 진실일까요?"

"가가야가 비컨을 잊고 안 가져온 게 사실입니다. 도중에 그 사실을 깨닫고 우리는 그 부주의에 화를 냈습니다. 똑똑히 기억합니다."

"역시……."

"왜 그러십니까? 뭐가요?"

"……장비를 들고 도망갔다는 이야기를 들었을 때 전 나름대로 납득했습니다. 가가야 씨는 등산 중에는 비컨을 안 갖고 있었지만 등반대의 장비를 들고 도망갔을 때 비컨도 훔쳤다. 그 후 다카세 씨와 만난 후부터 가가야 씨는 비컨을 갖고 있었다는 게 되겠죠. 그러면 엇갈리는 주장이 설명이 됩니다. 아닌가요?"

"비컨은 도난당하지 않았습니다. 혼자 도망가는 거라 갖고 있어도 의미가 없다고 생각했겠죠. 비컨을 갖고 있었기 때문에 네 사람의 시신을 눈 속에서 발견할 수 있었습니다."

"흐음. 결국 다카세 씨는 무슨 이유에서인지 가가야 씨가 비컨을 갖고 있었다고 거짓말을 한다는 것이군요."

"네. 이유는 모르겠습니다."

목격자가 없는 칸첸중가에서 무슨 일이 있었던 것일까? 남은 것은 생환자 두 사람의 상반되는 주장뿐. 조난 중에 만난 등반대에 조롱당하고 외면당했다가 가가야에게 구조되었다는 다카세. 애초에 다카세와 만난 적도 없으며, 가가야가 장비를 들고 도망갔다는 아즈마.

개인적으로는 아즈마의 주장에 신뢰가 간다. 이야기의 앞뒤가 맞는다. 하지만 다카세가 가가야 편을 드는 이유를 알 수 없다.

"다카세 씨가 거짓말을 한다는 증거가 있습니까?"

그렇게 묻자 아즈마는 "있습니다." 하고 즉답했다. "인터넷에 올라온 뉴스와 와이드쇼를 봤습니다만, 부자연스러운 부분이 있습니다. 다카세 씨는 눈사태로 배낭을 잃어버려서 주머니에 있던 비스킷과 양갱으로 연명했다고 하더군요."

"아, 재현 영상 말씀이시군요. 저도 확인했습니다. 하지만 특별히 위화감 같은 건……. 빈약한 식량으로 열흘 이상 살아 있었던 사례도 있고."

"그게 아닙니다. 그런 내용의 내레이션이 나온 직후, 구조 장면의 영상이 나왔습니다. 다카세 씨는 구조대를 발견하고 텐트에서 기어 나왔습니다. 배낭을 잃어버린 사람이 어떻게 텐트를 갖고 있죠?"

"아!"

"……그 사람 이야기, 거짓 아닐까요?"

가짜 생환자.

그런 단어가 뇌리를 스친다. 눈사태도 만나지 않았고, 충분한 식량과 연료와 장비를 지닌 채 눈보라 속에서 구조될 때까지 지내다 귀국하자마자 기적의 생환자를 연기한 걸까? 다카세도 구조 장면이 보도될 거라는 생각은 못하고 비스킷과 양갱 일화를 만들었을 것이다. 만약 그랬다고 한다면 무엇을 위해? 피해자를 가장해서 보상금이나 배상금을 받을 수 있다면 거짓 체험을 말하는 자도 있을 수 있다. 하지만 눈사태 피해자인 척해도 금전적인 이익은 없다. 큰 부상을 어필하는 것도 아니어서 산악 보험 사기가 목적이라고 볼 수도 없다.

"애초에 당신들은 왜 칸첸중가에 도전했습니까?"

아즈마의 표정에 그늘이 드리워졌다. 지면을 노려본다.

"그건, 그 미답봉의 해금이 계기였습니다. 등산가라면 '최초'에 집착하는 법이죠. 거기에다 더 나아질 것 없는 생활에 지쳐서 뭔가 이렇게 '살아 있다'고 실감할 수 있는 게 필요했을 겁니다."

"충족감을 위해 도전하기에는 난도가 너무 높지 않습니까? 칸첸중가의 사망률은 에베레스트의 몇 배입니다. 미답봉이라면 더욱 미지의 루트뿐이라 위험하고요."

"……너무 안일했다고 생각합니다."

"다른 등반대원들은 뭐라고 했나요? 인터넷 교류 사이트에서 알게 된 멤버라고 들었습니다만."

"오를 수 있는 곳까지 올라 보자. 그뿐이었습니다. 모두 인생을 되돌리고, 아, 아니, 바꾸고 싶었다고 생각합니다. 모두 자신이 자신의 인생을 마음대로 하지 못하는 듯한 견디기 힘든 괴로움, 아니 불만을 품고 있었기 때문에 칸첸중가의 미답봉 도전에서 큰 의미를 찾고 있었습니다."

막힘없이 이야기하던 아즈마의 말투에 망설임과 당황함이 드러난다. 그들이 칸첸중가산맥의 미답봉에 도전한 이유, 거기에 수수께끼를 풀 실마리가 있다는 느낌이 강하게 들었다.

8

후지산 기슭인 우마가에시에서 조금 올라간 설원에는 나목이 흩어져 있었다. 날씨가 좋았기 때문에 습기를 머금은 적설은 무거웠고 한풍이 불어도 눈가루가 날리지 않았다.

"눈사태는 세계 곳곳에서 연간 백만 건이 발생합니다." 마스다 나오시는 다채로운 색상의 등산복을 입은 20여 명의 수강생을 둘러봤다. "눈사태에는 몇 가지 종류가 있습니다. 가장 많은 것이 표층눈사태입니다. 상층의 적설이 하층의 적설을 남기고 미끄러져 내립니다. 전조도 없이 발생하는 경우가 많고, 규모도 커서 상당히 위험하죠."

마스다는 등산화에 달려드는 듯한 설면을 푹푹 밟으며 배낭을 벗었다.

"표층눈사태가 일어나는 것은 약층이 있기 때문입니다. 약층이란 눈 입자 사이의 연결이 약한 층입니다. 급격한 기온 변화 등으로 발생합니다." 마스다는 귀를 잘라 낸 하얀 직사각형 식빵을 꺼냈다. "여러분, 여길 보세요. 눈이 내리면 이렇게 적설이 만들어집니다. 그 후 이 위에," 그는 식빵에 양배추를 올렸다. "결합이 약한 층이 내리

쌓입니다. 이것이 약층이 됩니다. 사실 이것만으로는 아무 문제도 없습니다. 눈사태가 일어나는 것은," 양배추 위에 다시 식빵 한 장을 올려 샌드위치를 만든다. "약층 위에 적설이 있을 때입니다."

화제가 된 칸첸중가 사고가 머릿속에 있어서인지 수강생들의 자세는 진지했다.

"그런데 설산은 비탈면으로 되어 있습니다." 마스다는 아래쪽 식빵만 쥐고 샌드위치를 기울였다. 그러자 양배추 위에 놓여 있던 위쪽 식빵이 미끄러졌다. 그가 바닥에 떨어지기 전에 잡는다. "이해하셨습니까? 형성된 약층 위에 적설, 전문적으로는 상재적설上載積雪이라고 합니다만, 이것이 쌓이면 조건이 갖춰집니다. 약층이 상재적설의 무게를 견디지 못하게 되면 방금처럼 약층을 경계로 적설이 미끄러져 눈사태가 됩니다. 또는 깊은 눈 속을 걷는 등산가나 설면을 가르는 스키어가 적설을 트래버스하면, 즉 횡단하면," 그는 다시 샌드위치를 만들어 칼로 위쪽 식빵만을 가로로 잘랐다. 잘린 아래쪽이 미끄러져 내려간다. 다시 붙잡았다. "상재적설이 절단되어 눈사태가 일어납니다."

수강생들이 일제히 고개를 끄덕였다.

"무서운 것은 적설로 약층이 덮여 가려지기 때문에 언뜻 봐서는 징후를 포착할 수 없다는 점입니다. 약층을 확인하는 방법은 나중에 알려 드리겠습니다. 그리고 그 외에는 전층눈사태가 있습니다." 마스다는 샌드위치 전체를 미끄러뜨렸다. "지면까지의 적설층 전체가 한꺼번에 미끄러져 내립니다. 해설기解雪期에 발생합니다. 위험하지만 전조가 나타나는 것이 특징입니다. 만약 균열이 가 있거나 균열이 생긴 혹 모양의 기복이 만들어져 있다면 곧바로 피신해야 합니다. 여기까지 질문 있습니까?"

여자 수강생이 가장 먼저 손을 들었다. 와인레드 재킷과 검은 바지를 입고 하얀 비니를 쓰고 있다.

"마스다 씨는 눈사태학을 연구하는 등산가시죠?"

"네, 그렇습니다." 마스다는 끄덕였다. 그는 이렇게 정기적으로 설산 등산의 강습을 열고 있다. 강습은 귀중한 수입원이기도 하고, 눈사태의 위험성과 대처법을 알려서 등산가의 생명도 지킬 수 있다.

"지난달, 칸첸중가에서 네 명의 일본인 등산가가 목숨을 잃었습니다. 전문가가 볼 때 어떻게 생각하십니까?"

예상외의 질문에 마스다의 입에서 대답이 나오지 않았다.

"……어떻게라니, 막연한 질문이라서 대답하기 힘듭니다만 연일 이어진 거센 눈보라로 약층 위에 눈이 한계치까지 밀어닥친 결과 표층눈사태가 일어났다고 추측할 수 있습니다."

"막을 수 없는 참사였을까요? 등반대가 눈사태에 휘말린 요인은 뭐라고 생각하시나요?"

"현장에 있었던 게 아니라 단언하지는 않겠습니다만 위험 요소가 많은 장소에 발을 들인 것이 원인이 아닐까 생각합니다."

"위험한 장소를 지나야만 했던 이유가 있었을까요?"

"글쎄요, 그건……."

"마스다 씨의 형께서는 왜 칸첸중가에 가셨나요?"

마스다는 깜짝 놀라 눈을 크게 떴다. 형의 죽음을 알고 한 질문이었나.

"개인적인 호기심에 대답할 의무는 없습니다. 귀중한 강습 시간이 줄어듭니다."

여자 수강자가 맨 앞까지 나와서 명함을 내밀었다.

"실례했습니다. 전 잡지 편집자인 야기사와 에리나라고 합니다. 이번 눈사태 사고를 조사하고 있어요. 유가족 중에 등산을 하시는 분은 마스다 씨뿐이어서, 귀중한 이야기를 들을 수 있을까 하고……."

조만간 기자가 접촉해 오리라고 예상은 했다. 하지만 막상 나타나자 어떻게 반응해야 할지 고민이 되었다. 다행히 지금은 상대하지 않을 방편이 있다.

마스다는 명함을 받지 않고 다른 수강생들을 둘러봤다. "자!" 하고 손뼉을 친 후 가방에서 눈사태 비컨을 꺼냈다. 커다란 만보계처럼 생겼다. "다음은 매몰자 수색을 실전으로 배워 봅시다."

"네!" 수강생들이 힘차게 대답한다. 강습에 협조해 주는 등산 용품 전문점에서 빌려 온 비컨을 나눠 준다. 얼핏 보니 에리나는 명함을 집어넣고 하얀 입김을 토해 내고 있었다.

"알펜 비컨1500 등의 오래된 아날로그 형식과는 달리, 현재 디지털 형식의 비컨은 송신 상태에서 이삼백 시간이면 건전지의 수명이 끝납니다. 수신 상태에서는 사오십 시간밖에 유지되지 않습니다. 장기간의 산행일 때는 예비 건전지를 꼭 준비합시다. 매몰자의 생명을 구하려면 최초의 십오 분이 관건입니다. 비컨의 사용법을 숙지해 두지 않으면 동료를 살릴 수 없습니다. 그럼 전파 유도법을 배워 보겠습니다." 그가 비컨을 든다. "지금은 송신 상태니까 이렇게 수신으로 바꾸세요. 수신 감도는 최고로 조정합니다."

그는 모두가 따라 한 것을 확인하고 비컨을 좌우로 흔들면서 설원을 걸었다.

"성능은 종류에 따라 제각각이지만 이 기종의 전파 범위는 이십오 미터입니다. 그러니까 오십 미터 폭을 혼자 수색할 수 있는 것입니다. 비컨을 흔들어서 수신 신호가 커지는 방향으로 삼사 미터 나아가고, 그곳에서 다시 비컨을 흔들어 수신 신호가 커지는 방향으로 나아가기를 반복해서 매몰 장소를 좁혀 가는 것입니다."

마스다는 설원에 세워 둔 휴대용 화이트보드에 두 개의 타원을 그렸다. 한 점이 닿아 있어서 나비를 간략화한 것처럼 보인다. 비컨의 자기장이다. 안테나를 중심으로 도넛 형태의 지향성을 갖고 있다.

그는 전파 특성을 설명한 후 구체적인 수색 방법을 가르쳤다.

"그러면 여러분, 실험해 봅시다. 송신 상태의 비컨을 미리 세 곳에 묻어 두었으니 각자 찾아보시기 바랍니다."

수강생들이 비컨을 노려보면서 사방으로 흩어졌다. 그 모습을 바라보고 있는데 에리나가 다가왔다.

"……이번 사건, 수상한 점이 너무 많다고 생각하지 않으세요?"

마스다는 그녀를 흘낏 보고는 다시 수강생들에게 시선을 옮겼다.

"생환자 두 사람의 주장이 정면으로 대치합니다. 마스다 씨, 어제 스포츠 신문을 보셨습니까?"

"아니요……."

"가가야는 등반대의 장비를 훔친 비겁자다. 아즈마 교이치로 씨가 그렇게 고발했습니다."

그는 자신도 모르게 그녀의 얼굴을 응시했다. 처음 듣는 이야기였다. 최근 이삼 일은 바빠서 스포츠 신문까지는 읽지 못했다. 그러고 보니 아즈마의 충격적인 발언 이후, 텔레비전의 보도가 급격하게 조용해졌다. 그런 사정이 있었군. 분명 매스컴은 분쟁 중인 두 사람에게 돌격했을 것이다. 그러나 실종자의 '악행'을 보도하는 것은 위험이 크다. 도난을 증명할 증거는 전혀 없다. 아즈마의 주장만을 근거로 비판할 수는 없을 것이다.

그렇다고 해도 주저하는 것은 일시적일 터다. 스포츠 신문의 기사를 시작으로 이를 따라 하는 미디어는 반드시 존재한다. 지금쯤 인터넷에서 화제가 되고 있을지 모른다.

그녀에게 장비 도난의 이야기를 자세히 듣고 싶었다. 하지만 강습을 소홀히 할 수는 없다.

"그쪽도," 마스다는 자신의 비컨을 보여 줬다. "수강 신청을 했으면 참가하세요. 취재라면 강습이 끝난 뒤에도 상관없으시겠죠. 당신이 한자리를 차지한 탓에 진지하게 설산 등산을 목표로 하는 누군가 한 사람이 기회를 잃었습니다."

"어머, 저도 성실하게 수강했어요."

"그렇다면 더 열심히 참가하십시오. 앞으로 살면서 한 번이라도 설산에 오를 기회가 있다면 그때 당신의 목숨을 구할 지식이 될지도 모르니까요."

그녀가 어깨를 으쓱하는 것으로 대답을 대신했을 때, 마스다는 나목 주변에서 허둥대는 여성 수강생을 발견했다. 그녀는 총을 쥐고 범죄 현장으로 잠입한 외국 드라마의 여형사 흉내를 내며 공기를 가르듯 비컨을 빠르게 좌우로 움직이고 있었다.

마스다는 눈을 다지듯 밟으며 그녀에게 다가갔다.

"잘 되십니까?"

그가 말을 걸자 여성 수강생은 당혹스러운 표정으로 고개를 흔들었다.

"아니요. 제 비컨은 상태가 안 좋은지 신호를 제대로 수신하지 못해요."

"아, 그건 말이죠. 아마도 당신이 비컨을······."

"너무 빨리 흔들고 있습니다." 어느새 에리나가 옆에 서 있었다. "비컨의 펄스 신호는 약 일 초 간격으로 송신돼서, 너무 빨리 움직이면 신호를 놓치게 됩니다. 좀 더 천천히 흔들어 보세요."

여자 수강생은 에리나가 시키는 대로 하더니 "앗!" 하고 소리를 질렀다. 뛰어오를 듯 기쁜 표정이었다. "반응했어요! 반응했다고요!"

"그렇죠?" 에리나가 친절하게 미소를 짓고는 마스다를 향해 돌아섰다. "일하시는 데 방해가 되었나요?"

"······아니요. 그녀의 행동만으로 원인을 찾아내다니 놀랐습니다. 비컨의 특성까지 이해하고 있군요."

"죄송합니다. 당신이 조언해 줄 수 있다는 걸 알면서 끼어들었습니다. 저도 등산을 합니다."

"트레킹을 하십니까?"

트레킹은 본격적인 장비가 필요하지 않아서 남녀노소에게 인기가 있다.

"트레킹이나 계곡 탐사도 좋아합니다만, 역시 빙벽 등반 루트가 있는 설산을 가장 좋아하죠. 살아 있다는 것을 실감하고 싶거든요. 삶과 죽음 사이에서 자신의 인생을 끝까지 살아 내는."

그는 전류가 흐른 것처럼 깜짝 놀랐다. 미쓰키가 했던 말과 비슷했다. 생김새는 전혀 다른데도 그녀에게서 미쓰키의 모습이 보였다.

"왜 그러세요?"

"아, 아닙니다."

"어제 아즈마 씨를 취재했습니다. 가가야 씨가 짐을 훔쳐서 도망가는 바람에 위험을 알면서도 이동할 수밖에 없었다고 합니다. 충분한 식량이 없는 이상, 야영을 하면 상황은 악화되니까요. 만약 그 말이 사실이라면 등반대가 눈사태에 휘말린 건 가가야 씨 때문입니다."

짐을 훔쳐 도망갔다…….

"가가야 씨는 왜 그런 짓을?"

"아즈마 씨 말로는, 가가야 씨가 패닉에 빠졌다고 해요. 날씨가 회복될 때까지 야영을 하기에는 식량과 장비가 부족하다고 믿고, 자신만 살아남기 위해 한밤중에 짐을 훔쳐 도망갔다고."

"혼자 눈보라 속으로 나가는 편이 위험할 텐데요. 식량과 장비가 그렇게 빠듯했습니까?"

"예비품은 충분히 있었다고 합니다."

단죄.

이전에 들었던 단어가 뇌리를 스쳤다. 아내가 칸첸중가에 오르는 이유를 묻자 가가야는 '단죄가 필요하다'고 대답했다고 했다. 그는 누구를 심판하려고 했을까? 짐을 훔쳐 도망간 건 패닉 끝에 벌인 어리석은 행동이 아니라 면밀하게 계산된 계략이었는지도 모른다.

"마스다 씨. 뭔가 짚이는 부분이라도?"

마스다는 에리나의 눈을 똑바로 보았다. 그녀에게 이야기를 해야 하나 말아야 하나. 자신도 진상을 알고 싶은 마음이 간절했다. 형은 왜 산으로 돌아갔을까? 왜 칸첸중가라는 위험한 고봉에 도전했을까? 회사를 그만두고 연인을 버려 가면서까지, 왜?

생환한 다카세와 아즈마의 주장이 대립하는 가운데 '가가야의 이미지'는 애매하다. 가가야는 영웅인가, 비겁자인가? 그는 복수를 하려는 자였을까?

"……가가야 씨는 누군가를 심판하려던 것인지도 모릅니다."

마스다는 가가야의 아내에게 들었던 이야기를 했다. 귀를 기울이던 에리나는 어려운 수학 문제에 부딪힌 표정을 지었다.

"'단죄가 필요하다'고 했다고요? 아무래도 가가야 씨가 열쇠가 될 것 같네요. 귀중한 정보 감사합니다. 언제 한번 가가야 씨의 부인께 직접 이야기를 들어 보고 싶군요. 소개해 주실 수 있을까요?"

"전 안 될 겁니다. 실언을 해서 그녀를 화나게 해 버렸거든요."

"무슨 말을 하셨어요?"

"그건……."

형의 자일이 인위적인 칼집 탓에 끊겼다는 말을 하자 가가야 부인은 자신의 남편이 범인이라는 말이냐며 화를 냈었다. 이 이야기를 에리나에게 해야 할까. 칸첸중가에 품고 간 살의. 또는 칸첸중가에서 생겨난 살의. 그런 이야기는 잡지 편집자의 호기심을 자극할 것이다. 목숨을 잃은 형의 이야기를 흥미 위주의 기사로 써 버릴지도 모른다.

애매한 쓴웃음으로 얼버무린 순간, 멀리서 "발견했습니다!" 하는 외침이 메아리쳤다. 돌아보니 삽을 든 수강생 두 사람이 손을 흔들고 있다. 파낸 비컨을 쥐고 있을 것이다.

손목시계를 확인했다. 찾기 어려운 곳에 묻지는 않았다고 해도, 첫 실습에서 20분이면 좋은 성적이다.

마스다는 에리나를 돌아봤다.

"수업은 끝까지 들어 주세요."

"……알겠습니다. 눈사태에 대해서는 무지하니 꼭. 이야기는 수업이 끝난 뒤에 한 번 더 할 수 있길 바라요."

무언으로 대답한 마스다는 수강생들에게 달려갔다. 발견된 비컨을 확인하고 칭찬을 한다. 남은 두 개는 30분 후, 45분 후에 찾아냈다.

그는 수강생들을 다시 불러 모아 강의를 재개했다.

"자, 이제 동료가 매몰됐을 때의 수색 방법을 배웠습니다. 빠른 구조를 위해서도 삽은 반드시 소지합시다. 손으로 팠다가는 제때 구하지 못합니다." 수강생들의 얼굴을 둘러보며 그들이 위기의식을 느낀다는 것을 확인한다. "다음은 자신이 눈사태에 휘말렸을 때의 대처법을 알아봅시다. 자연의 위협 앞에 할 수 있는 일은 한정적이지만 생존 가능성을 단 몇 퍼센트라도 높일 수 있는 방법을 알아 둬서 손해 볼 건 없습니다."

에리나도 맨 앞줄에서 이야기를 듣고 있다.

"눈사태가 덮치면 본능적으로 뛰어 내려가게 되지만 스키를 신고 있어도 벗어나기는 힘듭니다. 눈사태의 이동이 느린 가장자리, 즉 눈사태의 끝으로 도망가야 합니다. 운 나쁘게 휩쓸렸다면……." 마스다는 눈 덮인 대지에 엎드리고는 온몸으로 개구리헤엄을 쳤다. "필사적으로 헤엄을 칩니다. 사람은 비중이 커서 눈 속에서는 점점 가라앉습니다. 발버둥 쳐서 떠오르려는 노력을 하는 것이 중요합니다. 눈속에 파묻힌 경우, 조금이라도 얕은 곳이 구조받기 쉬우니까요." 그는 일어서서 옷에 묻은 눈을 떨었다. "발버둥 쳐도 어쩔 수 없이 파묻힐 상황이라는 걸 파악했다면……," 맞댄 양 손바닥을 사발처럼 만들어 얼굴 아래쪽을 덮는다. "이렇게 '에어포켓'을 만듭니다. 입과 코에 눈이 들어가는 것을 막으면서 동시에 호흡 공간을 확보합니다. 움직임이 멈춘 눈은 콘크리트처럼 급속하게 굳어집니다. 그 전에 '에어포켓'을 만드는 것이 중요합니다. 산소를 유지할 수 있으면 생존 기간이 늘어나기 때문입니다."

수강생 몇 명이 마스다를 따라 에어포켓을 만들었다. 한기에 곱은 손바닥을 입김으로 녹이는 동작처럼도 보인다.

"그렇기 때문에 텐트 안에서 눈사태의 습격을 당하는 건 상당히 위험합니다. 맨땅에 처박혀 질식하게 됩니다. 그럴 때는 곧바로 텐트를 찢고 탈출해야 합니다. 지금까지 눈사태 대처법을 설명했습니다만, 가장 중요한 것은 눈사태 자체를 만나지 않도록 하는 것입니다. 첫째로," 마스다는 손가락 하나를 세웠다. "나중에 가르쳐 줄 '약층 테스트'를 게을리하지 않고 정기적으로 하는 것입니다. 눈사태 위험이 높다는 걸 알았다면 우회하도록 합니다."

"선생님!" 남자 수강생이 손을 들었다. "위험이 있어도 통과할 수밖에 없는 상황이 있을 거라고 생각합니다만……."

"물론 있을 겁니다. 우회하면 너 위험한 루트가 된다거나 일몰이 얼마 남지 않은 경우 등이죠. 그럴 때의 철칙은 여러 사람이 동시에 움직이지 않는 것입니다. 여러 사람이 통과하면 적설에 부담을 줘서 눈사태를 유발하게 됩니다. 그러니까 차례대로 통과해야 합니다. 한 사람이 위험지역을 나아가는 동안 남은 멤버는 안전 지역에서 지켜봅니다. 만약의 경우 구조할 수 있기 때문입니다. 다음 사람이 나아갈 때는 되도록 앞 사람의 발자국을 따라갑니다. 발자국이 여러 곳으로 흩어지면 점이 선이 되어, 약층 위의 적설이 절단되면서 그곳에서 눈사태가 발생합니다."

"좋은 공부가 됐습니다."

"눈사태 위험이 높은 곳을 통과할 경우, 꼭 기억해야 하는 몇 가지가 있습니다. 타고 있던 스키를 벗거나 스틱의 손목 걸이, 배낭의 가슴 벨트 등을 푸는 일입니다. 눈사태에 휩쓸리면 움직임에 방해가 되고 배낭의 무게로 깊게 매몰됩니다."

"마스다 씨!" 손을 든 사람은 에리나였다. 크게 뜬 눈에 당혹감이 엿보였다. "눈사태를 만나면 장비를 버립니까?"

"네, 그렇습니다. 스키, 스틱, 배낭 등 가진 장비는 모두 벗어 버리고 눈 위로 올라가려는 노력을 해야 합니다. 무슨 문제가 있습니까?"

그녀는 설면을 노려보며 뭔가 혼잣말을 하더니 마침내 고개를 획 들었다.

"……아즈마 씨는 네 명의 시신에 배낭이 없었던 것이 장비를 훔친 증거라고 했습니다. 방금 알았습니다. 그건 상황을 교묘하게 이용한 거짓말이었습니다. 시신이 배낭을 메지 않은 건 누가 장비를 훔쳐 도망가서가 아니라, 눈사태에 휩쓸렸을 때 네 사람이 스스로 벗어 던졌기 때문이죠!"

9

그녀의 부탁을 거절하기는 힘들었다.

저녁에 강습회가 끝나고 도쿄로 돌아가기 전에 이야기를 하고 싶다는 에리나의 말에 마스다는 단골 바 '데날리'로 이동했다. 데날리는 북미 최고봉인 매킨리의 다른 이름—원주민 데나이나족의 언어로 '위대한 것'을 의미한다—으로, 술값이 싸고 후지산도 가까워서 등산 관계자들의 호응을 얻었다. 등산가 출신인 주인은 고액의 산악 장비를 사느라 주머니 사정이 어려운 사람들을 위해 가격을 최대한 내렸다고 한다. 산에 대한 최신 정보를 교환하고 싶을 때 아주 유용한 곳이다. 바위 표면을 본뜬 벽이 압박하는 실내는 어둑어둑하다.

이전에는 가게 이름이 눈사태의 퇴적물을 의미하는 '데브리'였는데, 불길하다는 악평이 있어서 데날리로 변경했다. 하지만 '날' 자와 '브' 자가 간판 디자인상 비슷하게 그려진 탓에 손님들은 한동안 가게 이름이 바뀐 걸 눈치채지 못했다는 일화가 있다.

마스다는 그녀와 카운터석 스툴에 앉아 위스키 베이스의 칵테일 '갓파더'를 주문했다.

"그러면 전······," 에리나는 장난스러운 웃음을 띠더니 바텐더를 봤다. "갓머더로 주세요."

재치 있는 주문이지만 '갓머더'는 보드카 베이스로 알코올 도수가 35도나 된다.

옆얼굴을 응시하는 시선에서 마스다의 당혹감이 전해졌는지 에리나가 돌아보며 대답했다.

"걱정 마세요. 저, 술 셉니다."

"술 시합 하면 먼저 쓰러질 것 같은데요."

"해 보실래요?"

마스다는 쓴웃음을 지었다. "사양하겠습니다. 오늘은 이야기가 중요하니까요. 아즈마 씨의 거짓말 말입니다만······."

"네. 아즈마 씨는 가가야 씨가 등반대의 식량과 장비를 들고 도망갔다고 했습니다. 스포츠 신문에도 제게도. 그 사람 말에 설득력이 있어서 저도 이내 믿었죠. 하지만······,"

"날조한 이야긴지도 모른다는 생각이 드는군요."

"만약 등반대원들이 눈사태를 만나 스스로 배낭을 버린 거라면 가가야 씨가 짐을 들고 도망갔다는 말은 새빨간 거짓말이에요."

마스다는 스마트폰으로 검색해 이번 건에 관한 소셜 네트워크와 게시판 글을 훑었다. 아즈마가 스포츠 신문에 폭로한 내용 탓인지 다카세와 가가야에 대한 비판이 거세다. 미담으로 치켜세워졌던 만큼 낙차가 컸다. 속았다고 느낀 사람들의 비방과 중상이 판치고 있었다.

'장비를 들고 도망가다니, 동료가 자는 동안 목을 베는 꼴이다. 영웅은커녕 살인자가 아닌가.'

'산의 사무라이는 세상에 둘도 없는 비겁자시니라.'

'다카세는 반론을 했나?'

'아니. 침묵.'

"대충 훑어봤지만 배낭을 직접 벗어 던졌을 가능성을 이야기하는 사람은 없군요."

"보통은 연결 지어 생각하기 힘들죠. 저도 우연이었어요. 한창 아즈마 씨의 이야기를 생각하던 중에 우연히 마스다 씨의 이야기를 듣고 퍼뜩 생각이 났어요."

에리나는 글라스를 받아 들고 '갓머더'에 입을 댔다. 끝부분에 컬을 준 밤색 머리카락이 볼을 덮듯이 내려와 어깻죽지까지 닿아 있다. 그녀는 커다란 눈을 가늘게 뜨는 버릇이 있는 듯했는데, 기다란 속눈썹과 가늘게 뜬 눈이 어우러져 이지적인 인상을 만들어 냈다.

"처음에는 다카세 씨의 고발 비슷한 이야기에 관심이 없었어요. 횡포한 등산가가 드문 것도 아니고, 조난자를 외면하는 사람도 뭐, 있겠거니 했죠. 하지만 아즈마 씨가 생환해서 미담을 부정했을 때, 어느 한쪽이 산에 거짓말을 하고 있다, 그건 용서할 수 없다는 생각이 들었어요."

난방 중인 실내는 따뜻했고, 에리나는 지금, 몸매를 가리던 등산복을 벗고 몸에 꼭 붙는 운동복 차림으로 앉아 있다.

마스다는 '갓파더'를 한 모금 마셨다. 이탈리아산 아마레토의 아몬드 풍미가 위스키 맛을 부드럽게 감싸 코끝을 자극하며 목을 타고 흘러내린다.

"전 원래 등산가는 취재하지 않아요. 예전에는 등산 경험을 살려서 산악 잡지 기자를 했었지만 그만뒀죠."

"왜요?"

"등산가는 산에서 죽잖아요. 산악 스키의 일인자에게도, 엄동기의 매킨리를 등정한 최고 등산가에게도, 에베레스트를 등정한 천재 등반가에게도 죽음은 갑자기, 누구에게나 덮치죠. 산은 갑자기 이빨을 드러내요. 취재를 하면서 누군가의 인품에 호감을 갖게 됐는데, 어느 날 신문 한 귀퉁이에서 그 사람의 부고를 보게 되죠. 그런 일이 이어지다 보니 개인적으로 깊이 관여하는 게 힘들어져서……. 취재라는 게 상대방의 인생을 알고, 생각을 알고, 인품을 아는 거라서요. 사람의 마음 안쪽으로 발을 디디고 내면을 보게 되죠. 산을 사랑하는 동지들보다, 때로는 연인보다 그 사람을 깊이 이해한 기분이 들어요."

"그런데 왜 다시 취재를?"

"……등산은 자신과의 싸움입니다. 단독 등정에도 '단독'에 암묵적인 정의가 있잖아요. 외부와 연락하지 않고, 장비는 전부 자신이 준비하고, 타인이 남긴 자일 등은 사용하지 않는다든가. 산에 자신 혼자라 꾀를 부리려고 하면 얼마든지 가능하죠. 꾀를 부리고도 단독 등정에 성공했다고 주장할 수도 있습니다. 하지만 진짜 등산가는 그런 일은 하지 않아요. 산에 정직하고 싶기 때문이죠. 힘들 때 마침 눈에 들어온 다른 누군가가 설치해 둔 지점을 사용해 버렸다면 솔직하게 고백하는 법입니다. 쉽게 거짓말을 할 수 있는 상황이기에 더욱 성실하게. 그것이 중요하다고 생각합니다. 이번 눈사태 사고에서는 살아남은 두 사람의 주장이 엇갈려요. 확실하게 한쪽은 산을 배신하고 있다는 뜻입니다. 전 그걸 용서할 수 없어요. 그래서 진실을 밝혀내고 싶습니다."

그녀의 말은 잡지 편집자가 아닌, 등산가의 것이었다. 산에 대한
신념이 있는 여성과 이야기하는 것은 미쓰키 이후 처음일지도 모른
다. 익숙한 산에 오를 때의 안도감과도 비슷한 편안함을 느낀다.

"마스다 씨는 이번 일을 어떻게 생각하세요?"

"……칸첸중가에서 대체 무슨 일이 있었는지 저도 알고 싶습니다.
무언가가 있었으니까 그것을 감추기 위해 거짓말을 할 수밖에 없지
않을까 하는 거죠."

"동감이에요."

에리나는 수첩을 꺼내 상황을 항목별로 적었다.

'다카세 마사키. 등반대에 외면당하고 가가야에게 구조되었다고
주장. 가가야를 칭찬. 가가야가 비컨을 갖고 있었다고 말함.'

'아즈마 교이치로. 다카세와 만난 적이 없다고 주장. 패닉에 빠져
한밤중에 등반대의 식량과 장비를 들고 도망간 비겁자라고 가가야를
비난. 가가야가 비컨을 갖고 있지 않았다고 말함.'

'가가야 요시히로. 단죄가 필요하다는 말을 남기고 아내와 갓난아
이를 남긴 채 칸첸중가 등산을 결심. 복수 계획일까? 아직까지 행방
불명. 생존 가능성은 거의 제로.'

에리나의 정리는 군더더기 없고 적확했다. 마스다는 그녀의 수첩
을 끌어당겨 내용을 추가했다.

'마스다 겐이치. 4년 동안 산을 멀리했다가 어떤 이유에서인지 갑
자기 등산을 재개. 유품 자일에 인위적인 흠집. 살의의 증거. 칸첸중
가에서 살해됐을 가능성? 시신은 화장이 끝난 상태로 증거는 없음.'

수첩을 보던 에리나가 고개를 휙 들었다. 눈동자에 놀란 기색이 어렸다.

"제가 자일의 칼집을 알아챘을 때는 이미 늦었습니다. 시신은 현지에서 화장했기 때문에."

"희생자분들의 사인은 눈사태에 의한 질식사가 아니었나요?"

"그렇게 들었습니다. 하지만 사실인지 아닌지는 모릅니다."

"사법해부는?"

"히말라야에서는 대체로 행하지 않습니다. 안타깝게도."

"눈사태 사고로 위장한다는 게 가능해요?"

"뭐든 가능하죠. 형을 꼼짝 못하게 눌러서 눈 더미 속에 코와 입이 박히도록 한다든가. 실족해서 거동하지 못하는 상황을 이용해 눈으로 덮는다든가."

"그리고 그 뒤에 우연히 눈사태가 발생했다?"

"……위험지역의 적설을 헤치고 횡단해 인위적으로 눈사태를 일으키려고 한 결과가 예상 밖의 큰 눈사태를 발생시켜 자신들도 휩쓸렸다든가."

"인위적으로 눈사태를?"

"제 망상입니다. 사진으로 본 피해 상황은 자연재해 같습니다."

"살인의 증거는 하나도 없는 거군요."

"자일의 칼집은 살의의 증거만 되니까요."

무서운 상상이었다. 다카세나 아즈마가 형을 죽인 살인범일지도 모른다. 만약 그렇다면…….

에리나는 잔을 입으로 가져가려다 멈추고는 숨을 내쉬었다.

"마스다 씨는 제게 왜 이 이야기를?"

그녀의 말투에서 '왜 잡지 편집자인 내게'라는 분위기가 느껴졌다.

"산에 대한 야기사와 씨의 진실성에 공감했기 때문입니다."

에리나는 쓴웃음을 흘렸다. "새삼 남에게 '진실성'이라는 말을 들으니 쑥스럽네요. 산에 정직하고 싶은 마음은 늘 있지만 산에 오르는 이유는 독선적이라."

"아까 자신의 인생을 끝까지 살아 내고 싶다고 말씀하셨죠. 그것이 산에 오르는 이유라고."

"네. 죽음이 있기 때문에 비로소 삶이 빛난다. 저는 그렇게 생각해요. 가까이 다가온 죽음을 이겨 내는 것이 삶의 기쁨으로 이어진다고. 황소의 흉악한 뿔에 다가가 생사를 다루는 마타도어_{투우사}처럼."

그 말에서 미쓰키를 떠올리며 에리나의 눈동자를 가만히 주시했다. 그녀는 난처한 듯 수줍은 미소를 띠며 잔을 입에 댔다.

"죄송해요. 이해하기 힘든 비유였죠."

"아니요. 헤밍웨이입니까?"

"와, 아시네요!" 에리나가 눈동자를 반짝였다. 카운터 안쪽의 술병을 비추는 LED 조명 탓인지 반짝반짝 빛난다. "무척 좋아하는 작가예요. 깔끔하면서 정경 묘사가 적확하고, 인물 표현도 멋지고……."

"죄송합니다. 헤밍웨이는 『태양은 다시 떠오른다』밖에 읽은 적이 없습니다."

"엄청난 우연. 제가 가장 감명받았던 작품이죠."

"……사실은 어떤 여성이 좋아했던 소설이라 읽었습니다."

"혹시," 에리나는 입술에 악동 같은 웃음을 띠었다. "전 여친?"

마스다는 입술을 다물고 잔에 든 호박색 액체를 노려봤다. 분위기에 맞춰 가볍게 응대하려고 했지만 입이 열리지 않았다. 차가운 눈바람이 가슴속 동굴을 빠져나간 기분마저 들었다.

"……형의 애인이었습니다."

마스다는 '갓파더'를 응시한 채 대답했다.

"과거형을 쓴 건 형이 돌아가셨기 때문인가요? 아니면 설마……?"

"사 년 전에 설산에서 목숨을 잃었습니다."

"안타깝네요. 마스다 씨는 그 여성분을?"

"짝사랑이었습니다. 그녀에게 매료돼 산의 매력을 알았고, 같은 대학의 산악부에 들어갔고, 그 후에도 산악회에서 함께했죠. 하지만 그녀는 형을 선택했습니다."

잔을 가볍게 흔들자 얼음이 기울어지고 호박색 액체가 자신의 지금 심정처럼 잔물결을 일렁였다.

─나, 미쓰키와 약혼했어.

형이 불쑥 그 말을 꺼낸 건 미에현과 시가현 경계에 있는 고자이쇼다케산 오쿠마타의 룬제암벽에 파인 긴 홈에서 둘이 아이스클라이밍을 하던 때였다. "뭐?" 하고 되물었을 때 형은 이미 아이스 액스를 꽂으며 오르기 시작하고 있었다.

벽에 매달린 채 위를 올려다보니 중세 유럽의 성채를 연상시키는 암벽이 창공까지 솟아 있었고, 얼어붙은 폭포가 무수한 얼음 창으로 변해 있었다.

약혼?

등반 도중 손이 미끄러졌을 때처럼 식은땀이 솟았다. 반사적으로

지면을 내려다봤다. 만약 사람이 있다면 콩알처럼 보일 것이다. 순백의 얼음을 그러모은 바위 표면이 수직으로 미끄러진다. 혈관과 함께 심장과 위장이 수축해 그대로 얼어붙을 듯했다. 자일이 끊어져 떨어진다면 지면에 충돌할 때까지의 몇 초 동안 주마등을 보게 될까. 스쳐 가는 추억은 미쓰키의 얼굴뿐일지도 모른다.

묻고 싶은 말은 산더미 같았지만 '격시등반隔時登攀 암벽을 등반할 경우, 안전을 위해 한 사람씩 차례로 행동하면서 번갈아 올라가는 방법' 방식으로 오르고 있어서, 형이 중간 지점을 확보해 가며 다음 피치에 다다를 때까지 쫓을 수 없다.

마스다는 형의 가뿐한 등반을 응시했다.

"로프! 다운!"

하늘에서 내려온 형의 신호를 받아, 서로를 연결한 자일을 1미터 정도 풀었다. 만일 형이 떨어지면 곧바로 자일을 흘려 충격에 대비해야 한다.

"확보. 오케이. 올라와!"

위에서 신호가 떨어지자 마스다는 오르기 시작했다. '선등자'가 위험을 감수하면서 중간 지점을 확보해 주기 때문에 뒤따라 오르는 '후등자'는 위에서 내려 준 생명 줄인 자일을 이용할 수 있는 만큼, 낙하 위험성이 없다.

거암을 불규칙하게 쌓은 듯한 암벽이다. 팔꿈치를 구부리고 휘두른 아이스 액스를 빙벽에 내리쳤다. 부서진 유리 조각처럼 얼음 파편이 튀어 오른다. 얼음의 파인 부분을 노렸다. 튀어나온 부분을 치면 얼음이 쉽게 깨진다. 아이젠 앞 발톱을 진자 운동을 하듯 차서 꽂고 체중을 싣는다.

도중에 형이 지점으로 박은 퀵드로ㅇ자 형태의 카라비너 2개와 고리 형태의 끈을 연결한 수갑 모양의 도구를 차례로 회수해 가며 올랐다.

간신히 형을 따라잡았다. 얼음 폭포를 뚫고 튀어나온 바윗덩이에 선다.

"그녀와 약혼, 한 거야?" 마스다는 하얀 입김을 뿜어내며 물었다. "언제?"

"그저께. 반지를 주고 프러포즈했다."

대꾸할 말을 찾을 수 없었다. 등반 중에 홀드를 찾을 때도 이렇게까지 헤맨 적은 없다.

"장비를 줘." 형이 말했다. "한 번에 올라가 버리자."

"……싫어. 이번에는 내가 선등할래. 교대해."

"고정으로 오르기로 했잖아."

"두레박식으로 바꾸자."

선등자 고정식은 말 그대로 선등자를 바꾸지 않는 방식이다. 피치에서 만날 때마다 같은 사람이 선행한다. 한편 두레박식은 선등자를 교대해 가며 오른다. 하지만 이 방식은 실력이 같은 사람들끼리만 가능하다.

"나오시. 네가 선등하긴 아직 일러."

"아니, 지금이라면 할 수 있어. 게다가 무슨 일이든 경험이 필요하잖아."

마스다는 산악회가 조직한 등반대 일원으로 에베레스트에 도전했지만 정상 공격 팀에 끼지 못했고, 형과 미쓰키를 포함한 다섯 명이 정상에 섰다. 무선으로 그 보고를 들었을 때의 무력감과 소외감은 아직도 가슴속 응어리가 되어 남아 있다.

마스다는 형을 노려보며 손을 내밀었다. "나한테 넘겨."

형은 생각에 잠겼다가 한숨을 쉬며 자일과 장비를 내밀었다.

지금 생각해 보면 철없는 오기였다. 미쓰키와의 약혼 소식을 듣고, 형에게 앞지르기를 당한 분함이 있었을 터다. 그녀도 빼앗겼는데 등반에서까지 선등을 내줘야 하는가. 견딜 수 없었다. 뭐든 하나라도 형을 앞서고 싶다는 어긋난 감정에 사로잡혔다.

그때의 얕은 생각이 없었다면 미쓰키는 죽지 않았을지도 모른다.

마스다는 장비를 받아 들고 눈앞의 바위 표면을 점검했다. 번개 형태의 균열이 있다. 이거라면 이용할 수 있다. 캠을 꺼냈다. 작은 뒤집개를 겹쳐 놓은 듯한 모양으로, 지점 확보에 사용하는 도구다. 레버를 당긴 캠을 크랙에 꽂아 세팅했다. 두 곳에 지점을 잡아 하중이 분산되도록 한다.

마스다가 "좋아!" 하며 만족하고 오르려는 순간이었다. 형이 "야!" 하고 불렀다. 돌아보니 형이 크랙에 설치한 캠을 만지고 있었다.

"이건 각도가 안 좋아. 힘도 부족하고 앞쪽 캠도 사용할 수 없잖아. 죽고 싶어?"

단단하게 고정되어 있지 않아, 추락할 경우 지점이 떨어져 나가 지면까지 곤두박질친다는 것이다. 형이 다시 설치하는 모습을 노려보며 이를 악물었다.

캠이 고정되자 마스다는 아이스 액스를 내리꽂으며 암벽을 오르기 시작했다. 최초의 '선등자' 경험에 심장이 옥죄는 듯하다.

자신이 도달한 곳보다 위에 지점을 만드는 것은 물리적으로 불가능하므로, 만약 손이나 발이 미끄러지면 마지막에 확보한 지점까지의 거리의 두 배를 추락한다.

발가락은 바위의 튀어난 부분이나 크랙을 힘껏 디디고 있는지, 움켜쥔 부분에서 미끄러지지는 않을지. 손발 끝에 긴장감이 전해졌다. 안전 설계가 시행된 체육 시설의 볼더링 벽 홀드와는 다른 것이다. 대자연이 조형한 암벽은 경험과 감각에만 의지해야 한다. 하지만 과연 자신에게 그런 능력이 있을까.

차근차근 오르고는 한숨을 돌렸다. 마지막 확보 지점에서 5미터 위의 위치에 서 있다. 잡는 데 실패하면 자일의 신축성 등을 무시한 단순 계산으로도 10미터를 낙하한다. 이쯤에서 다시 한 지점을 만들어야 할 터다.

적절한 장소가 없는지 둘러봤다. 튀어나온 바위 표면에 크랙 같은 것은 보이지 않는다. 조금 더 올라가야 하나? 아니, 안 된다. 발판이 될 테라스_{암벽에 튀어나온 큰 턱. 사람이 설 수 있을 만큼 커야 한다}가 없어서 지점 확보가 어렵다. 어쩔 수 없이 옆으로 이동하기로 했다. 오른쪽 다리를 뻗어 튀어나온 바위에 발바닥을 올리고 체중을 이동시킨다.

하지만 그곳에도 적절한 포인트가 보이지 않는다. 아랫입술을 깨물고 문득 위를 올려다본 순간 머리 위에 있는, 누군가가 남긴 지점을 발견했다. 녹슨 행거 볼트가 바위 표면에 박혀 있다. 예전에 누군가가 올랐을 때 만든 지점이다.

이용할 수 있을까?

빈약했지만 단단하게 박혀 있는 듯 보인다.

살았다.

마스다는 안도하며 행거 볼트 고리에 자일을 끼웠다. 그리고 다시 오르기 시작했다. 1미터, 2미터, 3미터. 아이스 액스를 쥔 악력이 약해지고 팔근육에도 경련이 일기 시작한다. 안전이 확보된 상태에서 대담하게 오를 수 있는 '후등자'와 달리, '선등자'의 사소한 실수는 추락으로 이어질 수 있다. 따라서 선등자의 정신적, 육체적 피로도는 후등자와 비교되지 않았다.

다음은.

볼트의 위치를 찾고 오른팔을 뻗었을 때였다. 젖산이 쌓인 허벅지가 뜻대로 움직이지 않아 발바닥이 미끄러졌다. 뻗은 오른손은 허공을 움켜쥐었다. 상체가 뒤집혔고, 눈앞으로 암벽이 빠르게 흘러간다.

갑자기 등이 꺾인 듯한 충격이 가해지고 갑자기 낙하가 멈췄다. 마스다는 고개를 젖힌 채 매달려 있었다. 다음 순간, 덜컥하며 온몸이 떨어져 내렸다. 무슨 일이 일어났는지 깨달았을 때는 이미 늦었다. 녹슨 행거 볼트가 충격을 견디지 못하고 뽑힌 것이다. 추락했다. 목 안쪽에서부터 절규가 솟아났다. 암벽에 부딪힌 오른쪽 다리가 튕겨 올랐다.

지상까지 떨어질 듯한 기세였지만, 두 번째 지점이 추락을 멈춰 줬다. 팽팽하게 당겨진 자일에 매달려 진자 운동을 하며 흔들리고 있었다. 아래에서 형이 부르는 소리가 들렸다.

처음 느껴 본 낙하의 공포로 목소리가 나오지 않았다. 목이 얼어붙은 것처럼 갈라진 숨소리가 새어 나올 뿐이다. 새하얀 입김은 한풍에 찢겨 흩어졌다.

멍청이.

솟아난 눈물이 귀 바로 뒤쪽으로 흐른다. 소맷부리로 콧물을 닦았다. 오른쪽 정강이가 화덕에 박힌 듯 뜨겁다.

아래쪽에 있는 형이 천천히 자일을 풀자, 푸는 만큼 몸이 천천히 내려간다. 우물에 양동이를 내리는 것과 똑같은 방식이다.

형의 도움으로 간신히 지상에 내려섰다. 등반을 기획한 형은 정상에서 멀리 산들을 바라보며 동생에게 축복의 말을 듣고 싶었을 것이다. 그 소망은 이루어지지 못했다.

병원에서 엑스레이 촬영을 했더니 오른쪽 정강이가 골절된 것으로 판명되었다.

미쓰키가 찾아온 것은 입원한 당일이었다. 저녁부터 비가 내렸다. 사이드테이블에 놓인 꽃병의 꽃도 생기가 없다.

"무모한 도전을 했다며?"

미소를 띤 미쓰키가 말했다. 마스다는 그녀를 돌아봤다. 오른손 약지에 낀 반지에 눈길이 빨려 들어갔다. 무의식적으로 시선을 창밖으로 피하고 애매하게 대답했다. "그냥……."

"무리하면 안 돼. 단계를 밟아야지."

"방심했을 뿐이야. 형이 뭐라는데?"

"아무런 신호도 없어서 타이밍이 늦었다고."

'선등자'의 자일을 밑에서 확보하는 '후등자'는 떨어지는 순간에 신호를 주면 대비할 수 있다. 적절한 타이밍으로 자일을 풀어서 추락의 충격을 흡수할 수 있는 것이다.

"겐이치가 후회하고 있어. 반사적으로 자일을 당겨 버린 탓에 동생이 자세가 무너져 다쳤다고."

마스다는 어금니를 악물었다. 낙하 중에 '후등자'가 자일을 당기면 '선등자'는 균형을 잃어 부상 위험이 커진다. 하지만 그때는 손이 미끄러진 시점에서 이미 거꾸로 뒤집어져 있었다. 형에게 잘못은 없다. 자신의 미숙함이 원인이다. 위험하다고 생각한 순간 냉정함을 잃으면서 최선의 행동을 취하지 못했다.

"……형과 결혼한다며?"

곁눈질로 엿보니 미쓰키는 자신의 얼굴 앞에 왼손 손등을 올리고 반지를 반짝였다.

"응. 앞으로는 형수님이야."

형수님이라고 부르고 싶었던 게 아니다.

마스다는 다시 창밖으로 시선을 돌렸다. 커다란 빗방울이 유리를 타고 흘러내리며 얼룩무늬를 그리고 있었다. 억수처럼 내리는 비가 아닌 이슬비의 소리가 오히려 우울함을 증폭해 신경에 거슬렸다.

두 사람이 교제를 시작했다는 걸 알았을 때 충격을 감추고, 언제부터 그녀를 좋아했는지 형에게 물어본 적이 있다. 형은 쑥스러운 미소를 짓더니 관자놀이를 긁적이며 대답했다.

"고등학교 때였나. 내가 볼더링을 하자고 했어. 초보자였던 미쓰키가 벽 중간에 꼼짝 못하고 멈춰 서서 어쩔 줄 몰라 하는 모습을 봤을 때 귀엽다고 생각했지."

지금의 그녀를 생각하면 상상도 되지 않는다. 두 사람에게는 오랫동안 쌓아 올린 추억이 있다는 걸 알자 포기의 감정이 머리를 스쳤다. 하지만 미쓰키가 돌아보게 할 가능성이 없는 것은 아니다. 그렇게 생각했다. 그녀에게 어울리는 클라이머가 되자는 목표를 세우고 있었다. 그런데…….

"형의 어디가 좋았어?"

마스다는 비참해질 뿐이라는 걸 알면서도 묻지 않을 수 없었다.

"가치관이 같고, 클라이머로서 항상 날 고양시켜 주는 점이랄까?"

너는 부족하다는 선고를 받은 것 같아 가슴이 찢기는 듯했다. 예전에 농담인 척 호감을 표시한 적은 있다. 그녀도 기억하고 있으리라. 그렇기 때문에 더욱 애매한 태도를 보이지 않고 반지를 낀 채 약혼 선언을 하러 나타난 것이다.

"우리, 이번에 시로우마다케 산악 투어에 참가해."

"투어?"

"응. 아이거 북벽은 포기했어."

"왜? 오랜 꿈이었잖아. 산악 투어면 산악 가이드를 따라서 안전한 루트로 등산을 즐길 뿐이야. 전율이 일 듯한 빙벽을 오르지도 않는 가벼운 관광 여행이랑 똑같아."

"겨울이라서 경험자를 조건으로 모집했어. 가벼운 등산, 아니야."

"그래도 아이거랑은 비교도 안 될 텐데."

"……결혼하니까 무리는 하지 않기로 했어."

"뭐야." 마스다는 혀를 찼다. "그럼 조금 전에 한 말은 뭔데. 형은 클라이머로서 고양시켜 준다고 하지 않았어?"

"내가 가자고 했어. 억지로 겐이치를 설득한 거야."

"설마."

"진짜라니까. 겐이치는 둘이 아이거에 오르고 싶어 했어." 미쓰키의 시선이 정강이를 싸고 있는 깁스에 쏠렸다. "시로우마다케白馬岳에는 추억도 만들 겸 셋이 가고 싶었는데……. 이 상태로는 무리겠네."

"……둘이 가면 되잖아. 약혼 기념으로. 난 방해꾼이야." 밀쳐 내는 듯한 말투였다는 걸 깨닫고 마스다는 조금 익살을 떨었다. "아직 말에 차여 죽고 싶지는 않아시로우다마케의 '시로우마'가 백마라는 뜻에서 한 농담."

미쓰키는 웃지 않았다. 쓸쓸하게 "응." 하고 끄덕일 뿐이다. 솔직히 말해 다치지 않았다면 어떻게 해서든 참가했을 것이다. 그녀를 얻을 수 없다는 건 깨달았지만, 조금이라도 오래 같이 있고 싶었다.

이후 형과 미쓰키는 등산 용품점에서 모집한 산악 투어에 참가했다. 밸런타인데이부터 화이트데이까지의 특별 기획으로, 커플은 크게 할인을 받는다고 한다. 겨울의 북알프스 시로우마 연봉連峰은 등산로도 눈으로 덮이는 탓에 입산은 경험이 풍부한 산악회나 공인 산악 가이드가 동행하는 계획적 등산으로 한정되었다. 위험은 있지만 형과 미쓰키에게는 아쉬운 수준이다.

시로우마다케의 날씨가 급변한 것은 그날 저녁이었다. 일기예보를 뒤집는 강한 눈보라가 일었다.

마스다는 퇴원을 앞두고 병원 침대에서 마음을 졸이고 있었다.

두 사람은 괜찮을까. 형도 미쓰키도 설산에는 익숙하다. 시로우마다케 산악 투어 따위에 질 리는 없다.

스스로에게 타일러 보지만 심장의 두근거림이 가라앉지 않았다.

2천 미터급의 산이라면 당일 산행도 가능하고 숙박한다고 해도 대피소나 스키장이 운영되는 산역이 많아서 안심할 수 있다. 하지만 시로우마다케 같은 3천 미터급의 산은 겨울이 되면 대부분의 대피소가 봄까지 폐쇄되는 탓에 필연적으로 텐트에서 자야 한다. 사소한 방심이 목숨을 빼앗을 만큼 난도가 급격하게 높아지는 것이다.

동계의 시로우마 연봉에서는 조난 사고가 많이 발생하며, 베테랑 등산가로 꾸려진 등반대도 목숨을 잃는다. 산은 언제든지 평등하게 인간의 목숨을 빼앗는다. 고봉에서 쌓은 경험은 살아남을 가능성을 높여 주기는 하지만, 반드시 죽음을 피할 수 있는 것은 아니다.

텐트에서 일박한다고 들었는데 사흘이 지나도 연락이 없었다. 마스다는 인터넷으로 시로우마다케의 기상 정보를 수시로 확인하면서 시가현에서 나가노현으로 향했다. 목발 짚은 사람이 가 봐야 아무런 도움도 안 된다는 건 알고 있다. 하지만 가만히 있을 수가 없었다. 사정을 이야기하자 간호사인 가자마 요코가 휴가를 내면서까지 함께 가 주겠다고 했다. 입원 중에 형과 미쓰키 그리고 자신의 삼각관계에 대해 얘기했기 때문에 걱정해 준 것이리라.

시로우마다케의 등산로 입구에는 투어객의 가족들이 모여 있었다. 나가노 현경의 산악 조난 구조대원들의 표정은 긴박했다. 빨간 체크에 노란색이 들어간 재킷 그리고 쥐색 바지. 보통은 본부에서 대기하며 지시만 내린다는 대장이 출동해 있었다. 대규모의 조난 사고이기 때문일 것이다. 투어객의 가족에 섞여 상황을 들어 보니, 예정일이 지나도 등산 팀이 하산하지 않는다며 구조 요청이 들어왔다고 한다.

"조난입니까?"

"눈보라가 이렇게 심하니까요……." 대장은 심각한 표정을 짓고 있었다. "그럴 가능성이 높다고 생각합니다."

"그렇다면 한시라도 빨리 구조를……,"

"이런 악천후에는 헬기를 띄울 수 없습니다."

"그러면 조난자들은……."

"우리가 전력을 다해 수색하고 있으니 진정하시기 바랍니다."

긴장감이 동반된 말투였다. 마스다는 심호흡으로 조급한 마음을 달랬다.

현경 기동대원과 현지 경찰관으로 구성된 '나가노현 경찰 산악 조난 구조대'는 통상적인 근무를 하는 한편, 1년의 절반을 산에서 지낸다. 나가노현이 일부 다른 현처럼 '경비대'가 아닌 '구조대'로 훈령에서 지정한 것은 업무의 대부분이 조난자 구조이기 때문일 것이다. 무슨 일이 있어도 생명을 구하고 싶다는 강렬한 의지가 느껴진다.

"부디 잘 부탁드립니다."

"……물론입니다."

대장은 힘차게 고개를 끄덕였지만 눈동자에는 우려의 그림자가 감돌았다. 구조대가 손을 쓰기엔 이미 늦은 것이 분명하다. 그로서는 안타까운 심정이리라.

5월 연휴 기간 등 등산 시즌이 되면 산악 조난 구조대는 춘산春山 패트롤을 운영하고 있어서 요청이 있으면 신속한 구조 활동을 할 수 있다. 하지만 이 시기는 다르다. 연락을 받은 후에 입산해서 수색해야 한다.

마스다는 시로우마다케를 노려보았다. 대피소가 폐쇄되는 겨울이 아니었다면 시로우마 산장이나 정상의 숙사에 있는 직원에게 도움을 요청할 수 있었을 텐데. 시기가 나빴다. 하지만 난도가 현격하게 높아지는 겨울을 선택한 것은 자신들이니 누구를 탓할 수는 없다.

"구조대원도 수색할 수 없습니까?"

"여섯 명이 출발했습니다만 눈보라와 눈사태 발생으로 어쩔 수 없이 대기 중입니다. 안타깝지만 오늘 수색은 힘들 것 같습니다."

안 되는가. 그들을 책망할 수 없다. 구조대원은 누구라도 목숨을 걸고 조난자를 구하고 싶어 한다. 무력감과 초조감에 이를 악물고 있는 사람은 자신만이 아니다.

이전에 연습 중인 산악 조난 구조대와 마주친 적이 있다. 무거운 흙 자루를 채운 배낭을 메고 걷는 훈련을 하고 있었다. 조난자를 업고 돌산을 현수하강懸垂下降 등산에서 밧줄을 써서 급한 비탈을 내려가는 것하는 기술도 훌륭해서 넋을 잃고 바라봤을 정도였다. 휴식 중에 그들에게 다양한 이야기를 들으며 높은 프로 의식에 압도되었다. 그런 그들이 지금은 입산할 수 없다고 판단한 이상, 산의 분노가 가라앉기를 기다리는 수밖에 없다.

마스다는 주먹을 쥐고 눈보라가 몰아치는 밤하늘을 올려다보았다.

부탁이야, 멈춰 줘.

기도한 보람도 없이 다음 날도 눈보라는 전혀 잦아들지 않았다. 아니, 오히려 기상 상태는 점점 악화됐다. 투어객 가족들은 하늘을 노려보며 초조함을 드러내고 있었다. 때로는 구조대원들에게 덤벼들기도 한다.

"입산 신고서는 확인하셨겠죠?" 마스다는 대장에게 물었다. "등산 팀의 장비는 충분했습니까?"

등산객은 원칙적으로 입산 전에 등산로 입구의 신고 함에 입산 신고서, 즉 등산 계획서를 넣게 되어 있다. 신고서에는 소속, 단체명, 대표자명, 긴급 연락처, 전화번호, 목적지, 등산객의 이름과 나이와 주소, 산행 기간, 긴급 하산 루트, 소지한 장비와 식량 목록 등을 상세하게 기재한다.

대장이 신중한 말투로 대답했다.

"장비는 겨울 설산용이었습니다."

"불안한 말투시네요. 마음에 걸리는 거라도?"

"……입산 신고서가 정확하다면 식량이 부족할 것 같습니다. 열한 명이 며칠이나 야영하기에는 충분하지 않은…….."

"식량 말입니까?"

"예정대로 하산할 생각이었을 겁니다. 그 부분을 조절하는 게 어렵습니다."

눈이 없는 시기와 달리 설산에서는 필요한 장비, 기술, 체력, 위험도의 모든 것이 달라진다. 여름에는 등산로로 개방되는 일반 루트도 겨울에는 눈으로 폐쇄되기 때문에 등반 기술이 요구된다. 또한 동계에 당일치기로 등산하거나 대피소에서 묵을 경우 별다른 장비가 필요 없지만 야영이나 클라이밍이 되면 장비가 대번 늘어난다. 눈이 없는 시기의 두 배 가까운 짐을 메고 눈을 헤치며 길 아닌 길을 계속 걷는 일은 상상 이상으로 고되다. 그래서 부담을 조금이라도 줄이는 장비의 경량화가 중요하다.

1백 그램이라도 더 가볍게, 가볍게, 가볍게.

굳이 조난의 가능성을 상정하지 않는 이상, 일박의 야영에 며칠분의 식량을 지참하지는 않을 터다. 그 대신 장비에 충실하려고 하는 것이 일반적이다.

가슴을 움켜쥐었다. 연락이 없는 것은 눈보라로 전파가 닿지 않아서인지도 모른다.

모친인 듯한 중년 여성이 대장에게 매달려 울먹이며 애원했다. "빨리 수색을…… 수색을 해 주세요!"

"심정은 충분히 이해합니다. 하지만 일단 현장에 들어간 대원들은 제가 제지하지 않으면 무모하게 행동합니다. 이중 조난의 위험도 있는 이상, 전 중단을 지시할 수밖에 없습니다. 부디 이해 바랍니다."

설득을 위한 가식적인 말이 아님은 그의 표정을 보고 한눈에 알 수 있었다. 가족을 걱정하는 그들과 똑같은 초조감이 드러난다.

조난자들의 안부를 알 수 없는 상황에서는 요코도 돌아가려야 돌아갈 수가 없었을 것이다. 그녀는 계속 옆에 있어 주었다.

닷새째가 돼서야 겨우 눈보라가 잦아들었고, 나가노 현경의 항공대에 헬리콥터 출동 요청이 허가되었다. 한 시간 후에는 날씨가 회복되었지만 조건이 갖춰지지 않아 대기 상태가 이어졌다.

"이제 띄울 수 있잖아!" 중년 남자가 고성을 질렀다. "당신들은 내 딸을 살릴 생각이 없나!"

"죄송합니다. 산 쪽의 기류가 안정되지 않으면……."

"이런 기회가 다신 없을 거라고!"

마스다도 솔직히 그 남성과 같은 마음이었다. 형과 미쓰키의 안전을 생각하면 다소의 위험은 각오하고 상공에서 수색을 해 줬으면 했다. 하지만 그런 한편으로는 등산가로서 구조대를 이해하는 냉정함도 있었다.

헬리콥터는 공기 밀도와 장력의 관계로 고도 한계가 정해진다. 고도 2천 미터 이상이 되면 기체에 상당한 부하가 걸려 사고 위험성이 높아진다. 시로우마다케처럼 3천 미터급의 산을 비행하려면 극히 섬세한 조종을 해야 한다. 무엇보다 산악 지대는 복잡한 지형 탓에 기류가 불규칙하다. 맑은 날에도 상황을 지켜봐야 하는 경우가 드물지 않다.

마스다는 중년 남성에게 말을 걸었다.

"저도 가족과 친구가 걱정됩니다. 하지만 화를 낸다고 해결이 되지는 않습니다. 구조대는 최선을 다해 주고 있습니다. 무리해서 사고라도 나면 구할 수 있는 사람도 못 구합니다."

2009년 기후현의 북알프스 오쿠호타카다케에서 구조 활동을 하던 방재 헬리콥터 '와카아유Ⅱ'가 추락해 탑승자 세 명이 목숨을 잃었던 사고가 기억에 새롭다. 구조대원들은 항상 목숨을 걸고 있는 것이다. 영화의 한 장면처럼 거침없이 현장으로 날아가 시원스럽게 조난자를 싣고 당당하게 귀환하는 것은 현실에서는 힘든 일이다.

중년 남성은 혀를 차더니 짧은 머리를 쥐어뜯으며 서성거렸다. 그의 행동에 다른 가족도 불안감을 느끼기 시작한 듯했다.

한동안 기다리자, 마침내 헬리콥터가 떴다. 마스다는 헬리콥터가 시로우마다케 쪽으로 사라져 가는 모습을 지켜봤다. 하늘색 바탕에 흰색이 섞인 기체는 하늘을 나는 돌고래 같았다.

유로콥터 AS365N3형 '2대 야마비코메아리라는 뜻'는 1대 기형에 비해 구조용 와이어윈치를 4배 가까운 80미터까지 늘일 수 있고, 끌어 올리는 힘도 2배인 270킬로그램까지 향상됐다고 들었다. 믿음직한 존재다.

부탁한다, 야마비코.

산악 지대에 어울리는 그 이름은 주민들의 공모로 지어졌으며, 꼭 돌아오라는 염원이 담겨 있다. 반드시 조난 중인 등산객들을 발견해서 데려와 줄 것이다.

하지만 기대는 배신당했다. 다시 눈보라가 일었고, '2대 야마비코'는 수색 한 시간 반 만에 후퇴할 수밖에 없었다. 이에 분노를 드러낸 사람은 아까의 중년 남성이었다.

"벌써 끝이라고? 뭔가 실마리라도 찾았겠지?"

"……안타깝게도."

구조대원의 설명에 의하면, 산봉우리도 안 보일 정도의 짙은 안개 때문에 상공에서 조난자의 모습을 확인할 수 없었다. 한편 도보로 출발한 구조대도 눈보라가 악화돼 꼼짝 못하는 상황에 빠졌다.

"대충대충 하는 거 아니야? 제대로 두 대로 수색했으면 찾을 수 있었던 거 아니냐고! 그, 뭐더라, 또 다른 헬기……."

"'신슈' 말씀이십니까?"

"그래, 그거. 수색에 전력을 다해야 할 것 아닌가!"

"'신슈'는 정비 기간이라서……."

중년 남성은 태만하다느니 어쩌니 하며 마구 소리를 질러 댔다.

예전에 산에서 만났던 산악 구조대원이 했던 푸념이 떠오른다. 헬리콥터는 비행시간별로 정해진 정비 기간이 있는 모양이다. 25시간마다 하루, 1백 시간째에 일주일, 6백 시간째에는 두 달이라는 식이었다. '손가락을 다쳐서', '민간 헬기를 요청하면 돈이 드니까' 등의 안이한 구조 요청이 이어지면서 정비 기간이 늘어나 중요할 때에 출동을 못하게 된다.

마스다는 마음속 초조함을 감추고 중재자 역할을 맡았다. 패닉이나 고성은 구조 활동에 방해만 될 뿐이다.

결국 그날의 수색은 소득 없이 끝났다.

마스다는 현지 숙박 시설에서 밤을 새웠다. 거의 만실이어서 동행해 준 요코와 한 방에서 묵고 아침 일찍 등산로 입구에서 산악 구조대와 합류했다. 형과 미쓰키에 대한 정보를 최대한 제공하고, 무사를 기원했다.

산은 잔혹하다. 아무리 산을 사랑했어도 산에 외면당할 수 있다.

엿새째 밤, 긴급 무선 연락이 왔다.

"산악 투어 팀에게서 연락이 왔습니다." 대장이 말했다. "자력으로 기슭까지 하산해 있다고 합니다."

심장이 크게 요동쳤다.

"모두 무사합니까?"

매달리고 싶은 충동은 간신히 눌렀지만, 스스로도 놀랄 만큼 강한 어조가 되었다.

"그게……"

"뭡니까. 사망자가 나왔습니까?"

"……하산한 사람들은 남성 등산객들뿐인 듯합니다."

"네? 미쓰키는, 여자들은 어떻게 됐습니까?"

"들은 바로는 구조 요청을 위해 체력적으로 유리한 남성들이 내려왔다고 합니다. 위험한 상황이라 여성들은 텐트에 남겨 두고……."

"위치는 확인됐습니까?"

"남성 등산객들에게 얻은 정보로 거의 파악했습니다. 하지만 이 날

씨에서는……,"

원칙적으로 야간 수색은 금지된 탓에 일단 수색은 종료됐다. 하지만 희망이 보이기 시작했다.

요코는 "다행이다!" 하며 웃어 보였다. "조난 장소를 알았으니 구조될 거야. 반드시!"

"응. 그랬으면 좋겠어."

산악 구조대가 남자 등산객들을 구출한 것은 다음 날 오전이었다. 형의 얼굴은 추위로 창백했다. 눈가루로 새하얗게 덮인 옷을 입고 절반은 얼어붙은 비니를 쓰고 있다. 마스다는 목발을 짚으며 달려갔다.

"형, 미쓰키는?"

"……들었을 거 아냐. 다른 여자들과 텐트에서 견디고 있어."

"왜 두고 온 거야? 같이 하산했으면 지금은,"

"그건 결과론적인 얘기야. 어쩔 수 없었어. 그 거센 눈보라 속에 나오는 건 모 아니면 도의 도박이었어."

형은 고개를 숙이고 창백한 입술을 떨었다.

"미쓰키 실력이면 걸림돌이 되진 않았을 거 아냐. 아니, 애초에 조난은 왜 당한 거야?"

형은 조용히 고개를 들고는 입을 열었다.

"길을 잘못 들었어."

"초보자도 아니고, 그런……,"

"책임 전가 같지만 산악 가이드가 지형도의 '자침방위각'을 고려하지 않았어."

'자침방위각'이란 컴퍼스 바늘이 가리키는 북쪽을 말한다. 지구의 자북극과 북극점이 다르기 때문에 지형도의 진북이 약간 어긋난다. 그래서 지도의 가장자리에 기재된 자침방위각을 확인하고 지도 위에 선을 그어 두어야 한다. '서편 약 6°10''이라고 적혀 있으면 서쪽으로 6도 7분 어긋난다는 걸 의미한다.

결국 등산 가이드가 자침방위각을 깜박하고 확인하지 않은 탓에 지도를 읽는 데에 오차가 생겨 다른 루트로 들어가 버렸다는 것이다.

"나중에 알았는데, 선도한 산악 가이드는 자격을 취득한 지 얼마 안 되는 신입이었어. 깨달았을 때는 이미 늦었고. 루트를 수정하려 할 때마다 방향이 틀어졌어."

형은 상황을 이야기하기 시작했다.

상식적으로 생각하면 산에 익숙한 참가자들이 자침방위각의 오차를 눈치채지 못하는 경우는 없다. 하지만 평생에 한 번은 있을 수 있는 방심이나 자만, 낙관이 원인이었는지 베테랑인 그들은 산악 가이드의 안내를 모두 믿어 버렸다. 아니, 눈도 뜰 수 없는 눈보라 속에서 단순한 오차의 가능성까지는 생각하지 못했는지도 모른다. 여하튼 조난을 당했다.

열한 명의 등산객들은 지형도와 컴퍼스에 의지해 눈보라 속을 걸었고, 아침까지 비바크를 한 후 다시 걸었다. 휘몰아치는 눈보라로 시야가 새하얗게 덮여 눈앞에 아무도 없는 것처럼 느껴졌다. 안자일렌으로 파트너와 연결한 자일이 당겨지는 감각으로 혼자가 아님을 겨우 느낄 수 있었다.

일찌감치 구조를 요청하자는 제안도 있었지만 등산가들의 자존심과 오기가 서로 충돌하면서 최종적으로 반대파의 주장이 이겼다.

"일본 산에서 조난이라니. 창피해서 원."

"맞아. 구조대를 불렀다간 뉴스에 나오고 사람들에게 비난만 받을 걸. 쓸데없이 세금 축내는 도락가 취급을 할 거야."

"엄청 비난해 대겠지. 자업자득이니 어쩌니 하면서."

"쉽게 기대려 하지 말고 스스로 하산할 노력을 해야 해."

열한 명은 밤까지 걸었다. 도중에 여성의 조난과 산악 가이드의 부상 등의 사고가 일어나 계속 걸을 수 없게 되자 텐트를 쳤다.

하지만 그다음 날도 날씨는 회복될 기미가 없었고, 텐트를 찢을 듯한 폭풍설이 강해질 뿐이었다. 그제야 등산가들 사이에 본격적인 불안감이 싹트기 시작했다. 전원이 구조 요청에 찬성했고 연락을 시도했다. 하지만 불통이었다. 전파가 닿지 않았다. 산악 가이드는 다친 다리를 움켜쥐며 "죄송합니다, 죄송합니다" 하며 계속 사과했다.

개인의 실수를 탓한다고 해서 사태가 나아지지 않는다. 산악 투어에 참가한 사람들의 절반은 가이드보다 경험이 많은 등산가다. 루트가 틀렸다는 걸 눈치챘어야 했다.

마침내 참가자 한 사람이 나지막이 말했다.

"누가 구조대를 부르러 가는 수밖에 없어."

그 발언이 도화선이 되어 제각각 떠들어 대기 시작했다.

"제정신이야? 그냥 목숨만 버리는 꼴이라고."

"그래, 맞아. 자살행위야."

"텐트 속이 안전할 거야."

"내일까지 기다리자. 날씨가 좋아질지도 모르지. 구조대를 부르는 건 그때 해도 늦지 않아."

"아니, 이 악천후는 오래갈 거야. 적극적으로 나가지 않으면 눈에 파묻혀 죽을걸."

"그래. 식량도 가스도 곧 떨어져. 오래는 못 버텨."

"산은 언제나 용기를 내는 자에게 길을 주는 법이야."

"망상이야. 만용은 죽음을 부를 뿐이야."

"냉정하게 생각해. 우리는 루트에서 크게 벗어났어. 구조대도 발견하지 못해. 움직이는 수밖에 없어."

약 한 시간 동안의 토론 끝에 부상당한 산악 가이드와 체력이 약한 여성들을 텐트에 남기고, 다섯 명의 남자가 하산을 시도하기로 했다. 여자들에게 식량을 많이 남겨 주고 싶었지만 그럴 수도 없었다. 매서운 눈보라 속에서 죽음을 무릅쓴 하산을 결행해야 하는 것이다. 체력이 가장 중요했고, 도중에 어떤 예기치 못한 상황에 빠질지 알 수 없다. 어느 정도는 에너지원이 필요하다.

출발 직후에는 남겨 둔 여자들이 마음에 걸렸지만, 여자들도 초심자는 아니다.

다섯 명은 비바크해 가며 이틀 동안 걸었고, 전파가 닿는 장소에서 구조를 요청했다. 모 아니면 도의 도박에서 승리한 것이다.

이야기를 끝낸 형은 시로우마다케를 바라보았다. 새하얀 설산의 능선은 눈바람의 베일에 덮여 형태도 확실하지 않다.

"남아 있는 사람들이 걱정이다……."

마스다는 말없이 고개를 끄덕였다.

미쓰키. 살아서 돌아와 줘.

뜻밖의 장기 체류가 된 숙소에서 불안한 마음에 잠들지 못하자 요코가 손을 잡아 주며 말했다. "분명히 괜찮을 거야. 산 전문가들이 최선을 다한다고 하잖아. 그런데 구조되지 못한다는 건 말이 안 돼. 믿자."

낙관적인 관측이었지만 요코의 말은 그대로 가슴에 젖어 들었다. 어느새 잠이 들었다. 눈을 떴을 때 그녀도 옆에서 자고 있었다. 밤새 옆에 있어 준 듯했다.

다음 날 저녁, '2대 야마비코'가 시로우마다케 상공을 비행하며 수색했다. 하지만 텐트를 발견하기 전에 눈보라가 다시 휘몰아쳤고, 후퇴할 수밖에 없었다. 지상의 구조대도 발이 묶였다고 한다.

오후 8시가 되자 눈사태 발생 소식이 들어왔다. 발생 위치는 미쓰키 일행이 비바크하고 있는 곳 근처였다. 직격은 피했기를 신에게 비는 수밖에 없었다.

"남아 있는 분들은 비컨을 소지하고 있습니까?"

대장이 비컨의 유무를 물은 것은, 그녀들이 눈사태에 휩싸였을 가능성도 염두에 두고 있기 때문일 터다.

"네." 형이 대답했다. "모두 갖고 있습니다. 시야가 안 좋으니까 발견하기 쉽게 전원을 켜 두라고 했습니다. 가까이 가면 반응이 있을 겁니다."

비컨은 조난 중의 위치를 알리기 위한 도구가 아니라 눈사태로 매몰된 장소를 특정하기 위한 도구다. 그래서 전파는 2, 30미터밖에 닿지 않는다. 하지만 지금 같은 눈보라로 몇 미터 앞도 보이지 않는 상황이라면 텐트를 찾는 데에 도움이 될 것이다. 형은 눈사태의 직격은 피했다고 믿고 있다.

밤이 지나고 수색이 재개됐다.

생존자 발견 소식이 들어온 건 그 다음다음 날이었다. 마스다는 형과 함께 대장에게 달려갔다.

"여자들입니까?"

"아니요, 그게……," 대장은 씁쓸한 표정이었다. "산악 가이드 한 사람인 듯합니다."

"그게 무슨 말입니까!" 형이 달려들었다. "가이드는 다리를 다쳐서 여자들과 텐트에 남아 있었다고요!"

"……여성들은 함께 있지 않았습니다. 산악 가이드를 구조한 곳은 당신이 말한 비바크 장소와도 다릅니다."

"제길!" 형이 주먹으로 나목을 쳤다.

대체 뭐가 어떻게 된 건지 알 수가 없다. 여자들과 남았던 산악 가이드가 왜 혼자 구출된 걸까. 설마…….

그녀들을 버린 걸까?

"그 가이드는 뭐라고 합니까?" 마스다는 대장에게 물었다.

"……여자들이 불안해서 상황을 살펴보려고 나왔는데 텐트가 있는 곳을 못 찾았다고, 그래서 어쩔 수 없이 하산을 결심했고, 도중에 눈 동굴을 파서 눈보라를 피해 있었다고 합니다."

변명으로밖에 여겨지지 않았다. 여자들을 내버려 두고 하산을 도모하는 편이 생존 가능성이 높다고 판단해서 혼자 살고자 했던 건 아닐까. 책임 방기다. 승객이 모두 대피할 때까지 현장에 남아서 지시하는 기장이나 선장 같은 프로 의식이 없는 이기적인 비겁자. 만약 앞에 있다면 면전에 대고 따질 것 같았다. 하지만 지금은 산악 가이드를 책망해 봐야 해결되지 않는다.

헬리콥터를 띄울 수 없어서 다와라라는 이름의 산악 가이드—무선 교선 중에 다와라 씨, 다와라 씨 하고 이름이 언급되었다—를 구조대원이 교대로 등에 업고 하산한 후 구급차로 이송했다고 한다.

다음 날, 연일 이어지던 거친 날씨가 거짓말처럼 맑게 갰다. 눈으로 뒤덮인 시로우마다케의 산세도 또렷하게 보인다. '2대 야마비코'와 구조대가 설산으로 향했다. 비컨 반응이 전혀 없어서 눈을 막대로 찔러 보는 수색 방법으로 전환했다고 한다.

하루 이틀이 지나고 수색 중단의 가능성도 나왔을 때였다. 대장의 무전기가 곤충 날갯소리 같은 소리를 냈다.

"여성의 시신 다섯 구 발견. 눈사태에 휩쓸린 듯."

심장이 날뛰었고, 자신이 생매장된 듯한 절망감에 휩싸였다. 호흡 곤란을 일으켜 숨을 들이마시려고 해도 목은 오므라들기만 한다.

전멸……?

설마. 농담이겠지.

오른쪽 정강이의 통증도 잊고 무릎을 꿇었다. 고개를 흔들었다. 입술을 깨문 채 고개를 들자 어깨를 떨고 있는 형의 등이 있었다.

뭔가 착각한 거다. 다른 등산객들의 시신인지도 모른다. 입산 신고서를 제출하지 않아서 존재가 알려지지 않은 사람들이 있었던 거다. 그래, 분명히 그럴 것이다.

일분일초가 길게 느껴져 시간이 얼어붙은 듯했다.

마침내 '2대 야마비코'가 귀환했고, 침낭에 감싸인 시신과 대면했다. 시신은 틀림없는 시미즈 미쓰키였다. 방수 가공된 나일론 재질의 빨간 아우터를 입은 그녀는 쌓인 눈보다 새하얀 얼굴을 하고 있다. 너무 추워 보여 안쓰러웠다. 자신도 모르게 다운재킷을 벗어서 그녀의 몸에 덮어 준다.

추웠지…….

얼음 조각을 만지듯 살짝 피부에 손을 댔다. 문득, 속눈썹이 얼어붙어서 눈을 뜨지 못한다는 생각이 들었다. 하지만 눈을 떨어 내고 흔들어 봐도 그녀는 눈을 뜨지 않았다.

미쓰키는 이미 죽었다. 그것이 현실이었다.

마스다는 쓰러져 울었다.

왜 그녀가. 왜. 왜. 왜.

불합리한 산에 의문과 원한을 던졌다. 형과의 약혼 소식에 괴로워하며 가슴속에 묻어 두었던 진심은 이제 두 번 다시 전할 수 없다.

마스다는 눈물을 훔치고 형을 노려보았다.

"왜 눈사태 위험이 있는 곳에 텐트를 쳤어! 왜 그녀를 두고 하산했어! 왜, 왜 버려뒀어?"

형은 말없이 서 있었다.

"그녀를 지켜야 했어." 마스다는 일어섰다. "형이 버리고 온 거야. 형 탓이야." 그만해. 입 다물어. "형이 죽였어." 배 속 깊은 곳에서 밀려 나오는 말을 멈출 수가 없다. "형이…… 형이……."

"그만!"

요코의 외침에 정신을 차리고 간신히 말을 삼켰다.

형은 아랫입술을 깨물고 고개를 숙이고 있었다.

"나라면……," 마스다는 입을 열었다. "그녀를 버려두지 않았어.

그녀를 지켰어. 살렸어."

거짓말이다. 순 거짓말이다. 자신이 형보다 지식도 기량도 부족하다는 건 알고도 남는다. 만약 형의 입장에 놓였다면, 미쓰키를 텐트에 남겨 두지도 못해서 결과적으로 그녀들과 함께 눈사태에 매몰돼 죽었으리라.

자신은 미쓰키를 살릴 어떤 실력도 갖추지 못했다.

형은 현장에서 최선의 판단을 내리려 했다. 제삼자의 일방적인 비난은 옳지 않다. 알고 있다. 알고 있지만 감정을 누를 수가 없었다.

"그녀를…… 살려야 했어." 힘들게 말을 짜내자 형이 고개를 들고 처음으로 입을 열었다.

"나도 그렇게 생각해. 전부 내 탓이야. 텐트도, 눈사태 위험이 적다고 믿은 곳에 쳤어. 안일했어."

마스다는 무릎을 꿇고 땅바닥을 주먹으로 내리친다.

"빌어먹을!"

무력하고 교만한 자신에 대한 분노였다.

형이 입원하고 마스다는 숙소로 돌아왔다. 다음 날 아침, 운 좋게 발견된 그녀의 배낭을 인수했다. 내용물은 다운재킷, 수건, 침낭, 컵, 구급상자, 건강보험증, 물통. 그리고 디지털카메라였다. 사진을 한 장 한 장 밀어 본다. 형과 미쓰키의 웃는 모습이 찍혀 있다. 죽음의 그림자 따위는 털끝만큼도 느껴지지 않는 생기 넘치는 표정이다.

사진을 바라보고 있자 눈물이 흘렀다. 미쓰키는 행복했을까. 구조 요청을 위해 형 일행이 텐트를 떠났을 때 무슨 생각을 했을까. 무사를 기원했을까. 생환을 믿고 있었을까.

유품은 형에게 돌려줘야 한다. 또는 그녀의 가족에게.

그녀의 죽음을 경계로 형과는 안 만나게 됐고, 자신의 잘못을 사과할 기회도 없이 죽음으로 이별했다.

마스다는 이야기를 끝내고 '갓파더'를 비웠다.

"그런데," 에리나가 말했다. "그런 대규모 조난 사고였는데 난 왜 모르지? 그때 뉴스에 나왔어?"

자신도 경어를 쓰지 않았고, 에리나도 마찬가지였다. 지금은 그게 마음 편했다.

"2011년 삼월이었으니까."

"아, 지진!"

"그 대지진이 하루만 빨랐어도 수색은 중단됐을 거야. 어쩌면 시신은 눈이 녹을 때까지 눈 밑에 잠들어 있었을지도 모르지. 미쓰키 일행이 시로우마다케에서 돌아올 수 있었던 건 행운이었어."

"그랬구나. 직후에 동일본 대지진이 일어났으니 뉴스에 나올 리가 없었겠네. 눈사태 사고 따위 아무도 신경 쓰지⋯⋯," 에리나가 "앗." 하며 입을 막았다. "미안해."

"아니야, 사실인데 뭐. 그 지진으로 수많은 사람이 죽었어. 많은 사람들이 슬퍼하고 아파했지. 뉴스로 피해 지역의 영상으로 보면서 미쓰키의 죽음을 슬퍼하는 나를 보고 죄책감이 들었어."

"왜? 소중한 여자를 잃었으니 슬픈 건 자연스러운 감정이잖아."

"그 지진은 당연한 일상을 당연하게 살아가는 사람들이 미증유의 재해로 목숨을 잃은 거니까. 미쓰키 일행은⋯⋯ 스스로 위험한 설산을 올랐다가 목숨을 잃었어. 뭔가 똑같이 슬퍼하기에는 죄스러운 마음이 들더군. 울어도 된다는 생각을 할 수 없었어. 자격이 없다는 기분이 들었지. 눈물을 흘린 건 미쓰키의 시신과 대면했던 그때가 마지막이었어."

너희는 좋아서 산에 올랐고, 멋대로 목숨을 잃었을 뿐이잖아……. 지진 피해자에게 그런 말을 들을 것 같은 기분이 들었다. 물론 피해망상이란 건 알고 있다. 하지만 일본열도가 흔들린 그 대참사를 경험하자, 삶의 충족감을 얻기 위해 굳이 위험에—형은 '고난'이라고 표현했지만— 도전한 자신들이 어리석게 느껴진 건 사실이다.

등산이란 뭘까. 사람은 왜 산에 오르는 걸까. 자문했다. 대답은 나오지 않았다.

미쓰키의 죽음에 의미가 있었던 걸까? 또는 삶에?

압도적인 자연재해에 직면하면 치열하게 살아온 자신의 인생조차 부정된다는 걸 알게 됐다.

"내 마음은 그때부터 텅 비어서……," 마스다는 빈 잔을 응시하며 의미도 없이 흔들어, 반쯤 녹은 얼음이 부딪히게 했다. "분명 이렇게 메마른 소리가 울리고 있는 거야."

"사랑했구나, 미쓰키 씨를."

"계속 후회하고 있어. 그녀에게 진심을 전하지 못했던 걸. 내가 다쳤던 일. 산악 투어에 참가 못했던 일. 그녀를 지켜 주지 못했던 일. 형을 책망했던 일. 모두."

"……적어도 미쓰키 씨의 죽음은 마스다 씨의 잘못이 아니야. 그녀도 산에 오르는 이상 각오했을 거고. 당신도 그렇잖아." 에리나는 술잔 속 액체에 시선을 떨어뜨렸다. "하지만…… 그렇게 정리가 안 되지. 자신의 일이라면 몰라도, 소중한 사람의 일은."

"야기사와 씨도 그런 경험이?"

"내 경우에는 특정의 소중한 사람이 아니었지만. 왜, 얘기했잖아. 산악 잡지의 기자였을 때, 취재를 하다 친해진 등산가의 부고를 몇 차례나 들었다고. 단독 산행을 해도 무사히 하산할 때마다 뭔가 죄책감이 느껴져. 나 혼자 살아 돌아온 느낌."

"나도 그래. 최근에 자주 죄의식을 느껴. 내가 눈사태학을 공부하기 시작한 건 그녀를 구하지 못했던 게 계기였어. 눈사태의 위험과 대처법을 알려서 조금이라도 많은 등산가의 목숨을 구하고 싶다고 생각했지."

당시 형은 '눈사태 위험이 적다고 믿은 곳에 텐트를 쳤다'고 했다. 아마도 지식이 부족했을 것이다. 불행은 막을 수 없었다. 미쓰키 일행은 눈사태에 휩쓸렸다.

"야기사와 씨는 여전히 산을 좋아하나?"

"……솔직히 모르겠어. 내가 등산가들과 관계를 맺지 않으려고 했던 건, 혼자서 산에 오르게 된 건, 사람과의 교제가 무서워졌기 때문인지도 몰라. 다른 사람에게 목숨을 맡기고, 나도 누군가의 목숨을 맡는 일은 책임이 너무 무거워. 산은 서로의 신뢰가 중요하잖아. 하지만 난 신뢰를 이끌어 낼 수 없게 됐어. 산은 낯선 사람들과도 순식간에 결속하게 해 주지만, 나는 언제부턴가 일상생활에서도 상대를 신뢰하는 걸 두려워하게 됐어. 애인과도 다투다가 헤어졌고."

"신뢰라……. 어렵지. 나도 이제는 마음이 공허해. 어떻게 하면 좋을지 모르겠어."

한동안 침묵이 이어졌다.

에리나가 마스다의 잔을 들고 "이거요." 하며 갓파더를 한 잔 더 주문했다.

"자," 에리나는 호박색 액체로 채워진 잔을 내밀었다. "비었으면 다시 채우면 돼. 쉬운 일이 아닐지 모르지만 언제가 반드시…… 다시 채워질 날이 와." 그녀가 미소를 짓는다. "뭐, 나 자신에게 하는 말이기도 하지만."

마스다는 덩달아 미소로 답했다. 지금까지 누구에게도 토로하지 못했던 속마음을 드러내자 마음이 조금 가벼워졌다. 나가노까지 동행해 준 요코에게조차 하지 않은 말이었다. 진심으로 산 이야기를 한 것이 얼마 만일까. 괴로움을 이해할 수 있는 동지로서의 편안함이 있었다. 보여 주기 위한 갑옷을 두를 필요도 없다.

"산악 가이드는 죄를 추궁당하진 않았어?"

"과거에는 산악 가이드가 업무상과실치사상죄의 혐의로 서류 송검된 적도 있지만 산악 조난으로 가이드의 형사책임을 묻는 건 이례적이야. 미쓰키 사건 때는 사고 직후에 지진이 일어나기도 해서 흐지부지됐어. 그 가이드에게 책임을 추궁했다는 이야기는 못 들었어."

"그래. 형도 자신의 감정을 어디로 향해야 하는지 몰랐을 거야. 구조대도 최선을 다했을 거고."

"……그러고 보니 갑자기 생각이 났는데, 어째서인지 미쓰키 일행의 비컨은 전부 전원이 꺼져 있었어. 그래서 시신 발견이 늦어졌고."

"비컨을 발신 상태로 두면 건전지 수명은 이백 시간 정도잖아. 눈사태 위험성이 높은 장소를 통과할 때 외에는 건전지를 아끼려고 전원을 꺼 뒀다고 해도 이상하지 않아."

"아니, 형은 전원을 켜 두라고 지시했다고 했어. 그런데 어째서인지 꺼져 있었어."

"일박 예정의 투어라면 예비 건전지를 안 가져갔을 수도 있고, 일시적으로 꺼 둔 상태에서 눈사태가 일어난 거 아닐까?"

석연치는 않았지만 음모설을 주장할 생각은 없다. 눈사태가 일어난 때는 오후 8시였으니까 야간 수색은 없으리라고 판단해서 마침 건전지를 아꼈던 건지도 모른다.

마스다는 갓파더를 단숨에 들이켜고는 칸첸중가 눈사태 사고로 화제를 돌렸다. 두 사람의 생환자. 다카세의 미담. 아즈마의 반론. 행방불명 상태인 가가야가 남긴 의문의 말 '단죄가 필요하다', 누군가가 품고 있었을 형에 대한 살의, 눈사태를 이용한 살인의 가능성……

의문은 깊어질 뿐이었다.

"우리 집에 형의 유품이 있어." 마스다는 에리나를 응시했다. "끊어진 자일과 수첩이야. 야기사와 씨에게 보여 주고 싶어."

10

도쿄

마스다는 아카바네로 돌아가 밤의 어둠 속에 반쯤 잠긴 연립주택 앞에서 주머니를 뒤지고 열쇠가 없다는 사실을 깨달았다. 어디서 떨어뜨린 걸까.

한숨을 쉬면서 별생각 없이 잡은 손잡이가 돌아갔다. 의아해하며 문을 당기자 집 안에 요코가 기다리고 있었다. 아뿔싸. 오늘은 야간 근무가 없는 날이라 함께 저녁을 먹자고 하고 열쇠를 맡겼던 것이다. 까맣게 잊고 있었다. 약속 시간이 두 시간이나 지났다.

"걱정했잖아!" 요코는 불안감으로 쓰러질 듯한 표정을 짓고 있었다. 눈동자에는 얇은 눈물 막이 드리워져 있다. "도중에 무슨 사고라도 당한 건가 싶어서. 답장도 없고."

"……미안. 진동 모드로 해 놔서 몰랐어."

"너무해!" 입술을 삐죽 내민 요코가 야기사와 에리나를 발견했다. "저 사람은…… 누구?"

"야기사와 에리나 씨. 잡지 편집자야. 등산도 하는 분이라서 여러 가지 이야기를 했어. 그보다, 배고픈데."

157

마스다는 실내에 떠도는 어묵 냄새를 맡았다. 에리나에게 "그래, 같이 식사할래?" 하며 묻고 대답을 듣기 전에 요코를 봤다. "양은 충분하지?"

요코는 순간 미간을 찡그렸다. "어, 그게…… 응. 내일 것까지 만들었으니까."

에리나가 요코의 얼굴을 살피고 가볍게 한숨을 쉬었다.

"마스다 씨, 안 돼요. 애인이 손수 만든 요리를 그렇게 쉽게 다른 여성에게 나눠 주면."

"아." 마스다가 대답을 흐리며 두 사람의 얼굴을 번갈아 봤다. 요코는 겸연쩍은 듯 고개를 숙였다.

에리나가 한발 물러나면서 거북한 분위기를 깼다.

"신경 쓰지 마세요. 배 안 고파요. 오늘은 그만 실례할게요. 집에 교자가 남아 있어요. 유품은 다음에 보여 주세요."

에리나는 서먹서먹하게 인사를 하고 돌아섰다. 마스다는 밤길을 빠른 걸음으로 걸어가는 그녀의 뒷모습을 지켜본 후 집으로 들어갔다. 주방 가스레인지 위에 냄비가 있고, 어묵이 수증기를 피워 올리고 있었다.

"미안해. 내가 무신경했어."

요코는 고개를 숙인 채 얼굴을 들지 않고 방 한가운데에 우뚝 서 있다. 앞머리에 가려진 눈동자에 어떤 감정이 소용돌이치고 있을까.

"기분 풀어. 아까 그 사람은 형의 유품 얘기를 할 생각으로……,"

"……아니야." 요코가 고개를 들었다. 눈동자에 비친 감정은 분노도 슬픔도 아니었다.

"손님을 불편하게 하다니…… 나, 한심하지?" 두 어깨가 축 처진다. "나오시가 좋아하는 산 이야기, 난 함께해 주지도 못하면서 방해나 하고……."

마스다는 울음을 터뜨릴 것 같은 요코의 얼굴을 응시했다. 내가 뭐하고 있는 건가. 그녀의 자기 비하적인 말에 가슴이 아프다.

"……요코는 아무 잘못 없어."

마스다는 미쓰키가 죽은 후 한동안 집에 틀어박혀 있었다. 우울하게 하루하루를 보내던 중 산악회 멤버들의 독려에 밖으로 나왔다. 그녀를 잊고 싶어서 오로지 트레이닝에 몰두했다. 시합을 앞둔 권투 선수 같다는 말을 들은 적도 있다. 언뜻 금욕적인 그런 모습이 흥미를 끌었는지 클라이밍 센터에서 말을 거는 여성들이 있었다. 하지만 무심코 미쓰키와 비교하게 된다. 하지만 산에 대한 생각이나 클라이밍 실력 차이가 너무 커서 미쓰키의 '매력'을 재확인할 뿐이었다. 그녀를 잊으려고 발버둥 쳤지만 잊을 수 없었다.

그러던 중 문득 요코의 존재를 떠올렸다. 그녀는 입원 중 미쓰키의 약혼으로 동요하던 자신을 격려해 주었다. 꾸밈없이 솔직하게 대할 수 있었던 유일한 여성이다. 터프하면서도 천진난만한 그녀의 말투가 그리웠다. 그녀는 등산에 대해서는 아무것도 몰랐지만 호기심은 가득했다.

형과 미쓰키가 조난당했을 때, 요코는 병원에 휴가를 내고 나가노 현까지 함께해 주었다. 지지부진한 수색에 평정심을 잃을 것 같았지만 그녀 덕에 냉정을 유지했다. 간호사는 패닉에 빠진 환자의 가족을 진정시켜야 한다. 하지만 안도감을 느끼게 해 준 건 그녀의 직업적

특성보다는 타고난 성격 때문이리라. 그녀가 있어서 다행이었다.

공연히 요코가 보고 싶어져서 문자를 보냈다. 연락이 늦어진 것에 대한 사과와 감사의 마음을 전하자 바로 답장이 왔다. 지금은 도쿄에 위치한 병원에서 근무하고 있다고 한다. 이전부터 상경하고 싶었고, 그래서 직장을 바꿨다고 했다. 문자에는 밝고 긍정적인 이모티콘이 첨부되어 있었다.

하지만 이후에 요코의 동료에게 들은 이야기로는, 요코는 장기간의 결근 탓으로 이전 병원에서 퇴사하게 되었다. 시로우마다케 눈사태 사고에 함께해 준 탓이란 걸 알았다. 처음에는 이삼 일 예정으로 휴가를 냈을 터다. 그것만으로도 바쁜 병원에서 갑작스러운 휴가로 반감을 샀으리라. 수색은 난항을 겪었고, 요코도 조난자들의 안부를 모르는 상황에서 돌아가겠다는 말을 꺼낼 수 없었음이 분명하다.

자신도 모르는 사이에 그녀의 인생을 흐트러뜨렸다. 하지만 그녀는 한 번도 그런 이야기를 하지 않았고, 매일 밝은 모습을 보여 줬다. 이제 와서 그녀의 배려를 깨닫는다.

그녀와 여러 차례 만나는 동안 사귀게 되었다. 요코는 산을 가장 사랑하는 자신을 받아 줬다. 보통은 누구라도 '산 미치광이'에게 정나미가 떨어져 이별을 고했을 것이다. 나이를 생각하면, 결혼 비용 대신 명봉의 입산료를 저축하고 있는 남자와는 미래가 없다.

하지만 그런 그녀도 불안했던 것이다. 지금은 알 수 있다. 산에 미친 남자와의 가난한 삶은 두렵지 않지만, 연인과 같은 가치관을 갖지 못한 것은 두려웠을 터다. 언젠가 미쓰키 같은 여성이 나타나 자신과 헤어지는 것은 아닐까 하고 두려워했을 것이다.

"미안해." 마스다는 요코를 껴안고 연약한 등을 쓰다듬으며 걱정하지 말란 말을 반복했다.

"미안해. 중요한 이야기를 방해해서."

"더 이상 사과하지 마. 지나친 배려야."

"……응, 미안해."

"또 그런다."

마스다가 웃어 보이자 요코는 미소로 대답하며 집게손가락으로 눈가의 눈물을 닦았다. 요코는 힘든 일은 말하지 않고 마음에 담아 버린다. 전에 그런 이야기를 했더니 즐거운 시간을 망치고 싶지 않아서라고 대답했다. 불평 없이 불평을 들어주는 그런 그녀에게 그만 자신도 모르게 익숙해져 버렸다.

그녀가 평정심을 되찾은 후 방석에 앉아 마주 보았다.

"야기사와 씨는 그 눈사태 사고의 생환자를 취재했는데, 오늘 그 이야기를 했어."

"생환자라면…… 텔레비전에서 특집으로 나왔던 그 뭐라 뭐라는 두 사람? 증언이 엇갈린다고 했던가?"

"맞아. 부자연스러운 점이 너무 많고, 뭔가를 숨기고 있어. 거기에 우리 형이 관련되었을지도 몰라."

"형이? 무슨 뜻이야?"

"살해됐을 가능성이 있어."

요코가 눈을 휘둥그레 뜨며 손바닥으로 입을 가렸다.

"아니, 지금 단계에서는 내 망상이야. 유품인 자일에 손을 댄 흔적이 있어서, 누군가가 형에게 살의를 품은 건 아닐까 생각 중이야. 사인은 눈사태로 인한 질식사로 보고 있지만 현지에서 화장했고, 사법 해부를 한 것도 아니거든. 어쩌면……,"

"누군가라는 건 생환한 두 사람 중 한 명일 가능성도 있어?"

"응. 가능성이라면 뭐든 있어."

마스다는 숨을 토해 냈다. 어깨를 짓누르고 있던 흙가마를 절반은 내려놓은 기분이었다.

"미안해. 걱정시키기 싫어서 얘기 안 했어."

"아냐, 얘기해 줘서 기뻐. 내가 할 수 있는 게 있으면 뭐든 말해."

"응, 필요하면 부탁할게. 그보다 배고픈데."

"잠깐만."

요코는 기분을 바꾸듯 씩씩하게 일어나서 웃는 얼굴로 커다란 냄비를 들고 왔다.

"자, 얼른 먹자. 나오시가 제일 좋아하는 비엔나소시지도 잔뜩 넣었어."

마스다는 고마운 마음을 웃음으로 전하고 어묵을 먹기 시작했다.

11

사이타마

야기사와 에리나는 세이부 관광버스에서 내려 우드루프 오쿠치치부 오토캠핑장으로 향했다. 구름 한 점 없는 파란 하늘이 펼쳐지고 햇살이 내리쬔다.

얼마 전에 만났던 마스다를 떠올린다. 눈사태학을 연구한다는 사전 정보에서 멋대로 상상했던 학자풍의 이미지와는 달리, 햇살에 그은 남자다운 풍모였다. 자연스럽게 기른 머리가 잘 어울렸고, 착실하고 건전한 타입이다. 그의 이야기에 거짓은 없다고 느꼈다. 자일에 인위적인 흠집이 있었다는 이야기에는 놀랐지만, 사실일 것이다.

편집장이 짐작했던 대로 이번의 '생환'에는 무언가가 있다.

유료 주차장에는 원목 데크가 설치되어 있었다. 주위를 둘러보다가 휠체어에 앉은 아즈마 교이치로를 울타리 앞에서 발견했다. 에리나는 그에게 다가가 말을 걸었다.

"안녕하세요."

아즈마는 슬쩍 눈길을 주었다. 얼어붙은 돌 같은 눈이었다.

"아, 당신은 분명 그 기자분……,"

"야기사와입니다. 댁을 방문했더니 모친께서 이곳에 계신다고 알려 주셔서."

아즈마는 무심하게 고개를 끄덕이고는 '미소쓰치노쓰라라사이타마현 오쿠치치부에 있는 관광 명소로, 겨울이면 천연 얼음 기둥이 장관을 이룬다로 시선을 되돌렸다. 아라카와 수원 유역의 강가에 절벽이 우뚝 솟아 있고, 절벽 표면에는 얼어붙은 석간수가 고드름으로 변해 붙어 있었다. 거대한 샹들리에를 무수하게 달아 놓은 듯한 고드름이 햇살을 받아 반짝반짝 빛나고 있었다. 아래쪽 강가에는 관광객들이 잔뜩 모여 있다.

"빙벽은 일생에 한 번뿐입니다." 아즈마가 입을 열었다. "같은 것을 두 번 다시는 볼 수 없죠. 같은 시기의 빙벽이라도, 한 번 오르면 아이스 액스에 깎여 얼음이 모양을 바꾸기 때문에 다음번에는 다른 모양이 됩니다. 나는 그런 만남을 소중히 여기고 싶어서 빙벽 등반을 해 왔습니다. 하지만 이젠 힘들게 됐습니다. 오늘 아침, 의사에게 사망 선고나 다름없는 이야기를 들었습니다. 다시 등산을 할 수 있을지 모르겠다고 하더군요."

"……진부한 위로는 의미도 없을 테니 하지 않겠습니다. 하지만 그런 대규모의 눈사태를 만났으니 목숨을 지킨 것만으로도 기적이라고 생각합니다."

"뭐, 등산가로서는 저도 스스로에게 그렇게 말합니다. 하지만 이렇게 살아남아 행복할까요?"

"자책하시는 건가요?"

"그렇습니다. 나 혼자 살아남았습니다. 왜? 산의 신령은 왜 나만 살렸을까?" 아즈마는 허벅지를 움켜쥐었다. "어설프게 살리지 말고 차라리 목숨까지 가져가시지."

"아즈마 씨······."

아즈마는 고개를 들고 눈앞에 펼쳐진 미소쓰치노쓰라라를 바라봤다. 에리나는 그의 시선을 좇았다. 지금은 암벽이 크게 입을 벌리고 무수한 얼음 이빨을 드러내고 있는 것처럼 보였다. 자신의 기분에 따라 느낌이 이렇게까지 변하리라고는 생각하지 못했다.

"저기······," 에리나는 과감하게 이야기를 꺼내기로 했다. "두세 가지, 확인하고 싶은 것이 있습니다."

아즈마는 고드름에서 시선을 떼지 않고 "뭔가요?" 하고 대답했다. 목소리에 긴장감이 깃들어 있다.

"요전에 가가야 씨가 대원들의 짐을 들고 도망갔기 때문에 시신에 배낭이 없었다고 하셨죠."

"사실입니다. 가가야는 절대 영웅이 아닙니다."

"시신에 배낭이 없었던 건 눈사태를 만났을 때 눈 속에 파묻히지 않으려고 스스로 벗어 버렸던 건 아닌가요? 눈사태학 전문가에게 들었습니다. 그렇게 하는 게 생존의 기본이라고 하더군요."

아즈마는 미소쓰치노쓰라라를 한참 노려본 후, 바퀴 손잡이를 조종해서 휠체어를 돌리고는 에리나를 정면에서 바라보았다.

"시신에 배낭이 없는 것이 증거라고 주장한 건 제 실수였습니다. 눈사태를 만나서 스스로 배낭을 버렸을 때도 분명 똑같은 상태의 시신이 발견됩니다. 하지만 그렇다고 도둑질을 부정할 증거는 되지 않습니다."

"짐을 도둑맞은 건 사실이라는 말씀이신가요?"

"네. 가가야가 배신한 것은 사실입니다. 남겨진 다섯 명의 식량과 장비를 모았더니 한 사람 분밖에 되지 않았습니다. 그래서 제가 한데 모아 뒀던 겁니다."

에리나는 아즈마의 얼굴을 가만히 응시했다. 얼어붙은 듯한 그의 눈동자에 증오의 불꽃이 일렁였다.

더 이상의 추궁은 힘들었다. 현시점에서는 아즈마가 거짓말로 가가야의 명예를 훼손한다는 증거는 없다. 정말로 처음부터 배낭을 메지 않았을 가능성도 있다. 교묘하게 피해 간 걸까, 솔직하게 사실을 말한 걸까.

"마스다 겐이치 씨와는 어떤 관계입니까?"

"텔레비전 인터뷰에서도 대답했습니다만, 우리는 모두 등산 교류 사이트에서 알게 됐고, 메일을 교환하던 사이였습니다. 제가 칸첸중가의 미답봉 도전을 기획하지 않았다면 그런 일은……."

아즈마의 얼굴이 일그러지고 입술이 떨렸다. 진실한 회한이 엿보인다. 허벅지를 움켜쥔 손이 떨리고 있다.

"아즈마 씨, 마스다 씨는 사 년 전에 시로우마다케에서 약혼녀를 잃었습니다. 그래서 산을 버렸다고 합니다. 그런 그가 왜 다시 등산을 시작했는지 뭔가 들은 건 없습니까?"

아즈마는 감정의 격류를 억누르듯 아랫입술을 깨물었다.

암벽의 석간수를 얼어붙게 만드는 오쿠치치부의 한풍이 불어와 에리나는 코트 깃을 여몄다.

"……살기 위해서입니다." 아즈마의 말투는 무거웠다. "약혼녀를 잃은 마스다 씨는 줄곧 괴로움을 껴안고 살았다고 합니다. 나만 왜?

왜? 왜!" 호흡이 거칠어진다. "가장 사랑하는 사람을 왜 눈보라 치는 설산에 남겨 뒀을까. 함께 살 수 있는 선택지가 있지 않았는가. 내가 그녀를 죽였다…….."

견디지 못하고 터져 나온 애끓는 호소는 아즈마 자신의 것이었다. 칸첸중가 눈사태에서 살아남게 된 그 자신의.

"마스다 씨는 약혼자를 잃고 난 후 일에도 집중하지 못하고, 고백을 받아 교제하기 시작한 연인과도 마음을 나누지 못한 채 자신을 책망해 왔습니다. 그는 이대로는 죽겠다 싶었고, 다시 일어서기 위해, 살기 위해 산으로 돌아갔습니다."

"그것이 칸첸중가를 간 이유입니까?"

"마스다 씨에겐 살기 위한 도전이었는데, 결국 목숨을 잃었죠."

"……사인은 정말로 눈사태입니까?"

"네?" 아즈마의 표정에 불안이 깃든다. "무슨 말이죠, 갑자기?"

"마스다 씨의 사인은 무엇이었느냐고요."

"눈사태입니다. 우리는 모두 눈사태에 휩쓸렸습니다. 간신히 매몰되지 않았던 저는 동료를 찾으려고 했습니다. 하지만 눈보라가 너무 강해서 무리였습니다. 포기할 수밖에 없었습니다. 그런 의미에서 동료들을 죽인 사람은 접니다."

"죄송합니다. 아즈마 씨를 탓할 생각은 아니었습니다. 단지, 등반 대원 중 누군가가 마스다 씨에게 원한이 있었던 것은 아닐까 해서."

"그런 사람은 단 한 명도 없었습니다. 우리에게는 강한 신뢰감이 있었습니다. 서로 목숨을 맡길 수 있는 파트너였습니다. 그렇지 않았다면 칸첸중가에 도전할 수 없었겠죠."

"마스다 씨의 유품인 자일에 인위적인 흠집이 있었다……고 한다면 놀라시겠죠?"

아즈마가 눈을 크게 떴다. 눈동자가 튀어나올 것 같았다. "마, 말도 안 돼. 그런 일은……." 아즈마는 고개를 저으려다 돌연 숨을 삼켰다. "아니, 아닙니다. 뭔가 착각한 겁니다."

"방금 뭔가 짚인 게 있지 않았나요?"

"……등반 중에 자일이 엉켜서 자르려고 했을 겁니다. 괜찮으냐고 묻자, 마스다 씨는 해결됐다고 했습니다. 아마도 처음에는 자르려고 했지만 생각을 바꿨겠죠. 그게 '주저한 흔적'이 된 게 아닐까요."

에리나는 아즈마의 눈을 응시했다. 눈동자에 동요가 얼핏얼핏 스친다. 이건 분명 순간적으로 지어낸 이야기다. 생환의 죄로 괴로워하는 아즈마를 몰아붙이고 싶지는 않다. 하지만 무서운 진실이 존재한다면 밝혀야만 한다.

"자일의 흔적이 '주저한 흔적'이라는 걸 어떻게 아십니까? 전 잘린 흔적이라는 말은 한 적이 없습니다만."

아즈마의 표정이 얼어붙었다. 바퀴 손잡이를 움켜쥐고 휠체어를 살짝 후퇴시킨다.

"자일에 할 수 있는 인위적인 흠집이라면 그 정도겠죠. 자일이 쉽게 끊어지도록 했다는 건 쉽게 상상할 수 있지 않습니까? 제가 착각해서 대답했다고 해도, 의심받을 일은 아닙니다. 곧 아버지가 마중을 나오실 테니 실례하겠습니다."

"죄송합니다." 에리나는 고개를 숙였다. 물러설 때가 중요하다. 아즈마 말대로, 자일의 인위적인 흠집이라고 하면 열 명 중 아홉은 인위적인 칼자국을 떠올릴 것이다. 애초에 '칼집' 외에 어떤 조작이 가능할까. 역시 다른 것은 떠오르지 않는다.

결국 의혹을 확신으로 바꿀 수는 없었다. 시신의 등에 배낭이 없었던 이유도, 마스다 겐이치의 사인도, 자일의 흠집도 아즈마의 발뺌에 반론할 수 없다. 그의 말이 맞을 수도 있고, 틀릴 수도 있다.

아즈마는 정직한 사람일까, 거짓말쟁이일까?

12

크리스마스에 요코에게 아웃도어용 솔라 디지털 손목시계 '알피니스트'를 선물 받았다. 방수가 강화된 다기능 시계다. 1백분의 1초까지 측정되는 스톱워치, 알람, 풀 오토 달력, 서른다섯 개 도시와 일곱 대륙의 국제 시간, 경고음, 패널 라이트, 고도 측정, 기압 측정, 온도 측정, 방위 측정, 등산 데이터 기록 등 등산에 필요한 모든 것이 구비되어 있다. 성능을 생각하면 2만 엔은 싼 편이지만, 지금 자신의 생활수준으로는 쉽게 구입할 수 없는 시계였다. 언젠가 그런 얘기를 했었는데 그녀가 기억하고 있었던 모양이다.

이에 비하면 자신이 준비한 소소한 목걸이는 한참 못해 보이지만, 요코는 과장스러울 정도로 기뻐하며 "평생 소중히 간직할게!" 하고 환하게 웃었다. 생각해 보면 그녀의 생일에는 등산 중이어서 함께하지 못하고 하산 후에 현지 상점에서 사 온 기념품을 건넸을 뿐이다. 그래도 그녀는 기뻐해 주었다. 제대로 된 선물은 처음이었다.

정말이지 요코와 미쓰키는 정반대라는 생각이 든다. 미쓰키의 생일에 아르바이트로 번 돈을 전부 털어서 선물한 목걸이를 미쓰키는 한 번도 목에 걸지 않았다. 한편 형이 선물한 벨트형 꽃무늬 파우치는 산에 갈 때마다 휴대했다. 두 사람이 교제하기 전의 일이다. 아무렇지 않은 척 형을 슬쩍 떠보니, 미쓰키는 오로지 산에만 관심이 있어서 몸치장에는 별로 관심이 없다고 했다.

이번에 요코의 웃는 얼굴을 보고 나니, 남자는 역시 자신의 선물에 기뻐해 주면 즐거워진다는 걸 실감했다. 연말에는 함께 도시코시소바年越しそば 섣달 그믐날에 재앙을 막기 위해 먹는 메밀국수로 연말 일본의 풍습이다를 직접 만들어 먹으며 느긋하게 제야의 종소리를 들었다.

2015년이 되고 더욱 쌀쌀해진 1월의 어느 날. 마스다 나오시는 사이타마현의 아게오 역에서 야기사와 에리나와 합류했다. 아즈마 교이치로에게 들은 이야기를 그녀에게 전해 들으며 걸었다. 작년에 술의 힘으로 좁혀진 거리는 지금 적당하게 벌어져 있다. 서로가 사무적인 경어로 돌아왔다.

"……그런 얘기였습니다. 어떻게 생각해요?"

전해 들은 얘기로만 볼 때, 아즈마는 확실히 수상하다. 다카세가 매스컴에서 이야기한 미담을 그가 부정했을 때는 형의 명예 때문이라도 그 말을 믿고 싶었지만 지금은 다르다. 아즈마는 무언가를 숨기고 있다. 그래도 형이 미쓰키를 잃은 고뇌를 그에게 얘기했다는 것은, 형이 나름대로 아즈마에게 신뢰를 품고 있었던 증거일 터다.

형을 죽이고 싶을 만큼의 원한이 아즈마에게 있다고는 생각되지 않는다. 그러면 수상한 사람은 역시 다카세일까? 그는 등반대와는 무관한 변칙적인 존재다. 단독으로 칸첸중가산맥의 미답봉에 도전했고, 도중에 가가야와 접점이 생겼다. '열린 폐쇄 공간'에서 무슨 일이 있었던 걸까? 진실을 알기 위해서는 관계자들의 이야기를 모으는 수밖에 없다.

가가야 집에 도착하자 에리나가 초인종을 눌렀다. 어렵게 약속을 얻어 냈다고 한다.

무심코 위를 올려다본 순간, 2층의 창문 커튼이 조금 흔들린 듯했다. 잠시 후 문이 열리고 가가야 부인이 흙빛의 얼굴을 조심스럽게 내밀었다. 매스컴의 눈을 두려워하고 있을 터다. 방문자를 확인하지 않으면 모습을 드러낼 수 없을 정도로.

"요전에는," 마스다는 고개를 숙였다. "진심으로 죄송했습니다. 실례를 범했습니다."

가가야가 형의 자일에 손을 댔다고도 받아들일 수 있는 발언을 해서 그녀를 화나게 했다.

"……아니에요. 저야말로 화를 내서 죄송했습니다. 지금은 남편이 어떤 사람인지 모르겠어요."

초췌해질 대로 초췌해진 가가야 부인의 얼굴은 애처로울 정도로 무너져 있었다. 생환한 아즈마가 말한 내용을 듣고 동요하고 있을 터다. 매스컴도 몰려들었을 게 분명하다. 에리나의 방문을 허락했다는 건 에리나가 꽤나 성실하게 부탁한 결과라는 것을 짐작할 수 있다.

집 안으로 들어간 마스다는 거실을 둘러보았다. 천연목 아기 침대는 비어 있었다.

"저, 아기는?"

가가야 부인은 애절한 눈빛으로 아기 침대를 보았다. "친정에서 부모님이 돌봐 주고 있어요. 전 지금, 저 혼자도 너무 힘들어서……."

현명한 판단이라고 생각한다. 사랑하는 남편이 눈사태로 소식불통이 된 데다가, 등반대의 식량과 장비를 들고 도망간 비겁자로 보도되고 있는 것이다. 충격을 받지 않는 편이 이상하다.

"아, 이쪽에 앉으세요."

마스다는 고개를 끄덕이고 에리나와 나란히 소파에 앉았다. 가가야 부인은 맞은편에 앉았다.

"보도되고 있는 내용에 대해서 말입니다만……."

에리나가 거북하게 입을 열자 가가야 부인이 거칠게 말했다.

"남편은 정말로 착한 사람입니다! 동료를 배신하고 자기 혼자 살겠다는 짓 따위 절대로 하지 않아요. 저는 그렇게 믿습니다."

"……부디 진정하세요. 전 아즈마 씨의 말이 거짓말이 아닐까 의심하고 있습니다. 장비를 들고 도망갔다는 이야기는 지어낸 게 아닐까 하고요."

"정말입니까!"

"아직 확증이 있는 건 아닙니다. 단지, 의심스러운 부분이 있어서……." 에리나는 시신의 등에 배낭이 없었던 이유를 설명했다. "눈사태에 매몰되지 않도록 벗어 버렸다고 해도 정황은 같아요. 배낭의 유무는 배신의 증거가 되지 않아요. 하지만 그렇다고 배신을 부정할 증거가 되지도 않습니다."

"그래도 그 아즈마라는 사람이 수상하다는 말씀이시죠?"

"네. 하지만 이번 사건에는 알 수 없는 부분이 너무 많습니다. 처음에는 다카세 씨가 생환해서 가가야 씨가 자신을 구했다고 말했습니다. 그 한편으로 등반대의 횡포도 폭로했습니다. 이후에 생환한 아즈마 씨 입장에서 자신들이 다카세 씨를 조롱하고 외면했다는 오명은, 사실이든 아니든 부정하고 싶은 내용일 거예요."

"그래서 거짓말로 남편을……."

"그 부분이 이해가 되지 않습니다. 왜 가가야 씨를 폄하했을까. 아즈마 씨의 입장에서는 다카세 씨를 외면했다는 부분만 부정하면 됐을 텐데요. 우리 등반대는 다카세라는 등산가를 만나지 않았고, 그의 이야기는 엉터리라고요."

"다카세 씨는 남편을 알고 있었습니다. 두 사람이 산에서 만난 건 사실인 거 같아요. 그래서 그 앞뒤를 맞추려고 했던 게 아닐까요."

아니, 다카세가 말한 미담을 부정하고 싶었다면 얼마든지 이야기를 지어낼 수 있을 터다. 산속에서 만난 남자, 다카세에게 말을 걸었더니 '아무 문제 없다, 단독 등정이 목표니 도움은 오히려 방해가 된다'고 했다, 외면한 게 아니다 같은. 그 편이 훨씬 설득력이 있다.

"아즈마 씨의 주장을 듣고 있으면……," 에리나가 말했다. "자신들의 불명예를 씻기 위한 게 아니라, 처음부터 가가야 씨를 폄하하는 게 목적인 듯한 느낌이 듭니다."

가가야 부인은 "왜 그런……." 하고 말끝을 흐린 채 침묵했다. 핏기가 사라질 정도로 아랫입술을 꽉 깨물고 있다.

"아즈마 씨는 가가야 씨의 미담에 집착하는 느낌이 듭니다. 보통은 자신들이 조난자를 조롱하고 외면했다는 이야기를 가장 부정하고 싶을 겁니다. 그런데 그 일에 대해서는 다카세 씨를 만난 적이 없다는 한마디로 끝내고, 그다음은 가가야 씨 비난뿐입니다. 부자연스럽죠. 두 사람 사이에 무슨 일이 있었을지도 모릅니다. 남편분께 아즈마 씨

이야기를 들은 적은 없으십니까?"

"죄송합니다. 아무것도 없어요. 남편이 등산을 한다는 것조차 몰랐으니……."

"칸첸중가는 초보자가 도전할 산이 아닙니다. 아마도 상당한 등산 경력이 있었을 겁니다."

"저와 교제 중일 때는 산 이야기 같은 건 전혀 하지 않았어요. 하지만 요전에 벽장을 조사하다가 앨범을 발견했습니다. 산에서 찍은 남편 사진이 있었어요."

"보여 주실 수 있습니까?"

"네." 가가야 부인은 고개를 끄덕이고 앨범을 가져왔다. 에리나가 받아 들고 앨범을 펼쳤다. 가가야 요시히로의 사진들이 꽂혀 있었다. 눈으로 만든 모아이 석상처럼 생긴 상고대_{나무나 풀에 내려 눈처럼 된 서리} 앞에 서서 햇볕에 그을린 얼굴에 웃음을 띠고 고글을 비니 위로 올린 채였다. 아래에는 '니시아즈마야마산'이라는 메모가 있다.

다른 페이지를 보니 가가야가 '닛코시라네산' 정상에서 눈을 뒤집어쓴 바위에 걸터앉아 있다. 멀리까지 내다보이는 설산의 봉우리들. '이시즈치산'의 북벽 앞에서 촬영한 사진도 있다. 급경사의 설산에 아름다운 무빙_{霧氷}이 맺힌 수목이 밀집해 있었다. 마른 가지에 물방울이 얼어붙어 있는 모습은 거대한 눈의 결정처럼 보인다.

역시 가가야는 등산가였다. 아즈마와는 대체 무슨 일이 있었을까? 단순히 등산 교류 사이트에서 만난 사이로는 도저히 생각할 수 없다. 두 사람에게는 분명 비밀이 있다.

앨범을 더 넘기자 잔설기의 봄 산에서 텐트를 배경으로 찍은 사진도 있었다. 왼쪽 가슴에 안전을 기원하는 부적이 달린 빨간 다운재킷을 입고, 오른쪽 주먹을 들고 있다.

사진을 바라보는 동안 마스다는 문득 기시감을 느꼈다.

부적……?

머릿속에 전율이 흘렀다.

"저기……," 마스다는 침을 삼키고 입을 열었다. "이 앨범을 좀 빌려 가도 되겠습니까?"

마스다는 전철 좌석에 앉아 앨범을 펼쳤다. 옆에 앉은 에리나가 사진을 들여다본다.

"뭔가 알아냈나요? 표정이 좀 이상하던데."

"……다카세 씨가 구출됐을 때의 영상, 볼 수 있습니까?"

"검색하면 아마도."

에리나는 스마트폰을 꺼내 조작했다. 해외의 뉴스 사이트에 영상이 있었다. 미소를 띤 다카세가 들것에 누워서 입을 뒤덮은 검은 수염을 꿈틀거리며 질문에 대답하고 있다.

"보세요, 여기!" 마스다는 영상을 정지하고는 다카세의 빨간 다운재킷 왼쪽 가슴을 가리켰다. "부적입니다."

이번에 보도됐던 영상에서 봤던 모습을 떠올렸던 것이다. 왼쪽 가슴에 꿰매어진 부적. 다운재킷의 색깔은 똑같은 빨강.

"이건……." 에리나는 말을 잃었다.

"분명히 똑같은 옷입니다. 다카세 씨는 가가야 씨의 다운재킷을 입고 생환한 것입니다."

13

마스다는 에리나와 도쿄 역 구내 카페로 이동해 테이블을 두고 마주 앉았다. 커피를 주문한다.

"그러니까," 에리나가 긴장한 목소리로 말했다. "다카세 씨가 가가야 씨의 다운재킷을 빼앗았다?"

"그 외에도 다른 걸 빼앗았을 가능성이 있습니다. 식량이나 장비 같은."

"무엇을 위해?"

마스다는 그녀에게 스마트폰을 빌려서 해외 뉴스 사이트에서 다카세의 구출 순간을 찍은 영상을 재생했다. 텐트에서 다카세가 굴러 나왔다. 마치 헬리콥터의 환각이 사라지기 전에 뛰쳐나가야 한다고 초조해하듯.

다카세가 등산화 바닥을 보인 순간에 영상을 정지해서 확대하고는 에리나에게 스마트폰을 돌려준다.

"야기사와 씨, 이거, 부자연스럽다고 생각하지 않습니까?"

"흐음, 극히 평범한 구조 장면 같은데요……."

"등산화 바닥. 아이젠을 자세히 보세요."

에리나는 스마트폰을 얼굴 가까이 대고 유심히 바라봤다. 그리고 "앗!" 하고 소리를 질렀다. "팔 발톱!"

"그렇습니다. 팔 발톱입니다."

"히말라야의 설산에서 팔 발톱이라니, 자살행위죠."

등산화에 대는 아이젠은 발톱 수가 다양하다. 4발톱, 6발톱, 8발톱, 10발톱, 12발톱. 당연히 발톱 수가 많을수록 제동력이 강하다. 잔설기의 낮은 산에서라면 4발톱이나 6발톱으로도 충분하지만, 본격적인 설산에서는 2개의 앞 발톱이 있는 10발톱 이상의 아이젠이 필요하다. 빙벽이 솟아 있을 때는 걷어차듯이 해서 앞 발톱을 박아 가며 올라야 하기 때문이다.

"다카세 씨는 분명 칸첸중가를 쉽게 봤던 겁니다." 마스다는 말했다. "이건 추측입니다만, 그는 히말라야에 맞지 않는 장비로 도전했다가 조난당했습니다. 그때 만난 사람이 가가야 씨죠. 경위는 모르겠지만, 다카세 씨는 자신의 장비로는 하산은커녕 오늘내일을 살아남기도 힘들다고 생각했고, 가가야 씨의 장비를 훔친 거죠. 사진으로 보면 체형이 거의 비슷하니까요. 그리고 생환한 것입니다."

"그렇군요. 그렇다면 다카세 씨가 미담을 얘기한 이유가 설명되네요. 그가 가가야 씨의 장비를 훔쳐 살아남았다면, 그 비열한 행위를 감추려고 이야기를 만들어 냈겠죠. 조난 중에 만난 가가야 씨가 목숨을 구해 줬다는 거짓 이야기를."

가가야가 텐트에서 자고 있는 틈에 몰래 장비에 손을 대는 다카세의 모습이 뇌리에 떠올랐다.

"다카세 씨에게 가가야 씨는 스쳐 지나는 등산가입니다. 장비를 훔치는 데에 큰 저항감은 없었겠죠."

장비 탈취…….

등산가로서 결코 용서할 수 없는 행위다. 생환한 다카세는 어떻해서든 그 죄를 감춰야 했다. 그래서 미담을 만들어 냈다. 아니, 어쩌면 가가야에 대한 죄책감 때문에 그를 영웅으로 꾸며 냈는지도 모른다.

"앗!" 에리나가 집게손가락을 쳐들었다. "형의 유품!"

"잘린 자일 말입니까?"

"아니요, 수첩이오. '다운재킷 미착용. 왜?'라고 적혀 있었잖아요. 이 일과 뭔가 관계가 있지 않을까요?"

"……칸첸중가에 오르기 전에 썼던 겁니다. 관계가 있다면 형은 사전에 무슨 일이 일어날지 알고 있었던 게 됩니다. 아무래도 그건 말이 안 되죠."

"그렇겠네요." 에리나는 한숨을 쉬었다. "역시 다카세 씨를 조사할 필요가 있군요. 위험한 설산에서는 때로 어쩔 수 없이 극단적인 선택을 해야 할 때가 있죠. 극한상황에서의 피할 수 없는 행위였는지, 비열한 배신이었는지. 전 그게 알고 싶어요."

마스다는 고개를 끄덕였다. 눈보라의 베일에 가려진 진실이 조금씩 밝혀지고 있었다.

14

야기사와 에리나는 미나미쓰루 군 니시카쓰라 초 오누마에 있는 미쓰토게 역에 내리고는 숨을 깊게 내쉬었다. 높은 건물은 보이지 않고 2층 기와지붕 주택이 곳곳에 흩어져 있을 뿐이다. 덕분에 멀리 있는 산들을 뚜렷하게 볼 수 있다.

택시를 타고 눈 쌓인 돌담과 낙엽색 산울타리 사이로 난 도로를 달렸다. 눈앞으로 1,800미터가 채 안 되는 미쓰토게야마산의 세 봉우리인 가이운잔, 기나시야마, 오스타카야마가 보인다.

정보에 따르면 다카세는 매일 병풍바위에서 클라이밍 연습을 하고 있다. 미쓰토게야마산은 겨울에도 적설량이 적어 초보자도 쉽게 트레킹을 할 수 있는 곳이라 나름의 체력이 있는 자라면 쫓아갈 수 있다. 하지만 돌산을 넘어서면 그다음부터는 따라잡을 수 없다. 그를 쫓는 기자들은 누구도 증언을 듣지 못해 고생하고 있다고 한다.

택시는 오야마즈미 신사를 통과해 신허리에 있는 휴게소 모리 공원 주차장을 향했다. 도보로 한 시간 반은 걸리는 거리다.

택시 요금을 지불하고 내리자 삼림대를 가르고 눈 덮인 등산로가 뻗어 있다. 양쪽으로 늘어선 나무들의 대부분은 나목이었고, 앙상한 가지들이 머리 위에서 교차하고 있다. 적자색 꽃을 피우는 개불알꽃도 지금 시기에는 잎이 져서 보이지 않는다.

에리나는 미쓰토게의 등산로를 오르기 시작했다. 한 시간 반을 소비해서 다루마이시, 마타노조키, 우마가에시, 하치주하치다이시를 지나간다. 2, 30센티미터 정도 쌓인 눈 속에서 나목과 마른 풀들이 뻗어 있고, 군데군데 흙덩이가 드러나 있다. 급경사에는 로프가 쳐져 있어서 추락할 위험은 없다.

도중에 편집장에게 전화가 왔다.

"야기사와, 어디서 뭘 하는 거야. 원고는 끝냈나?"

"아직입니다. 지금 다카세 씨를 쫓아 야마나시의 미쓰토게에 있습니다."

"장비 탈취 의혹만으로도 충분히 기사가 돼. 잘했어. 이번 호에 실어. 거대한 폭죽 한번 터뜨리자고."

"기다려 주세요. 아직 취재가 불충분합니다. 본인에게 이야기를 듣고 확실한 증거를 잡지 않으면……."

"멍청한 놈! 특종은 시기가 중요해. 일주일을 끌었다가는 김이 다 빠져. 이대로도 실을 수 있어. 오늘 중에 메일로 최종 원고, 보내."

"예민한 문제입니다. 신중해야 해요."

"그딴 건 신문사 사회부에나 맡겨. 이상한 프라이드는 버리라고. 우리는 고상한 뉴스를 쓰는 게 아니야."

"……이번 주는 너무 이릅니다."

"이번 호에 특종으로 터트리고 다음 주 호에 상세하게 실으면 돼.

그러면 '다카세 기사'로 이 주 동안 끌고 갈 수 있겠지. 두 번째 생환자가 미담을 부정하는 와중에 장비를 탈취한 게 밝혀지면 세간의 화제가 될 거다. 다카세, 다카세 하며 치켜세우던 인간들이 어떻게 물타기를 할지 기대되는군."

"가장 우선시해야 하는 건 진실입니다. 기사를 쓴 후에 만약 어떤 오해가 있었다고 밝혀지면 다음 주에는 사과문을 내보내야 합니다."

"그딴 걸 신경 쓰면 어떻게 기사를 쓰겠나."

"제 이름으로 기사를 쓰는 이상 책임지고 싶습니다."

"이름이라면 빼 줄게."

"그런 문제가 아닙니다. 전……,"

"마감은 오늘 밤이야. 열 시까지 기다린다."

"편집장님!"

일방적으로 전화가 끊기자 에리나는 혀를 찼다. 다카세 본인의 변명을 들은 후, 내용에 따라서는 증거가 필요해진다. '두 번째 생환자아즈마의 반론이 세간을 떠들썩하게 하는 지금이야말로'라는 편집장의 생각은 이해할 수 있지만 납득할 수는 없다.

에리나는 걷기 시작했다. 납으로 된 비늘 같은 나무껍질이 까슬거리는 거목 주변에는 땅에서 바로 가지를 뻗은 것처럼 가녀린 나목이 빼곡했다. 크고 작은 다양한 바위들이 진을 치고 있다.

계속 걷자 비란수장미과의 상록교목와 상록수가 엎드려 있는 산허리 끝에 병풍바위가 보였다. 모세혈관 같은 균열이 종횡으로 뻗은 바위가 1백 미터 가까이 솟아 있다. 찬찬히 살펴보자 중간쯤에 암벽등반 중인 클라이머가 몇 명 달라붙어 있었다.

에리나는 바위밭을 지나 병풍바위 앞으로 갔다. 서너 명의 남자가 모여 있다. 자일이나 하네스는 아예 없었다. 기자일 것이다. 분위기만 봐도 알 수 있다.

그들에게 다가가 말을 걸었다.

"취재하시는 겁니까?"

남자들이 돌아봤다. "그쪽은?"

에리나는 출판사와 소속 부서를 밝히고 자기소개를 했다.

"아, 동종업이네."

"다카세 씨에게 뭔가 들었습니까?"

"아니, 전혀요. 우리는 그 의혹에 대한 설명을 바라는데 말이죠."

다카세가 가가야의 다운재킷을 입고 생환한 사실은 아직 모르리라. 그들은 미담의 진위에 대해 당사자의 주장을 듣고자 모여 있다.

"다카세 씨는?"

기자들이 턱을 치켜들고 병풍바위를 올려다보았다. 시선 끝에는 난도가 높은 루트를 홀로 오르는 등반가의 모습이 있었다. 쌍안경이라도 사용하지 않는 이상, 암벽을 기어오르는 빨간 개미로밖에 보이지 않는다.

"저기…… 입니까?"

"도중에 말을 걸어도 무시. 묵묵히 장비를 장착하고는 재빨리 올라가 버렸죠."

"한마디도 안 하고 말입니까?"

"네. 철저히 무시하던데요. 따라올 수 있으면 따라와 봐 하는 식으로 등산로를 성큼성큼 가 버려서, 학생 시절에 반더포겔1901년에 독일에서 일어난 청년 학생들의 도보 여행 운동 또는 그 운동을 벌인 집단을 이르는 말 활동을 했던 의지로 따라붙었지만 바위는 넘지 못해서. 저 사람, 하네스니 뭐니 준비하면서 우리를 슬쩍 쳐다봤는데, 완전히 얕보는 눈빛이었죠. 더 이상은 못 쫓아오겠지 하는."

다카세는 매스컴에서 가가야를 칭찬하는 미담을 얘기했지만, 아즈마가 생환해서 반론하자마자 침묵으로 일관하고 있다. 자기 혼자 살아남기 위해서 가가야의 장비를 탈취한 게 사실이라면 떳떳하지 못한 마음에 이야기할 수 없었을 것이다.

어떡해서든 본인의 변명을 듣고 싶다.

"그럼 제 독점 취재가 되겠네요."

에리나는 등에 멘 배낭을 내려 장비를 꺼내고는 황당해하는 기자들을 무시하고 준비를 시작했다. 등산화를 벗고 끈으로 조이는 클라이밍 슈즈를 신는다. 하네스의 허리 벨트를 접어 돌린 후 버클에 끼우고, 기어 랙에 다량의 장비를 매단다. 발포 소재로 된 초경량 헬멧을 쓰고 턱밑에서 밴드를 조인다.

준비운동을 하고 바위에 매달린다. 손가락 하나 폭의 균열, 핑거 크랙에 오른손 새끼손가락부터 약지까지 꽂고 제2 관절로 고정한다. 튀어나온 바위에 클라이밍 슈즈의 앞쪽을 걸고 온몸을 들어 올린다.

에리나는 대자연이 만들어 낸 바위 조각에 몸뚱이가 하나로 도전했다. 튀어나온 바위를 잡고는 발끝밖에 올릴 수 없는 작은 돌에 의지해 조금씩 암벽을 올라간다.

도중에 지점을 만들어 자일을 고정했다. 그리고 다시 오른다.

신중하게 손발을 움직여 가며 행동했다. 배어난 땀조차 얼어붙게 하는 긴장감이 위장 부근을 달리고 있다. 2인 1조로 오르는 격시등반과는 달리 솔로 클라이밍은 위험성이 극히 크고, 기술을 설명해 주는 전문서도 별로 없다. 자일을 조종해서 추락 거리를 제어해 주는 확보자가 없는 탓에, 손이 미끄러지면 목숨을 잃는다.

힘든 건 그뿐이 아니다. 두 번째 지점을 확보해서 자일을 고정하면, 현수하강으로 첫 번째 지점까지 내려가 고정해 둔 자일을 푼다. 그리고 다시 올라간다. 솔로 클라이밍은 그처럼 번거로운 '다시 오르기'를 반복해 가며 등반해야 한다.

레지라고 부르는 바위 턱에 서서 한숨을 돌렸다. 멀리 바라보니 능선이 완만한 산맥 너머에 마을이 있고, 또 그 너머에 눈을 인 후지산의 웅장한 모습이 있었다.

아래를 내려다보니 땅 위의 기자들이 인형 크기로 보였다.

다시 기합을 넣고, 추락에 대비해 확실하게 지점을 확보해 가며 등반을 계속했다. 다양한 형태의 바위를 무질서하게 쌓아 올린 듯한 암벽이다. 다카세와의 거리가 줄어들었다. 그는 튀어나온 바위에 앉아 두 다리를 흔들거리며 쉬고 있다. 천상계의 사람이 되어 허탕 친 기자들을 비웃는 듯도 보인다.

에리나는 책을 펼친 것처럼 생긴 암벽 모서리, 디에드르를 발견하고는 양 손발을 큰대자로 뻗는 스테밍이라는 동작으로 그 위에 단숨에 올랐다. 이런 곳이 루트를 쉽게 만들 수 있어서 공략하기 좋은 부분이다.

그리고 마침내 따라잡았다.

에리나는 다카세가 쉬고 있는 바위로 기어오른 후 이마의 땀을 닦고 흐트러진 호흡을 가다듬는다. 지상은 이미 아득히 아래에 있었고, 트럭조차 짓눌러 버릴 듯한 거암도 작은 돌처럼 보인다. 큰 나무가 모여 있는 수림대도 풀밭처럼 보인다. 주변을 바라보고 있자니 빨려들 것 같다.

"저는 잡지 편집자인 야기사와입니다. 부디 이야기를 좀……."

다카세는 말없이 일어나서 거미줄 모양으로 균열이 뻗은 암벽에 매달리더니 능숙하게 오르기 시작했다.

"기, 기다려 주세요."

에리나는 옆 루트로 뒤를 쫓았다. 폭이 넓은 크랙에 왼쪽 어깨를 밀어 넣어 고정하고, 바위 모서리가 튀어나온 부분에 오른손 손가락을 건다. 클라이밍 슈즈 바닥으로 바위 표면을 밀듯이 해서 일어선다. 그리고 중심을 의식하며 오른다.

"다카세 씨! 가가야 씨의 장비를 훔쳐 생환한 것 아닙니까? 죄의식은 느끼지 않습니까!"

고도 1천 수백 미터에서 몰아치는 돌풍에 지지 않으려고 크게 외쳤다. 하지만 외침은 바람의 신음 소리에 가려 사라졌다.

장비를 탈취했다는 사실을 전제로 한 추궁으로 도발했지만 다카세는 눈앞의 암벽에만 집중해 오르고 있다.

따라잡을 수 없다.

에리나는 지점을 잡고, 일단 현수하강을 했다. 아래 지점에서 자일을 풀고 다시 오른다.

적당한 간격으로 지점을 잡지 않으면 낙하 거리가 길어진다. 하지만 다카세는 지점을 최소한으로 해서 올라간다. 등반 실력에 절대적인 자신감이 있는 걸까, 죽음을 두려워하지 않는 걸까, 자신의 생명을 경시하는 걸까.

따라잡으려면 지점을 잡지 않고 긴 거리를 오르는 '런아웃'밖에 없다. 그렇게 하면 다카세가 확보물 회수를 위해 하강했을 때 거리를 좁힐 수 있다.

에리나는 마음을 굳게 먹고 하늘에 도전하는 기분으로 등반을 이어 갔다. 바위 표면의 파인 곳과 튀어나온 곳, 크랙을 이용하며 오른다. 수직으로 깊게 파인 암벽을 내려다보니 마지막 지점에서 15미터가량 자일이 뻗어 있다. 결국 손발이 미끄러지면 30미터를 추락한다는 의미다.

얼음 알갱이 같은 땀이 얼굴을 타고 내려와 턱 끝에서 뚝뚝 떨어진다. 나락 위에서 줄타기를 하는 기분이다. 심장을 터트리기라도 할 기세로 얼음장 같은 손이 암벽을 거세게 움켜쥐고 있다.

'런아웃'의 성공으로 다카세에게 가까워졌다.

"도망가는 겁니까!" 에리나는 크게 외쳤다. "가가야 씨의 장비를 훔쳤다는 증거 사진이 있습니다. 부적을 꿰맨 다운재킷, 가가야 씨 것 맞죠? 영상에 나온 당신의 아이젠은 팔 발톱이었습니다. 칸첸중가에는 부적합하죠. 장비가 불충분해서 이대로는 살아서 하산할 수 없다고 생각한 당신은 가가야 씨가 잠든 틈에……,"

다카세는 암벽의 크랙에 왼 주먹을 찔러 넣고 두 다리를 벌린 자세를 유지한 채 얼굴을 옆으로 돌렸다.

"……다운재킷과 장비는 가가야 씨가 나를 도와줬을 때 준 거다.

뺏은 게 아니야."

다카세가 처음으로 입을 열었다. 이전 텔레비전에서의 성실해 보이는 말투와는 전혀 다르게 거칠었다. 더구나 그는 무의식중에 '다운재킷과 장비'라는 말을 흘렸다. 역시 마스다의 추측대로 다카세는 가가야의 다운재킷뿐만 아니라 장비도 이용해 하산한 것이다.

에리나는 지점을 확보하고 그의 바로 옆까지 올라갔다. 시선을 맞춘다.

"다운재킷과 장비는 양보받은 거다?"

"그렇다."

확실히 그럴 가능성은 있다. 다카세가 가가야의 다운재킷을 입은 걸 알아챘을 때는 그가 장비를 탈취해 혼자 생환했다는 확실한 증거라고 생각했지만……

"양보받았다는 걸 증명할 수 있습니까?"

"내 증언뿐이야. 당사자가 눈사태에 휩쓸린 이상 증명 따위 가능할 턱이 없지. 가가야 씨는 '산의 사무라이'다. 훌륭한 사람이야. 텐트에서 추위에 얼어 있는 내게 장비를 빌려줬어."

"자신의 죄를 감추기 위해 미담을 만들어 낸 건 아니고요?"

다카세의 얼굴에 분노의 감정이 나타났다. 눈썹이 치켜 올라가고 콧마루에 가로 주름이 새겨진다.

"의심하는 건 자유다. 하지만 증거도 없이 기사를 쓰면 용서하지 않아."

탈취가 누명이라서 화를 내고 있는 걸까, 죄가 드러날 것 같으니까 적반하장으로 얼버무리려는 걸까.

"······산에 대해 불성실한 사람은 용서 못 합니다. 만약 장비를 뺏은 게 사실이라면, 전 그 행위를 규탄합니다."

50미터가 넘는 절벽에서 한동안 서로를 노려보았다. 하지만 먼저 표정을 푼 쪽은 다카세였다.

"단독 등반으로 따라잡다니 대단하군." 다카세는 테라스로 오르더니 배낭에서 도구를 꺼냈다. "하지만 혼자는 위험해. 나랑 같이 리드 클라이밍으로 오르도록 하지."

에리나는 자력으로 넓은 테라스에 올라섰다.

"됐습니다. 전 늘 혼자라서."

"내 실력으로는 역부족이란 건가?"

"당신의 역량을 의심하는 게 아닙니다. 아니, 당신이 나보다 뛰어난 등반가라는 건 한눈에 알 수 있습니다."

"그러면 살인자일지도 모를 남자와는 신뢰를 맺을 수 없다?"

다카세의 눈동자에서 슬픔의 그림자를 보았다.

"······아닙니다. 당신을 의심하는 건 사실이지만, 제가 솔로에 집착하는 건 개인적인 이유입니다." 에리나는 거기서 말을 끊었다. 하지만 다카세가 눈빛으로 이유를 재촉했다. "전 산악 잡지의 취재로 많은 등산가를 만났습니다. 하지만 그들 중 많은 이들이 산에서 목숨을 잃었습니다. 그들의 마음에 깊이 들어가면 괴로움과 슬픔이 늘어날 뿐입니다."

"그건 등산가와 필요 이상으로 친하고 싶지 않은 이유지, 솔로를 고집하는 이유가 아닐 텐데."

"그럴지도 모르겠군요. 전 사람의 죽음을 가까이서 보고 싶지 않을 뿐입니다."

"진심인가? 사실은 그게 아닐 텐데. 등산가의 죽음을 너무 많이 봐서 신뢰를 맺을 수 없게 된 거 아닌가? 산에서는 자신의 목숨을 맡기고 상대방의 목숨을 맡는 절대적인 신뢰가 없으면 파트너를 만들 수 없어."

이전에 자신이 마스다에게 했던 말이 퍼뜩 되살아났다. 다카세에게 속내를 들키고 있다.

"솔직히 말하면 아무도 믿을 수 없다는, 그런 기분에 사로잡혀 있습니다. 산뿐만 아니라 실생활에서도."

"……당신은 등산을 그만두는 편이 좋아. 사람과 신뢰를 맺지 못하면 언젠가 죽어."

그의 말투에 화가 났다.

"당신도 솔로 아닙니까? 칸첸중가에서도 그랬고, 지금도 그렇고."

"도전이 아니라 회피로 선택한 솔로는 사신과 동행하는 거야."

"그러면 당신은 도전으로 솔로를 선택한 겁니까? 그래서 팔 발톱 아이젠? 위험을 만들어 내기 위해서? 하지만 어설픈 장비로 칸첸중가를 등정했다고 해야 아무런 훈장도 되지 않죠."

"적어도 난 타인과 신뢰를 맺지 못하는 건 아니지." 다카세는 손을 내밀었다. "자, 오를 거면 리드 클라이밍으로 하지. 남의 눈앞에서 죽는 것도 민폐야."

에리나는 다카세의 손을 응시했다. 신뢰란 뭘까? 목숨이 걸린 상황에서 그 목숨을 맡길 수 있는가, 없는가?

"전 솔로가 편합니다. 생사도 스스로 결정할 수 있으니까."

"신뢰를 맺은 동료가 있기 때문에 극한상황에서도 살 수 있어. 솔로와 달리 무책임한 짓은 할 수 없는 데다가, 지켜야 할 사람을 위해 함부로 포기도 못하지."

말투에 진지함이 있었다. 다카세는 정말로 장비를 강탈한 악인인 걸까? 아니, 이거야말로 그의 무기인지도 모른다. 가가야도 그 화술에 속아 믿었다가 배신당한 건지도 모른다.

"……당신은 솔로가 무섭지 않습니까?"

"근본적으로는 그쪽과 마찬가지야. 그래서 더욱 반론하고 싶은지도 모르겠군. 내 목숨만 책임지면 그만인 곳은 무섭지 않아. 다른 사람의 목숨을 책임지고 재해 현장에 뛰어드는 그 공포에 비하면……"

자조의 느낌마저 드는 말투로 대답한 다카세는 말을 끝맺지 않고 입을 다물었다. 실언을 후회하듯 멀리 후지산으로 눈길을 피한다.

"재해 현장? 당신은 구조대원이었습니까?"

다카세는 말없이 리드 클라이밍용 도구를 배낭에 넣고 암벽을 오르기 시작했다. 그것이 대답이었다. 쫓아가도 더 이상 이야기를 끌어낼 수 없을 것이다.

그의 인물상을 알아내려면 과거를 조사하는 수밖에 없다. 다행히 실마리는 잡았다.

에리나는 자일을 조종해 가며 병풍바위 테라스에서 하강하기 시작했다.

15

도쿄

에리나는 시부야 소방서의 구조대원을 방문해 훈련장에서 이야기를 들을 수 있었다.

에리나는 구조대원들이 훈련하는 모습을 바라보았다. 흰색 안전모를 쓰고 오렌지색 옷을 입은 구조대원들이 모여 있었다. 팔꿈치 보호대와 무릎 보호대를 착용하고 편상화를 신고 있다. 호루라기가 울린 순간, 대원들이 로프를 날리듯 허리에 감고 카라비너에 고정한 후 가설 비계에 걸쳐 있는 삼단 접이식 사다리를 닌자처럼 초고속으로 달려 오른다.

또 다른 대원들이 비계와 비계 사이에 수평으로 쳐진 로프에 카라비너를 연결한 즉시 브리지 상태로 미끄러지듯 건너갔다. 끌어당기는 동작이 보통이 아니다. 특히 입을 다물 수 없었던 건 로프워크였다. 등반을 하면서 다양한 매듭법을 습득했지만 그들의 동작이 너무 빨라 어떤 매듭인지 파악힐 수 없다.

"대단하군요……."

저절로 탄성이 나왔다.

"구조대원은 '안전, 신속, 확실한 구조'가 모토니까요." 갸름한 얼굴에 눈빛이 날카로운 부대장이 대답했다. "매일매일 훈련입니다."

"저렇게 로프를 잘 다루는 건 처음 봤어요."

"'잘 때도 로프를 손에서 놓지 말라'는 표어를 가슴에 새기고 수십 가지의 매듭법을 익히고 있습니다. 일 초가 생사를 가르는 세계니까요. 그런데 다카세의 이야기를 듣고 싶다고 하셨습니까?"

도쿄에 돌아와 조사해 보니 예상대로 다카세는 구조대로 활동했던 과거가 있었다.

"칸첸중가의 눈사태 사고는 알고 계시나요?"

"그 미담 말씀이시죠? 다카세가 뉴스에 나왔더군요. 거꾸로 일반 시민에게 구조되었다니, 어찌 보면 다카세답기도 합니다만. 아, 지금은 녀석도 일반 시민인가."

"다카세 씨답다니 무슨 말씀이시죠?"

부대장은 팔짱을 꼈다. 미간에 주름을 만들며 먼 곳을 노려봤다. 입술에 망설임이 보인다.

"전 잡지 편집자가 아니라 산을 사랑하는 등산가로서 진실을 밝히고 싶습니다. 그 미담은 지어낸 이야기일지도 모릅니다."

솔직한 마음으로 호소하자 부대장이 돌아봤다. 몇 초, 속셈을 살피는 듯한 간격이 있었다.

"……내가 입을 다물면 당신은 전직 대원이나 유족을 찾아가겠죠. 그들은 다카세에게 반감과 적의를 갖고 있습니다. 그들에게서 흘러나온 말은 절제되지 않아 주관적이고 위험합니다. 그럴 거면 제가 이야기하죠."

정곡을 찔렀다. 다카세를 아는 현역 구조대원이 아무 말도 안 해줄 경우 전직 대원을 찾아가려고 생각하고 있었다.

"부디 얘기해 주세요."

부대장은 조용히 고개를 끄덕였다.

"오렌지색 옷을 입은 이상, 인명 구조에 몸을 던지는 것이 우리 구조대입니다. 하지만," 부대장은 고개를 흔들며 한숨을 쉬었다. "다카세에게는 중요한 부분이 부족했습니다."

구조대원이 되려면 매년 가을에 딱 한 번 열리는 '특별 구조 기술 연수'를 수강해야 한다. 하지만 50명 정원에 300명의 소방대원이 지원할 정도로 경쟁률이 높고, 합격하려면 1차 시험인 필기 테스트와 체력 테스트, 2차 시험인 면접과 신체검사를 통과해야 한다고 한다.

"다카세는 그 연수에서 우수한 성적을 거뒀습니다. 평소 훈련에서도 선배 대원에게 뒤처짐 없이 달려들었습니다. 하지만 현장에서는 달랐죠."

"무슨 일이 있었나요?"

부대장은 훈련 모습에 눈길을 주며 잠시 침묵했다.

호루라기가 울렸다. 대원이 로프를 몸에 두르고, 가스 마스크를 쓰고, 등에 산소통을 멨다. 그리고 인공 구멍을 빠져나갔다. 하늘을 향한 채 쓰러져 부상자 역할을 하는 사람 옆으로 미끄러져 들어가 그의 상체를 일으키고, 겨드랑이 아래로 로프를 묶는다. 엉덩이를 끌듯이 해서 인공 구멍으로 들어간다. 그리고 로프를 풀자마자 2인 1조로 요구조자要救助者를 안아 올려 전력 질주했다. 단 30초 동안의 구출극이었다.

"……구조 활동에서 가장 해서는 안 되는 일이 뭔지 아십니까?"

에리나는 부대장의 옆얼굴을 응시했다. "방심…… 입니까?"

"틀린 건 아닙니다만, 좀 더 정확하게 말하자면 '대원의 부상'입니다. 우리는 팀으로 움직입니다. 한 명이 부상당하면 연대가 무너져 부상자의 구출이 힘들어집니다. 그래서 더욱 한 사람 한 사람이 안전과 확실성 확인에 온 힘을 쏟습니다."

"다카세 씨가 현장에서 부상을 당했나요?"

"그것보다 더 나쁩니다. 삼 년 전 가부키 초에 위치한 가라오케 화재, 알고 계십니까?"

"……아, 구조대원과 손님이 사망했던?"

"맞습니다. 구조대원 두 명, 손님 다섯 명이 목숨을 잃었습니다. 그날 우리는 본부 지령을 받고 출동했죠. 현장 건물의 창문이란 창문에서는 전부 불꽃이 뿜어져 나오고, 시커먼 연기가 치솟고 있었습니다." 부대장은 당시의 참상을 떠올리듯 눈을 가늘게 떴다. "우리 임무는 소화뿐이 아닙니다. 중요한 임무는 인명 검색과 구조입니다."

인명 검색. 소방 전문용어일 것이다. 돌이켜 생각하니 구출된 다카세가 기자회견에서 그 용어를 사용했었다. '목숨을 걸고 인명 검색에 함께해 주신 현지 여러분께 감사드립니다.'라고.

부대장이 이야기를 시작했다.

***

스피커에서 지령이 떨어진 순간 구조대원들의 얼굴에 긴장이 감돌았다. 일제히 문을 박차고 나가 계단을 달려 내려갔다. 빨간색 구조 차량이 대기하고 있다. 차체에 'TOKYO RESCUE'라는 글자 아래에 세인트버나드가 그려진 마크. 전원이 조직적인 동작으로 차 문을 밀고 장비를 꺼냈다. 방화화放火靴에 발을 끼워 넣고 방화복을 입고 산소통을 멘다. 출동 알림이 들리면 1분 이내에 출동했다. 구조 차량의 사이렌이 밤의 정적을 가르며 질주했다. 가부키 초의 가라오케는 맹렬하게 타오르고 있었다. 부대장의 판단으로 진입했다. 선두 대원의 모습이 그림자처럼 보일 만큼 하얀 연기가 가득했다. 방독, 방연 마스크를 착용하고 방화화로 복도를 박차며 전진한다. 호스를 쥔 소방 대원과 연대해서 안쪽으로 향한다. 개별 룸의 깨진 창문으로 불꽃이 혀를 날름거리고 있다. 떨어져 나온 벽이 겹겹이 쌓여 있다.

안쪽으로 더 들어가자 철문이 닫혀 있었다. 부서진 작은 창문 너머에서 도움을 요청하는 목소리가 들린다.

"긴급 상황! 문을 부순다!"

자욱한 하얀 연기 속에서 전원이 후방을 돌아봤다. 하지만 그곳에 있어야 할 사람이 보이지 않는다.

"다카세는 어딨나!"

동력 절단기를 갖고 있는 사람이 다카세였다.

"따라오지 않았습니다!"

"뭐 하는 거야!"

무선에도 응답이 없다. 불꽃이 터지는 소리에 지지 않으려고 모두 소리를 지르고 있었다. 대원 한 명이 시뻘건 불길을 헤집으며 되돌아갔다. 다카세는 천장이 절반 정도 붕괴된 복도 구석에서 두 다리를 꼭 붙이고 서 있었다.

"뭐 해, 빨리!"

다카세는 순간 고개를 흔들다가 이내 끄덕였다. 하지만 다리는 복도에 딱 달라붙어 있었다.

"이리 줘!"

대원은 동력 절단기를 빼앗아 뛰었다. 일분일초를 다투는 현장에서 두려움을 떨쳐 낼 시간을 기다려 줄 수는 없다.

엔진을 가동하자 맹견이 울부짖는 소리를 내며 커터 디스크가 고속 회전했다. 철문에 대고 미는 순간 무수한 불꽃이 뿜어져 나왔다. 실내에서 지진 소리가 났다. 서둘러, 서둘러, 서둘러. 긴박감이 작업을 서두르게 했다. 철문을 찢자마자 단번에 진입했다. 불꽃이 미친 듯이 일렁이고 있었다. 두 동강이 난 테이블, 불타오르는 소파, 쓰러진 텔레비전. 안쪽에서 몇 명의 손님이 한 덩어리가 되어 있었다. 의식을 잃은 사람, 콘크리트 블록에 다리가 깔린 사람.

전원이 구조에 나섰다.

하지만······.

***

"갑자기 천장이 무너졌고 대원을 포함한 여러 명이 깔렸습니다." 부대장은 원통함을 곱씹는 듯한 목소리를 쥐어짰다. "우리는 항상 바닥이 가라앉거나 무너질 위험이 없는지 확인하면서 행동합니다. 그때도 그랬습니다. 아무런 전조도 없었습니다. 하지만 붕괴는 일어났습니다. 부실 공사로 소방법을 지키지 않은 것이 원인이었습니다."

"그 이후, 다카세 씨는요?"

"바늘방석이었겠죠. 다카세 녀석은 겁에 질려 현장에서 동요했습니다. 대원 중에는 네 탓이라며 노골적으로 비난하는 자도 있었죠."

"당신도 같은 생각입니까?"

"……동력 절단기를 돌리는 십여 초. 그 지연된 시간이 치명적이었던 건 사실입니다. 하지만 대원의 순직도 구조 실패도 지휘를 맡은 제 책임입니다. 우리는 요구조자를 발견한 순간 공포심이 사라지고 사명감이 앞섭니다. 아드레날린이 온몸을 휘감아 위험을 알면서도 돌진해 버립니다. 오렌지색 옷을 입은 자의 본능 같은 것이죠. 그래서 더욱 대장은 냉정하고 침착해야 합니다. 대원의 정신 상태와 현장 상황을 파악해서 냉정하게 판단하는 것이 대장의 역할입니다. 하지만 전 도움을 요청하는 비명을 듣는 순간 충동적으로 행동했습니다. 일각을 다투는 상황이어서 순간의 망설임도 허용할 수 없다고 생각했기 때문입니다. 지금 생각해 보면 다카세 녀석은 '예감'이 있었는지도 모릅니다. 건물 내부의 상황을 관찰하고 위험하다고 느꼈고, 그래서 주저했는지도……."

"다카세 씨의 상태는 어땠나요?"

"……큰 타격을 입었죠. 그래서 전 디퓨징을 실시했습니다."

"디퓨……?"

"아, 죄송합니다. 심적 외상 후 스트레스 장애가 발생할 만한 활동이었던 경우, 재해 발생 후 여덟 시간 이내에 대장의 판단으로 실시하는 삼십 분 정도의 상담입니다. 자유롭게 대화하면서 스트레스를 경감시킵니다. 소방서의 참사 스트레스 대책이죠."

"다카세 씨는 무슨 말을 하던가요?"

"거기까지는 누설할 수 없습니다."

"다카세 씨는 자신을 책망하듯 제게 말했어요. '자신의 목숨만 책임지면 그만인 곳은 무섭지 않아. 다른 사람의 목숨을 책임지고 재해 현장에 뛰어드는 그 공포에 비하면'이라고요. 그는 지금도 괴로워하고 있습니다. 위험한 단독 등반을 고집하는 이유도 그것이라고 생각합니다. 이대로라면 그는 언젠가 목숨을 잃습니다."

부대장은 허공을 노려보았다. 눈동자에 어린 비애는 머지않아 찾아올 다카세의 미래를 상상했기 때문일 터다.

"다카세 씨의 과거는 매스컴에 의해 폭로될 거예요. 구조대원 시절의 사건도 예외는 아닙니다. 당신이 예상한 대로 아마도 진실은 왜곡되고, 선정적이고 자의적인 내용이 되겠죠. 그렇게 되지 않도록, 저는 그의 진짜 모습에 다가가고 싶습니다."

부대장은 앙다문 입술 사이로 숨을 내뱉었다.

"……다카세는 말입니다. 초등학교 이 학년 때 가족을 잃었습니다. 녀석은 히로시마에서 나고 자랐습니다. 당시에 어른 무릎까지 잠기는 홍수로 강도 범람했습니다. 다카세는 지붕이 삐걱대는 소리를 들었다고 합니다. 무서워져서 부모님께 집 밖으로 나가자고 애원했지만 바보 같은 소리라고 무시당했죠."

"도로가 그 정도로 침수됐다면 바깥이 더 위험할 테니 어른으로서 그렇게 말하는 것도 무리는 아니었겠죠."

"다카세는 할아버지, 할머니에게도 애원했지만 상대해 주지 않았다고 합니다. 결국 불안감을 견디지 못하고 혼자 집 밖으로 뛰쳐나갔습니다. 그 순간입니다. 주택가 뒷산에서 동시다발적 토석류土石流 홍수로 산사태가 나서 진흙과 돌이 섞여 흐르는 것가 발생한 건. 늘어선 가옥은 토석에 짓뭉개졌습니다. 다카세도 토사에 파묻힐 뻔했지만 직격은 피할 수 있어서 간신히 기어 나와 기적적으로 살아남았습니다. 나중에 어른들에게 들은 모양인데, 그때의 다카세는 진흙투성이가 돼서 토석에 짓밟힌 자신의 집을 멍하니 바라보고 있었다고 합니다. 위험하니까 물러서라고 누군가가 팔을 당겼지만 뿌리치고 그저 멍하니."

초등학생 소년이 우뚝 서 있는 광경이 눈에 떠오른다. 갑작스러운 가족의 죽음에 무엇을 생각했을까. 공포일까. 절망일까. 후회일까.

"다카세는 구조대에 지원한 이유를 이렇게 말했습니다. 자신만 살아남는 고통이 아닌, 함께 살아남는 기쁨을 나누고 싶다고. 선발 시험 면접에서도 밝히지 않았던 속내였다고 합니다."

다카세의 절망이 상상돼 가슴이 에는 듯했다. 어렸을 때의 아픈 경험에서 벗어나 이번에야말로 '희생자를 동반한 생환자'가 되지 않으려고 구조대에 들어갔는데 다시 또 그렇게 돼 버린 것이다.

"다카세 씨는 재기하지 못했습니까?"

"디퓨징으로 효과가 없는 경우에는 디브리핑이라고 하는 이차 상담을 합니다. 임상심리학 전문가가 진행하는 그룹 상담입니다. 그곳에서 무슨 이야기를 했는지는 모릅니다. 하지만 다카세는 매일 그 사고 생각만 하다가 결국 퇴직했습니다. 그 이후는 소식을 듣지 못했습니다. 설마 등산가가 돼서 산에 오르리라고는 생각도 못했습니다."

다카세는 적어도 세 번, '희생자를 동반한 생환자'가 됐다. 첫 번째는 토사 재해로, 두 번째는 화재 현장에서, 세 번째는 눈사태 사고로. Survivor's guilt. 생존자의 죄책감. 운 좋게 살아남은 자가 오랫동안 죄의식을 품는다고 한다면, 지금 그의 마음에는 얼마나 큰 십자가가 짓누르고 있을까. 죽음을 좇는 듯한 그의 등반 모습을 떠올린다. 본인도 자각 못하는 마음 깊은 곳에서 자연이 목숨을 앗아 가 주기를 기다리고 있는 것은 아닐까. 더는 '희생자를 동반한 생환자'가 되고 싶지 않다고 기도하면서…….

살아남은 죄에 속박된 다카세는 칸첸중가에서 가가야의 다운재킷을 입고 살아남았다. 이야기를 들은 바로는, 남의 장비를 뺏어서까지 살아남으려는 사람이라는 생각은 들지 않는다. 본인의 설명대로 양보받았을 뿐인 걸까?

다카세는 선인일까, 악인일까?

16

마스다 나오시는 클라이밍 센터에서 하루 일과인 트레이닝을 마치고는 샤워로 땀을 씻어 내고 옷을 갈아입었다. 역에서 전철을 기다리는 동안 매점에서 판매하는 두 권의 주간지 머리기사, '칸첸중가', '눈사태'라는 단어에 눈길이 멈췄다. 주간지를 구입해서 전철에 탄다.

한 권은 야기사와 에리나가 소속된 편집부 발행의 잡지였다. 목차를 확인하고 해당 지면을 펼쳤다. 다카세의 얼굴 사진이 흑백으로 크게 게재되어 있다.

'탈취한 장비?'

'가가야 씨를 버렸다?'

커다란 표제어가 눈에 날아들었다.

설마설마하면서 기사를 읽었다. 다카세가 가가야의 다운재킷을 입고 생환한 일이 폭로되어 있었고, 꿰매진 부적의 확대 사진이 거친 화질로 나란히 실려 있었다. 아래에는 '가가야 씨가 등산 중인 사진에서', '구출된 다카세 씨의 영상에서'라는 주석이 달려 있다.

기사는 기적의 생환으로 일약 유명인이 됐고, 눈보라 치는 칸첸중가에서 가가야 씨가 목숨을 구해 줬다는 미담을 이야기했던 다카세 씨가 가가야 씨의 장비를 훔쳐 살아남은 것인지도 모른다고 매듭짓고 있다.

아즈마의 생환 후, 다카세는 침묵을 이어 가고 있었다. 매스컴에는 일절 등장하지 않는다. 최근에는 와이드쇼에서도 톱뉴스로 보도될 만큼 관심을 받고 있지는 않다. 와이드쇼는 정치가의 실언이나 연예인의 결혼과 이혼, 스포츠 선수의 쾌거 등을 우선적으로 다루고 있었다. 하지만 이번 기사를 계기로 다시 시끄러워질지도 모른다.

전철이 멈추고, 마스다는 플랫폼에서 나와 에리나에게 전화를 걸었다. 두 번의 신호음이 울린 후 전화를 받았다.

"주간지, 봤습니다." 마스다는 인사도 건너뛰고 본론으로 들어갔다. "기사, 어떻게 된 겁니까? 의혹일 뿐인데 그런 식으로……."

"제가 쓴 게 아닙니다. 편집장의 독단입니다." 에리나의 말투에는 억누르기 힘든 분노가 있었다. "저는 신중론을 주장했습니다. 다카세 씨의 주장을 듣고 주변 취재를 한 후에 기사로 써야 한다고. 몇 차례나 이야기를 나누고 설득했는데, 기습적으로 실었습니다. 제가 제출한 원고를 멋대로 이용했어요."

"다카세 씨는 만났습니까?"

"만났습니다. 병풍바위 한가운데에서. 다운재킷은 친절한 가가야 씨가 양보한 거라고 합니다."

"사실이라고 생각합니까?"

"글쎄요. 그의 본모습을 찾다 보니 타인의 장비를 탈취할 사람으로는 생각할 수 없게 됐습니다."

에리나는 구조대원에게 들었던 다카세의 과거를 설명했다.

"생존자 죄책감으로 괴로워하던 그가 가가야 씨를 외면하고 자기 혼자 살아남으려고 했을까요?"

"……극한상황에서는 어떤 일이라도 일어날 수 있습니다. 대자연의 위협이 정상적인 사고를 빼앗습니다."

"좀 더 조사해 볼 필요가 있겠네요. 이번 눈사태 사고는 수상한 점이 너무 많아요."

"동감입니다. 형의 자일 문제도 아직 알 수 없는 상태고. 야기사와 씨는 지금 무엇을?"

"전 다카세 씨를 미행 중입니다."

"미행이라니…… 왜?"

"어제 우리 주간지가 발매되면서 매스컴이 움직이기 시작했어요. 다카세 씨를 추궁하려고 아파트로 몰려갔죠. 그러자 다카세 씨는 후지산으로 도망갔습니다. 겨울 산에 올라가면 대부분의 기자는 쫓아갈 수 없습니다. 하지만 나라면 쫓을 수 있어요. 한나절 뒤처졌지만, 다른 기자에게 들은 다카세 씨의 배낭 용량으로 추측건대 정상에서 며칠 있을 예정으로 보여 만날 수 있겠다 싶었죠. 그는 후지노미야 루트로 올랐다고 했지만, 전 관통하는 스바시리 루트로 오를 생각이었어요. 그런데 하산 루트의 겹치게 되는 장소에서 우연히 다카세 씨와 스쳤습니다. 그쪽은 나를 일반 등산객으로 착각했지만, 저는 한눈에 다카세 씨를 알아봤습니다."

"그는 당일치기였던 겁니까?"

"그래요. 변상하고 있는 걸로 봐서 분명 기자들을 따돌리려고 한 거예요. 후지노미야 루트에서 야영을 할 것처럼 보이게 하고, 그날 스바시리 루트로 하산해서 모습을 감출 계산이었죠. 그는 그대로 인터넷 카페에서 일박을 했습니다."

"야기사와 씨는 지금 어디에?"

"우에노 역입니다. 앗, 다카세 씨가 역으로 들어왔어요." 전자음과 무거운 기계음이 울린다. 소음이 한동안 이어진다. "……플랫폼으로 들어왔어요. 사이타마 방면으로 향하는 것 같아요."

"저도 가겠습니다. 아카바네에서 가면 금방이니까 합류합시다."

"알았어요. 이제 핸드폰은 진동으로 바꿀 거라서 용건은 메신저로 부탁해요."

마스다는 전화를 끊고 다카사키선을 탔다. 도중에 '목적지는 아게오시일지도 몰라요'라는 메시지가 도착했다. 시간이 남자 아까 구입했던 두 권의 주간지가 생각났고, 읽지 않은 한 권을 펼쳤다.

'등산가 다카세의 본성! 등산가 A의 고발!'

공격적인 머리기사였다. 2년 전 1월, 친구들과 후지산에 오른 A는 등산 도중에 만난 다카세와 사소한 일로 말다툼을 했다. 격앙된 다카세는 A의 배낭을 빼앗아 텐트를 끄집어내고는 그것을 등산 칼로 찢어 버렸다. 야영을 할 수 없게 된 A의 등산 팀은 어쩔 수 없이 하산했다. 도중에 눈보라라도 만났다면 눈 동굴을 팔 수밖에 없는 위험한 상황이었다고 쓰여 있었다.

기사 내용이 사실이라면 다카세의 공격적인 인간성을 보여 주는 일화다. 기자도 최소한의 증거는 확인했을 것이다. 다카세에게는 이 면성이 있는지도 모른다. 아니면 구조대 시절의 체험이 성격을 바꿔

버린 걸까.

형도 미쓰키의 죽음 이후 정신적으로 불안정해져서 생존자 증후군을 앓고 있는 사람들의 모임에 참가했다고 한다. 부당한 죽음을 접한 사람은 회한과 죄책감에 시달리게 된다.

다카세의 내면에는 무엇이 소용돌이치고 있을까.

생각에 잠긴 동안 에리나보다 한발 일찍 아게오 역에 도착했다. 구내 서점에서 시간을 보내고 있자 다시 메시지가 도착했다.

"예상대로 아게오 역에서 내렸습니다. 지금 어디세요?"

"서점에 숨어 있습니다."

답장을 보낸 직후, 비니를 눌러쓴 다카세를 발견했다. 서점 앞을 지나 걸어간다. 그 뒤에는 마찬가지로 비니를 쓴 에리나가 있었다.

마스다는 에리나에게 달려갔다. 에리나는 집게손가락으로 안경테를 휙 밀어 올렸다.

"어때요? 원고 쓸 때 늘 끼는 안경이에요."

"지적으로 보이네요."

"뭐예요! 그럼 평상시에는?"

에리나는 불쾌해하는 기색 없이 미소로 대했다. 마스다는 애매하게 웃으면서 화제를 바꿨다.

"그러고 보니 다른 업무는 괜찮습니까? 다카세 건에만 매달려 있으니."

"이번 주는 괜찮아요. 고등학생이 무참한 폭행으로 살해당한 사건에서 범인인 중학생 그룹이 붙잡힌 거 아세요?"

"아니요."

"처참한 폭행과 중학생 그룹. 충격적인 사건이죠. 내가 담당하고 있는 맛집이나 온천 여행 따위의 특집 기사는 이번 주에 그 살인 사건으로 대체됐어요. 내 원고는 확실하게 이월됐죠."

"그런 일이 자주 있습니까?"

"큰 뉴스가 있으면 늘 그래요. 마감에 맞춰 밤새도록 쓴 원고가 다음 주나 다다음 주까지 실리지 않기도 하고요. 주간지 편집부에 오래 있다 보면 점점 익숙해져서 원고가 이월되는 주를 예상할 수 있어요. 그럴 때는 슬쩍 땡땡이도 칩니다. 열심히 마감하지 않아도 괜찮아요. 요령껏 안 하면 주간지 편집 일 따위 못한답니다. 우리끼리의 얘기지만." 그녀는 얼굴에 긴장감을 띠며 다카세의 등에 시선을 던졌다. "자, 가죠."

마스다는 말없이 고개를 끄덕이고 에리나와 함께 미행을 시작했다. 다카세는 등 뒤를 전혀 경계하지 않는다. 아게오 역을 나오자 백화점과 호텔, 빌딩이 늘어서 있었다. 밤의 기운이 감돌기 시작한 거리는 저녁놀에 오렌지색으로 물들어 있다. 지상 28층의 A-GEO 타운으로 연결되는 보행자 전용 도로를 지나 시청 방면으로 빠져나갔다. 주택가로 나아간다.

가가야의 집이 있는 방향이다.

"대체 무슨 용무가 있을까요?"

마스다가 에리나를 곁눈질로 살피며 물었다. 그녀는 다카세의 등을 노려본 채 고개를 저었다.

빠른 걸음으로 걸어가는 다카세는 벽돌담 끝 삼거리에서 오른쪽으로 꺾어 교차로 앞, 유리창이 있는 커피숍으로 들어갔다.

"어쩔까요. 우리도 들어갑니까?"

에리나는 고민하듯 커피숍 안을 엿보았다. 다카세는 직원이 안내해 주는 대로 안쪽 자리에 앉았다. 창문을 통해 뒷모습을 볼 수 있다. 다카세는 가끔씩 뒤를 돌아보며 입구를 확인했다.

"조금 더 상황을 지켜보죠. 지금 들어가면 눈치챌 거예요. 다카세 씨 혼자라면 아무 일도 안 일어나겠죠."

마스다도 같은 생각이었다. 마스다는 편의점에서 적당히 물건을 사서 주차장에 정차된 왜건 옆으로 이동했다. 물건을 산 후 이제 차에 타려는 커플을 가장하며 에리나와 시간을 보냈다.

15분 후, 가가야 부인이 나타났다. 둥근 테의 여성용 모자를 쓰고 있다. 주변을 돌아본 후 커피숍으로 들어간다.

"움직임이 있군요."

마스다는 그렇게 말하고 에리나와 동시에 고개를 끄덕인 다음 커피숍으로 향했다. 하지만 다카세와 마주 앉은 가가야 부인에게는 입구가 정면으로 보이는 상태였다. 안으로 들어가면 십중팔구 눈에 띄게 된다. 밖에서 지켜보는 수밖에 없다.

에리나는 디지털카메라를 꺼내 동영상 촬영을 시작했다.

커피숍 안의 두 사람은 이야기를 나누고 있었다. 아는 사이인 것일까? 언제부터? 단독으로 칸첸중가에 도전했던 다카세는 가가야와 우연히 만났고, 처음 본 사이라고 했다. 사실이 아니었을까?

가가야 부인이 핸드백에서 갈색 봉투를 꺼내 내밀었다. 등을 보이고 있는 다카세가 받아서 내용물을 확인했다. 그의 어깨 너머로 지폐 다발의 일부를 확인할 수 있었다.

마스다는 에리나와 얼굴을 마주했다가 다시 커피숍으로 눈길을 돌렸다. 가가야 부인은 다카세의 손등에 손바닥을 얹고 있었다. 친밀감이 엿보인다. 두 사람은 이전부터 관계가 있었던 걸까?

가가야 부인의 입술이 움직였다. 독순술을 하는 건 아니지만 익숙한 단어라서 읽을 수 있었다.

고, 마, 워.

"알아채셨습니까?" 마스다는 에리나를 봤다. "그녀의 입술."

"네. 대체 무엇에 대한 사례일까요? 남편의 미담을 꾸며 준 대가일까요? 아니면……."

다카세는 가가야 부인에게 큰돈을 받았다. 범상치 않은 관계라는 건 쉽게 추측할 수 있다. 칸첸중가에서 다카세는 가가야와 함께 행동했고 혼자만 살아 돌아왔다. 그것도 가가야의 다운재킷을 입은 채로. 그리고 가가야의 시신은 아직 발견되지 않았다.

그러니까, 사인은 아무도 알 수 없다.

애초에 가가야의 시신만 발견되지 않은 이유는 뭘까. 귀국 후의 다카세는 '가가야 씨가 비컨을 갖고 있었다'고 했다. 구조 활동을 벌였던 사람들이 눈사태의 주로^{走路} 위를 이 잡듯이 샅샅이 조사했으니 당연히 반응이 있어야 했다. 하지만 없었다.

가가야의 시신은 칸첸중가 어딘가에 숨겨져 있다?

다카세와 가가야 부인은 공범 관계일까?

"앗, 돌아갈 건가 봐요!"

마스다는 에리나의 목소리에 퍼뜩 정신을 차렸다. 다카세가 가가야 부인을 남기고 일어섰다.

"어떻게 합니까?" 마스다는 에리나에게 물었다. "바로 추궁할 겁니까?"

"……기습을 할 수는 있지만 분명 발뺌하겠죠. 만약 두 사람이 '용서받을 수 없는 죄'를 저질렀고 그 증거가 있다 해도, 우리에게 들킨 걸 알게 되면 그 증거를 인멸할 겁니다." 에리나가 디지털카메라를 들어 보였다. "다행히 영상이 있어요. 돈거래 건은 비장의 카드로 남겨 두죠."

그녀의 말대로 신중하게 행동해야 한다. 서두르다가는 일을 그르친다.

"전 다카세 씨를 쫓을 거예요. 마스다 씨는?"

"그러면 전 가가야 부인을 쫓죠."

다카세가 커피숍을 나오자 에리나가 미행을 시작했다. 마스다는 가가야 부인의 동향을 지켜봤다. 그녀는 마침내 자리에서 일어나 커피숍을 나왔다. 수상한 행동은 없을지 미행했지만 그녀는 그대로 귀가했다.

의혹만 증폭되었을 뿐, 진상은 오히려 멀어진 기분이 들었다.

17

야기사와 에리나는 비즈니스호텔까지 다카세를 미행했다. 그는 프런트에서 방을 잡았다. 다른 숙박객 뒤에 숨어서 대화를 엿들어 보니 일주일간의 장기 체류였다. 매스컴이 몰려들 집에는 돌아가지 않을 생각일 터다.

칸첸중가의 대형 눈사태. 생환자는 다카세와 아즈마. 한쪽은 가가야가 목숨을 구해 줬다고 했고, 한쪽은 가가야에게 식량과 장비를 도둑맞았다고 했다. 대립하는 주장. 당사자인 가가야는 아직까지 발견되지 않았다. 다카세는 가가야 부인과 밀회했고, 동영상으로 확인한 바 수십만 엔은 되는 사례금을 받았다. 두 사람은 어떤 관계일까?

마스다의 형 겐이치의 유품에 대한 의혹에도 답이 나오지 않고 있다. 자일에는 인위적으로 손을 댄 흔적이 있었고, 수첩에는 의문의 글이 남겨져 있었다.

'칸첸중가 도전. 진실은?'

'다운재킷 미착용. 왜?'

마스다 겐이치는 무언가를 알고 있었다. 다운재킷 미착용은 무엇을 의미하는 걸까? 다운재킷을 갖고 있지 않았던 다카세가 가가야의 것을 빼앗은 걸까? 하지만 마스다 겐이치가 예지능력자일 리도 없으니 일본에 남아 있던 수첩에 미래의 일을 기록할 수는 없다.

칸첸중가에 도전하기 전에 가가야는 아내에게 '단죄가 필요하다'는 말을 남겼다. 그는 산에서 누구를 심판하려던 걸까? 그 이유는?

편집장에게 연락해 보니 그는 "다카세를 잘 감시해. 그자에게는 분명 뭔가 떳떳하지 못한 비밀이 있어." 하고 엄명을 내렸다. 갖가지 정보를 통해 특종의 냄새를 맡았을 것이다.

에리나는 대각선 방향에 있는 호텔에 묵고 마스다에게 전화했다.

"가가야 부인 쪽에는 뭔가 있었습니까?"

"아니요." 마스다가 대답했다. "그대로 귀가했습니다. 그쪽은?"

"다카세 씨는 귀가하지 않고 아게오시의 비즈니스호텔에 들었어요. 매스컴 때문일 거예요."

"그렇군요. 저도 합류하고 싶은 마음은 굴뚝같지만 나흘 연속으로 강의와 강습회 일정이 있어서……."

"걱정하지 마세요. 제가 감시하고 있으니까."

"부탁드립니다. 무슨 일이 있으면 연락 주세요."

에리나는 전화를 끊고는 입욕 후 한숨 돌렸다.

다음 날 아침 일찍 일어나서 비즈니스호텔을 감시하고 있자, 점심시간이 지날 쯤 야구 모자와 선글라스로 변장한 다카세가 나왔다. 스포츠웨어 복장이다. 배낭을 메고 있다.

일주일이나 예약해 놓고 체크아웃한 걸까.

뒤를 따라가 보니 다카세는 '사이타마 수상 공원'과 인접한 '아게오

운동 공원'으로 이동했다. 그네, 시소, 정글짐, 새하얀 불가사리를 연상시키는 예술 작품 같은 미끄럼틀, 그물망과 통나무를 조합한 놀이 기구가 있다. 아이들이 즐거운 듯 놀고 있다.

다카세는 스포츠웨어의 소매를 걷어 올리고 2미터쯤 되는 철봉에 매달려 운동을 시작했다. 팔을 구부려 온몸을 들어 올린다. 배낭을 메고 있어서 하중이 상당할 것이다. 10회, 20회, 30회…… 오로지 그 동작에만 집중해 무언가를 잊으려는 듯도 보이고, 목적을 위해 묵묵히 체력을 단련하는 것처럼도 보인다.

다카세는 철봉 운동이 끝나자 스쾃을 시작했다. 한곳을 응시하는 시선 끝에 무엇이 있을까. 배낭을 메고 있는 것은 설산 등산을 상정한 것인지도 모른다.

다카세는 한나절 동안의 트레이닝으로 땀을 흘리고 비즈니스호텔로 돌아갔다. 다음 날도 그다음 날도 마찬가지였다.

변화가 있었던 건 닷새째였다. 다카세는 비즈니스호텔을 나와 지치부시로 향했다. 그는 주택가로 들어가 아즈마 교이치로 집의 초인종을 눌렀다.

에리나는 대각선 방향에 있는 차 뒤에서 상황을 엿보았다. 다카세는 인터폰에 얼굴을 대고 무언가를 이야기했다. 그리고 현관으로 가서 직접 문을 당겨 열었다. 순간 휠체어에 앉은 아즈마의 모습이 보였다.

첫 번째 생환자와 두 번째 생환자가 접촉했다. 두 사람 사이에는 무엇이 있는 걸까. 미담을 만들어 낸 다카세와 그것을 부정하는 아즈마. 서로 용납할 수 없는 두 사람이 왜?

현관문이 닫히자 에리나는 과감하게 집 앞으로 다가갔다. 마당 끝에 있는 유리문에는 베이지색 커튼이 쳐 있다. 안의 상황을 엿보는 건 불가능하다.

다카세와 아즈마는 칸첸중가에 도전하기 전부터 아는 사이였던 걸까. 아니면 다카세가 뭔가 목적을 감추고 아즈마에게 접근한 걸까. 안에서는 어떤 대화가 이어지고 있을까.

에리나는 마냥 기다렸다. 한풍이 불 때마다 신문 전단지가 땅 위를 굴러다녔다. 남자아이가 축구공을 껴안고 달려간다. 장을 보고 온 주부가 의심쩍은 표정으로 지나간다.

노을이 핏방울을 흩뿌리듯 도로를 붉게 물들였다. 에리나는 그 가운데에 있는 자신의 그림자를 노려본다.

한 시간 이상이 흘렀을 때 현관문이 열렸다. 에리나는 몸을 숨겼다. 상황을 지켜보자 야구 모자를 깊게 눌러쓴 다카세가 나왔다. 반사적으로 그 모습을 디지털카메라로 촬영했다.

다카세는 문기둥을 빠져나와 아즈마의 집을 응시했다. 1분 정도 멈춰 서 있다가 핏빛 노을을 향해 걸어간다. 그는 아즈마와 대체 무슨 이야기를 했을까. 다카세를 쫓아야 할까, 말아야 할까. 에리나는 잠시 고민한 후 미행을 단념했다. 일단 그의 숙소는 파악하고 있다. 매스컴이 눈치채지 못했으니 바로 체크아웃을 하지는 않을 터다.

자, 어떻게 할까.

안타깝게도 아즈마를 추궁할 거리가 없다. 다카세와 만난 이유를 추궁해 봐야 적당히 빠져나가리라. 미담의 진위를 두고 대립했던 두 사람이 만난 이유, 그것은 뭘까. 소동을 잠재우기 위해 거래한 걸까.

에리나는 초인종에 손가락을 댄 채 망설였다. 아즈마가 나온 순간 기습적인 승부수를 던져 위협적으로 공격할 것인가, 아니면 에둘러 접근할 것인가.

심호흡을 하고 초인종을 눌렀다. 2, 30초를 기다렸다. 인터폰은 묵묵부답이다. 다시 한 번 초인종을 눌렀다. 반응이 없었다.

왜? 집 안에 아즈마가 있는 것은 확실하다. 다카세가 떠난 후에 외출한 사람이 없으므로 비었을 리는 없다.

에리나는 현관문 앞으로 가서 노크를 하고는 "아즈마 씨!" 하고 큰 소리로 불렀다. 대답이 없다. 두 번, 세 번 불러 본다.

심장이 두근거렸다. 손잡이를 쥐고 문을 천천히 당겼다. 잠겨 있지 않았다. 경첩이 날카로운 금속성을 낸다. 아즈마의 이름을 부르며 현관으로 들어갔다. 널마루가 뻗어 있다. 겨울나기에 실패했는지 화분의 나도제비난이 말라 있었다.

"아즈마 씨! 안 계세요?"

불안감을 억누르기 위해 목소리에 힘을 실었다. 안쪽의 어둠 속으로 자신의 목소리가 빨려 들어간다.

"괜찮으세요? 들어가겠습니다."

에리나는 신발을 벗고 마루로 올라섰다. 심장이 두방망이질했고, 위장은 얼음덩이가 얹힌 것처럼 차갑고 묵직했다. 복도를 걸어 안쪽 방으로 들어간다.

양쪽 다리에 깁스를 한 아즈마가 허공에 흔들리고 있었다. 목을 죈 자일이 천장 대들보에 매달려 있다. 허리에 하네스를 장착한 아즈마는 마치 등반하는 듯한 차림으로 목을 맸다.

에리나는 우뚝 서 있었다. 숨이 막히고 무릎이 떨렸다. 당장이라도 주저앉을 것 같았다.

아즈마가 목을 매달아 자살했다. 아니, 그렇게 위장된 채 살해당한 것일까?

대체 무슨 일이 있었던 걸까?

에리나는 110번을 누르기 위해 스마트폰을 꺼냈다. 그때 책상 위에서 두 통의 편지 봉투를 발견했다.

18

야마나시

　정강이까지 잠기는 눈으로 뒤덮인 후지산의 비탈면은 군데군데 울
룩불룩한 연탄색 흙이 드러나 있었다. 잎을 떨군 키 큰 낙엽송이 추
운 듯 앙상한 가지를 떨고 있다.

　비니와 선글라스를 쓴 마스다 나오시는 배낭을 메고 등산 스틱을
짚으며 걸었다. 눈에서 발을 뗄 때마다 강력한 냉풍을 받아 뒤로 젖
혀질 듯하다.

　아즈마 교이치로의 죽음이 뉴스에 나온 건 사흘 전이었다. 집에서
목을 맨 듯했다. 신문 기사에 따르면 첫 번째 발견자는 취재차 방문
했던 기자—이후에 야기사와 에리나라는 걸 알았다—였다. 칸첸중가
도전을 제안했던 아즈마는 동료들의 죽음에 책임을 느꼈다고 한다.
하지만 현장에 발판이 없었고, 그의 두 다리가 골절된 상태였기 때문
에 자살로 위장한 타살의 가능성도 시사되고 있었다.

　에리나와는 오랫동안 연락이 되지 않다가 어제서야 간신히 전화가
연결됐다. 자세한 이야기를 들으려고 했더니 무슨 이유에선지 혼자
후지산을 오를 수 있다면 그곳에서 이야기하자고 했다. 말투는 진지

했다. 일시적인 기분으로 가볍게 제안한 것은 아닌 듯했다.

겨울의 후지산은 '하얀 마경魔境'이라는 별명이 있을 정도로, 여름의 매킨리나 킬리만자로보다 난도가 높다고 보고 있다. 목숨을 잃은 등산가도 적지 않다. 산들이 이어진 산맥과 달리, 홀로 우뚝 선 봉우리라 바람의 영향을 그대로 받는다.

마스다는 신중하게 걸음을 옮겼다. 적설이 빙설로 바뀌었다. 바람에 연마돼 견고해진 빙설은 등산화에 장착한 아이젠의 발톱도 잘 들어가지 않는다. 방심하는 순간 수백 미터를 미끄러질 수도 있는 가파른 비탈길이다.

한풍이 끊임없이 불었고, 완만한 기복을 만드는 빙설 표면 위로 띠 형태의 가루눈이 떠돌고 있다. 여드름처럼 올록볼록한 바위들도 두툼한 눈으로 완전히 뒤덮여 온통 새하얗다.

하얀 입김을 내뿜으며 한 발 한 발 오르자 표고 3,766미터의 정상이 보였다. 빨간색 텐트 앞에 사람의 형상이 보인다. 거리가 좁혀지면서 그 형상이 육안으로 확인된다. 오렌지색 옷을 입은 에리나였다. 살며시 피켈을 흔들고 있다.

에리나가 있는 곳까지 도착한 마스다는 피로의 탄식을 흘렸다.

"후지산 정상에서의 약속은 처음입니다."

"고생하셨어요. 이 계절에 혼자서 거뜬히 올라오다니, 상당한 실력인데요."

"자화자찬으로 들립니다."

에리나는 웃으며 대답했다. "절반은요."

"……그런데 왜 이런 곳에서?"

"이유는 나중에 얘기할게요. 그보다 듣고 싶은 이야기가 있죠?"

"물론 있죠." 마스다는 배낭을 내려놓고 텐트를 치면서 곁눈질로 에리나를 살폈다. "아즈마 씨의 자살 건이오. 야기사와 씨가 첫 번째 목격자라니 놀랐습니다. 세간에서는 동료를 죽게 한 죄책감과 큰 부상에 따른 절망감으로 자살을 선택했다는 주장이 유력하더군요."

"마스다 씨도 그렇게 생각하세요?"

"달리 스스로 목숨을 끊을 이유가 있습니까?"

"타살…… 일지도 몰라요."

"누가 무슨 목적으로 아즈마 씨를 죽인다는 겁니까?"

"그를 증오하는 인물이 한 사람 있지 않나요?"

"……다카세 씨 말입니까? 자신이 만든 미담을 부정하는 산증인이라서?"

"그래요. 당사자들이 말하지 않는 한, 산에서 있었던 일의 진위는 아무도 판단할 수 없습니다. 기습적으로 크레바스에 밀어 버렸대도, 눈보라 속에 방치했대도, 당신이 전에 말했던 것처럼 눈 뭉치로 입과 코를 막아서 질식시켰대도. 다카세 씨가 가가야 씨의 장비를 빼앗아 생환했다면 아즈마 씨의 존재는 시한폭탄입니다. 아즈마 씨의 입을 통해 언제 자신의 죄가 밝혀질지 알 수 없죠. 그전에 입막음을 하고 싶었겠죠."

망상에 가깝다고 생각했다. 마스다는 십자 펙을 박아 텐트를 완성한 뒤 허리에 양손을 얹고 숨을 내쉰다.

"근거가 있습니까?"

"다카세 씨를 미행하다가 그가 아즈마 씨의 집으로 들어가는 걸 봤어요. 엇갈린 주장을 하던 두 사람이 만난 거죠. 다카세 씨가 떠난 후 한참 동안 초인종을 눌렀지만 응답이 없었습니다. 그래서 어쩔 수 없이 집으로 들어갔다가…… 아즈마 씨의 목맨 시체를 목격했어요."

마스다는 귀를 의심하면서 순간 말을 잃었다. 믿기 힘든 이야기다. 다카세가 아즈마와 만났다? 뉴스에는 나오지 않은 내용이다.

다카세 주변에는 죽음이 소용돌이친다. 그는 사신인가.

유년기의 토사 붕괴는 재해였고, 구조대 시절의 사망 사고는 화재 현장에서 두려움에 휩싸인 탓에 일어난 참사였을 터다. 하지만 가가야는? 아즈마의 죽음은?

에리나가 자신의 눈으로 확인했다면 틀림없을 것이다. 다카세는 무슨 목적으로 아즈마를 찾아갔을까? 역시 자신에게 불리한 자의 입을 막기 위해서? 아니면 뭔가 다른 이유가 있을까?

"다카세 씨가 떠난 후에 누군가가 찾아왔다거나?"

"뒷문이나 창문으로 침입한 사람이 없다면, 아무도."

"다카세 씨가 찾아가기 전에 아즈마 씨가 죽어 있었을 가능성은?"

"없어요. 다카세 씨가 문을 열었을 때 전 아즈마 씨를 봤어요."

"경찰에 전부 얘기했습니까?"

"당연히요."

"경찰은 뭐라고 했습니까?"

"아무 말도요. 경찰의 일은 캐묻는 거죠. 관계자에게는, 특히 매스컴 쪽 사람에게는 아무것도 흘리지 않습니다. 흘리는 건 자신들이 선별한 정보뿐."

"다카세 씨 건은 보도되지 않고 있죠?"

"기자 클럽 가맹 기자들에게 물어보니 경찰은 자살 사건으로 수사 중이라고 해요."

"그건 성급한 판단 아닙니까?"

"저도 동감이에요. 체포해서 취조해야 해요. 이 상태로는 때를 놓쳐요."

"때를 놓친다고요? 뭐가 말입니까?"

"다음 날도 미행했는데, 다카세 씨는 등산 용품점에서 상당한 장비를 구비했어요. 원정용 텐트와 열두 발톱의 아이젠⋯⋯."

에리나는 그 밖에 다수의 등산 용품을 열거했다.

"히말라야급 설산에 필요한 장비군요. 설마⋯⋯."

"아마도 마스다 씨의 상상대로일 거예요."

"⋯⋯다카세 씨는 칸첸중가로 돌아갈 준비를 하는 겁니까?"

"그는 기적의 생환을 이룬 직후인데도 날마다 강도 높은 트레이닝을 하고, 실전 등반도 하고 있었어요. 칸첸중가에 다시 도전할 생각이라면 설명이 돼요."

"실패한 칸첸중가의 미답봉 등정을 이번에야말로 성공하고 싶다는 순수한 동기는 아니겠죠."

"증거인멸이라고 생각해요. 대형 눈사태는 다카세 씨에게도 예상밖의 재해였죠. 가가야 씨가 눈사태에 휩쓸려 매몰됐어요. 분명 시신에 뭔가 증거가 있을 거예요. 다른 사람의 손에 발견되기 전에 자신이 찾아서 인멸한다. 그가 칸첸중가로 돌아가는 건 그 때문입니다."

"체포되지 않으면 증거를 감출 가능성이 있다는 뜻입니까?"

"네. 아즈마 씨를 자살로 위장해 살해했다면 칸첸중가에서 일어난 일이 원인입니다. 그가 가가야 씨의 시신을 먼저 발견해 증거를 없애면 살해 동기를 증명하는 것도 불가능해집니다." 에리나는 한 권의 주간지를 꺼냈다. "읽어 보세요. 내일 발매될 잡지입니다. 제 기사가 실려 있습니다."

마스다는 주간지를 받아 포스트잇이 붙은 페이지를 펼쳤다. 아즈마 집을 나오는 다카세의 모습이 포착된 사진이 실려 있다. 다카세의 방문 후 본지 기자가 아즈마의 목맨 시체를 발견했다고 적혀 있었다. 휠체어 생활을 하던 아즈마를 돌보던 모친의 발언도 인용되어 있다.

'교이치로는 손님이 오는데 둘이서만 이야기를 하고 싶으니 문을 잠그지 말고 외출해 달라고 했습니다. 휠체어에 앉은 상태로는 문을 열고 잠그기가 힘들기 때문입니다. 전 아들의 뜻을 존중해서 집을 비웠습니다. 그런데 설마 이런 일이 생기리라고는……'

기사의 논조는 전체적으로 객관적이었지만 다카세에게 의혹의 눈길이 갈 만한 단어와 표현을 사용하고 있다.

"……이 기사, 상당히 시끄러워질 겁니다."

"그걸 노리는 거예요." 에리나가 말했다. "경찰이 움직이질 않아서 다른 선택지가 없었어요. 여론에 밀려 체포로 이어진다면……."

"무죄면 어떻게 합니까?"

"마스다 씨는 그렇게 생각해요?"

대답할 말이 없었다. 다카세의 언동에는 수상한 점이 많다. 가가야를 칭찬하는 미담을 언론에 이야기하더니, 두 번째 생환자가 귀국해 미담을 부정하자 곧바로 침묵을 지켰다. 가가야의 다운재킷을 입고 생환했다. 가가야 부인에게 큰돈을 받았다. 그리고 그가 아즈마의 집을 방문한 직후에 목맨 시체가 발견됐다.

"아즈마 씨를 살해했든 안 했든, 무언가를 감추고 있는 건 확실합니다."

"그렇죠." 에리나가 말했다. "하지만 체포되지 않으면 그는 머지않아 출국합니다. 그때는 제가 증거인멸을 저지할 생각입니다."

"혼자 칸첸중가에 오를 생각입니까?"

에리나는 입술을 다물고 설면을 다져 가며 걷더니 산 정상의 경치를 둘러봤다. 마스다는 그녀 옆에 섰다. 비행기에서 바라보는 것처럼, 새하얀 운해가 물결치며 펼쳐져 있었다. 하늘 가득히 눈이 쌓인 것처럼도 보여서 발을 내디디면 걸을 수 있을 것 같다.

그녀는 절경을 바라보며 입을 열었다.

"이 경치를 함께 보고 싶어서 마스다 씨를 굳이 후지산 정상까지 불렀다고 생각해요?" 그녀가 돌아봤다. "다카세 씨를 쫓을 파트너로 칸첸중가에 함께 가 주세요."

"혹시 이건 고도순응高度順應...... 입니까?"

일반적으로 사람은 2천5백 미터를 넘으면-후지산은 5부 능선 부근부터- 고산병 증상이 나타나기 시작한다. 산소가 부족해지면서 두통, 현기증, 식욕부진, 탈진 등을 일으키는 것이다. 고산병에 걸리면 언어장애나 환각이 나타나고 이상행동을 하게 된다. 고도순응은 희박한 공기에 조금씩 몸을 적응시키는 훈련으로, 말 그대로 고도에 순응하는 것이다.

"후지산 정상에서 며칠 야영하는 정도로는 칸첸중가에 도전할 몸을 만들 수 없습니다. 표고가 두 배 이상 차이 나니까."

"걱정할 필요 없어요. 죽음의 지대까지 오를 건 아니니까."

죽음의 지대란 인간이 순응할 수 없고 생명 기능을 유지할 수 없는 죽음의 고도인 8천 미터 이상을 말한다. 세계 최고봉인 에베레스트 가 표고 8,848미터, 두 번째인 K2가 8,611미터, 세 번째인 칸첸중가 가 8,586미터니까 등정하려면 목숨을 걸지 않을 수 없다.

"눈사태가 발생한 곳은 육천여 백 미터의 미답봉입니다." 에리나 가 말했다. "가가야 씨가 묻혀 있다면 그곳일 거예요. 우리의 목적은 다카세 씨의 증거인멸을 저지하는 것이니 무산소 등정을 고집할 필 요도 없습니다. 산소통도 가져갑니다."

8천 미터급의 칸첸중가는 이미 여러 명의 일본인 등산가가 무산소 등정에 성공했고, 외국인 등산가가 단독 무산소 등정에도 성공했다. 6천 미터급에서 산소통을 사용한다면 위험은 상당히 줄어든다.

마스다는 먼 곳을 바라보았다. 끝없는 백운이 만든 지평선에 새빨 간 태양이 잠기고, 오렌지색 띠가 길게 누워 있다.

"……지금 당장은 대답할 수 없습니다."

"당연합니다." 에리나가 대답했다. "가벼운 충동으로 도전할 정도 의 만만한 산이 아니니까요."

"요코도 설득해야 하고."

"아, 그때의 애인분."

"네. 전 칸첸중가에서 형을 잃었습니다. 그 산에 오른다고 하면 많 이 걱정할 겁니다."

마스다는 설명하면서 자신의 본심을 깨달았다. 칸첸중가를 막는 장벽은 요코뿐이었다. 그녀만 설득할 수 있으면 등정이 목적이 아니라고 해도 도전해 보고 싶다.

"마스다 씨." 에리나가 디지털카메라를 내밀었다. "보세요."

"이건······?"

마스다는 화면을 본 후 에리나의 눈을 응시했다.

"아즈마 씨가 자필로 쓴 고발문이에요. 제가 목맨 시체를 발견했을 때 옆에 있던 걸 촬영했어요."

귀국한 나를 덮친 건 중상모략이었습니다. 우리 등반대가 다카세라는 등산가를 외면했고, 혼자 되돌아온 가가야가 목숨을 구해 줘서 기적의 생환을 이루었다고 하는 사실무근의 악선전이 퍼져 있었습니다.

우리 등반대는 다카세라는 등산가를 만난 적이 없습니다. 왜! 그가 왜 우리를 폄하하고 가가야를 칭찬하는가.

가가야는 결코 영웅이 아닙니다. 반대입니다. 반대인 것입니다. 그의 과거 성은 다와라. 우리의 아내와 연인을 방치해서 죽게 만든 산악 가이드입니다.

모든 것의 시작은 4년 전 시로우마다케 산악 투어였습니다. 밸런타인데이부터 화이트데이까지의 한정 기획으로 커플 할인이 있었고, 모두 부부나 연인이 참가했습니다. 솔로는 없었습니다. 중급 수준의 설산 등산 경험만 있으면 누구라도 참가할 수 있었지만 커플 사이에 혼자 끼는 건 불편하겠죠.

나도 아내와 함께 참가했습니다. 하지만 산악 가이드의 실수도 있었고, 우리는 예상외의 거센 눈보라를 만났습니다. 며칠 후 우리 남자들은 부상당한 산악 가이드와 다섯 명의 여자를 텐트에 남겨 두고 구조 요청을 위해 목숨을 걸고 텐트 밖으로 나갔습니다. 그 결과 남자들은 하산에 성공했고, 구조대에 텐트 위치를 가르쳐 주었습니다.

그 후 조난자를 발견했다는 소식에 기뻐했던 것도 잠시, 구조된 사람은 산악 가이드 한 명뿐이었습니다. 그는 여자들이 몸을 의지하고 있는 텐트를 버리고 혼자 하산을 시도했으며, 도중에 눈 동굴을 만들어 눈보라를 피하고 있다가 구조됐습니다.

가가야는 산악 가이드이면서 투어 참가자를, 그것도 여자들을 버린 겁니다. 본인은 상황을 보려고 나왔다가 텐트의 위치를 잃어버렸다고 변명했지만 거짓말입니다. 하산에 걸림돌이 될 여자들을 버리고 자기 혼자 살아남으려고 했습니다.

방치된 여자들은 눈사태에 휩쓸렸고, 모두 목숨을 잃었습니다. 가가야는 목숨을 걸고 사람을 구한 '산의 사무라이'가 아닙니다. 이 사건은 동일본 대지진이 일어나기 직전의 조난 사고였던 탓에 언론에 거의 보도되지 않았지만, 산악 가이드가 참가자를 버리고 먼저 도망간 행동은 비난받아 마땅하다고 생각합니다.

온몸에서 충격의 여운이 가시질 않는다. 디지털카메라가 자신의 것이었다면 손에 너무 힘을 준 나머지 액정을 깨뜨릴 것 같았다. 히말라야의 눈보라처럼 냉엄한 분노가 가슴속에서 휘몰아친다.

가가야 요시히로의 원래 성이 다와라? 책임을 방기해서 미쓰키 일행을 죽게 한 산악 가이드?

문득 생각이 났다. 가가야 집을 방문했을 때, 가가야 부인이 '아버지입니다.' 하고 소개했던 중년 남성은 가가야 도모카즈라고 이름을 밝혔다. 확실히 그는 이렇게 말했다.

'나는 요시히로 군이 무책임했다고 생각합니다.'

친부라면 아들에게 '군'을 붙일 리가 없다. 가가야 요시히로는 사위였던 것이다. 원래 성까지는 생각한 적이 없었다. 일행을 방치했던 산악 가이드로서의 이름을 버린 것일까?

게다가 아즈마는 그 조난 사고의 생환자 중 한 명?

마스다는 에리나를 응시했다. 뭐라고 말을 꺼내야 할지 한참을 고민했다. 먼저 입을 연 사람은 그녀였다.

"아즈마 씨의 일, 왜 눈치채지 못했을까⋯⋯." 목소리에는 회한이 감돌았다. "사 년 전의 조난 사고와 그의 관계를 알아챘다면, 마스다 씨에게 형의 이야기를 들었을 때 시로우마다케의 관련자들이 모여 칸첸중가에 올랐다는 걸 알았을 거예요. 그랬다면 좀 더 일찍 진상을 파악해서 아즈마 씨의 죽음을 막을 수 있었을지도 몰라요."

"자신을 탓할 필요는 없습니다. 야기사와 씨보다 그 조난 사고에 밀접한 나조차도 몰랐습니다."

"⋯⋯냉정하게 생각해 보면 눈치챌 기회는 있었어요. 아즈마 씨와 만났을 때 우연히 시로우마다케 이야기를 했었어요. 제게는 추억의 산이거든요. 그때 아즈마 씨는, 시로우마다케에는 등정한 적이 없다고 했어요. 등정한 적이 없다. 지금 생각하면 이상한 표현이었어요. 보통은 '올라간 적이 없다'고 표현하죠. '등정한 적이 없다'는 것은, 도전했지만 포기했다는 의미였던 거예요. 무의식적인 단어 선택이었겠지만 알아챘어야 했어요."

"후회해 봐야 소용없습니다. 현 상황을 정리해서 앞으로 나가 봅시다. 그러니까 사 년 전 시로우마다케 조난 사고 관련자 세 사람, 형과 아즈마 씨와 가가야 씨가 모여서 칸첸중가에 올랐다는 말이죠?"

"전 이번 등반대 전원이 사 년 전의 관계자라고 생각해요."

"설마, 아무리 그래도……."

"고발문에는 '우리의 아내와 연인을 죽게 버려둔 산악 가이드입니다'라고 적혀 있잖아요. '우리의'라고요. 등반대의 이야기가 나오고 그 흐름에서 '우리의'라고 쓰여 있습니다."

에리나의 추리가 맞는지도 모른다. 4년 전에 아내나 애인을 잃은 남자들이 당시의 산악 가이드와 함께 칸첸중가산맥의 미답봉에 올랐다면, 그건 왜일까?

복수.

무서운 단어가 뇌리에 떠올랐다.

"마스다 씨의 형이 산에 오른 이유를 아는지 아즈마 씨에게 물어본 적이 있어요. 아즈마 씨는 그 심정을 대변했죠. '가장 사랑하는 사람을 왜 눈보라 치는 설산에 남겨 뒀을까. 함께 살 수 있는 선택지가 있지 않았는가. 내가 그녀를 죽였다……'라고요. 그 통절한 토로를 듣고 전 아즈마 씨가 '칸첸중가의 눈사태 사고에서 살아남은 자신'의 감정을 이입했다고 생각했어요. 하지만 아니었습니다. 그때 그 말은 '사 년 전에 아내를 잃은 자기 자신'이었습니다."

4년 전의 '생환자들'은 모두 생존자의 죄의식으로 괴로워하고 있었을 것이다. 일상생활에 지장을 줄 정도의 죄책감이다. 미쓰키를 잃은 형이 그랬다. 그러던 중 문득 산악 가이드의 존재를 떠올린다. 여자들을 버려두고 혼자 하산한 비겁자.

어쩌면 가가야의 사생활을 밝혀낸 사람이 있었는지도 모른다. 그는 사죄도 없이 지금은 결혼해서 행복한 삶을 살고 있다. 그 사실을 알았을 때 가슴속에 소용돌이친 것은 무엇일까. 시커먼 증오. 그리고 살의.

그들은 복수를 하고 나면 자신들을 얽매고 있는 죄책감에서 해방된다고 생각했던 게 아닐까. 그 무대로 칸첸중가는 안성맞춤이었을 것이다. 에베레스트의 네 배 가까운 사망률의 무서운 고봉이다. 사고로 위장해서 죽인다고 해도 쉽게 빠져나갈 수 있다. 진상은 설산에 묻힌다.

"야기사와 씨도 복수의 가능성을 생각하십니까?"

"네. 칸첸중가 도전은 그들의 복수 계획이었다고 생각해요."

"만약 그렇다면, 그들의 원한을 산 가가야 씨는 왜 그런 등반에 참가했을까요?"

"당시 투어 참여자들의 얼굴과 이름을 기억하지 못했던 건 아닐까요? 그래서 등반 제안에 무심코 참가를 결심했다⋯⋯."

"가가야 씨는 산을 떠났었습니다. 아마도 사 년 전의 조난 사고 때부터. 그런데 그런 제안이 있었다고 쉽게 산에 올랐을까요?"

에리나는 후지산 정상의 풍경에서 눈을 떼지 않고 "흐음." 하며 팔짱을 꼈다. 지금은 태양이 잠겨 창백한 운해와 밤하늘의 경계선이 모호해져 있다. 구름 사이로 보이는 산 아래의 마을에 일제히 불이 켜진 모습이 마치 은하수 같았다. 하늘과 땅이 뒤바뀐 듯한 착각에 휩싸인다.

"그리고 형의 자일에 손을 댄 사람은?"

"……모르겠어요. 하지만 조금씩 의혹이 풀리기 시작했어요. 어쩌면 다카세 씨도 사 년 전의 관계자일지도 모릅니다. 가가야 씨에게 살의를 품고 있었기 때문에 장비를 빼앗고 눈보라 치는 칸첸중가에 무방비 상태로 버려둔 것이라면."

"그렇군요. 가가야 씨가 호의로 장비를 준 게 아니라면 다카세 씨가 칸첸중가로 돌아가려는 이유가 설명이 되겠군요. 장비를 잃어 아무것도 남지 않은 가가야 씨의 시신이 발견되면 자신의 죄가 드러나 버리겠죠."

"네. 수색은 종료됐지만 다른 등산가가 우연히 시신을 발견할 가능성이 남아 있으니까요. 전 휴가를 내고 다카세 씨를 쫓을 생각이에요. 진실을 밝히기 위해서."

마스다는 몸을 돌려 텐트로 돌아가 출입구에 한쪽 발을 넣은 상태로 돌아본다.

"고도순응을 계속하죠."

19

도쿄

에리나의 기사가 실린 주간지가 발매되자마자, 사고가 난 지 두 달 이상이 지났음에도 와이드쇼에서 톱뉴스로 다루며 보도하기 시작했다. 미담의 진위는 아직 판명되지 않았지만, 반론했던 아즈마가 죽자 세간은 다카세가 거짓말을 했다고 확신하는 듯했다. 인터넷에서도 비방과 망상이 넘쳐 난다. 당연할 것이다. 아즈마의 집에서 나오는 다카세의 모습이 찍힌 것이다. 그를 체포하지 않는 경찰에 대한 비난도 눈에 띈다.

후지산을 하산한 마스다는 칸첸중가에 도전하기 위한 장비를 준비했다.

다카세가 네팔로 날아갔다는 이야기를 에리나에게 들은 건 어제다. 가가야의 시신을 찾아내서 결정적인 증거를 인멸할 생각일 터다.

마스다는 자외선 차단 기능의 등산용 선글라스를 준비했다. 고글은 예비용이다. 눈보라로 선글라스가 흐려질 때 사용한다.

눈 속에 꽂는 이정표 깃대와 나뭇가지에 묶는 빨간 천을 배낭에 넣는다. 하네스와 헬멧은 여름용보다 큰 것을 골랐다. 발라클라바와 두꺼운 옷 위에 착용하기 때문이다. 자일도 눈에 젖기 때문에 방수가공된 것이 필요하다. 길이는 일반적으로 사용하는 50미터.

위험한 고봉에 도전할 준비를 하고 있자 무거운 긴장감이 위장 언저리에 응어리지는 반면, 제어하기 힘든 흥분이 솟는다. 세계 타이틀 매치를 앞둔 프로 복서가 이런 기분일까. 시합이 빨리 시작되길 기다리는 한편, 마음을 진정시킬 시간이 필요하기도 한, 그런 심정이다.

목숨을 걸고 싸우는 상대가 사람인가 자연인가 하는 차이밖에 없다. 하지만 등산가는 승리해도 세상의 박수나 칭찬은 거의 받을 수 없다. 쓰러지고 쓰러져도 일어서는 그 끝에 무엇이 기다리고 있을까. 무엇을 위해 산에 오르는 걸까.

이번에는 다카세를 쫓아 증거인멸을 저지한다는 목적이 있다. 하지만 그것만은 아니다. 나 스스로도 신에게 다가가듯 칸첸중가산맥의 미답봉에 도전해 보고 싶은 것이다.

마스다는 심호흡으로 마음을 진정시켰다.

가스스토브를 손에 들고 응시한다. 가솔린스토브에 비하면 유지관리도 불을 붙이기도 간단하다. 부탄가스에 프로판가스를 많이 섞은 탓에 저온에서도 잘 타오른다. 하지만 가스통의 부피가 커서 며칠 정도의 단기 산행에 적합하다. 히말라야에는 역시 가솔린스토브가 적합할 것이다. 예열이 번거롭지만 한겨울에도 안정적인 화력을 자랑한다.

가솔린스토브를 트렁크에 넣는 순간 초인종이 울렸다. 문을 열자 요코가 서 있었다.

"메시지 봤어. 네팔에 가는 거야?"

마스다는 뒤통수를 긁적였다.

"다카세 씨를 쫓는 거야."

"기적의 생환을 했다는 그 사람? 쫓다니 왜?"

"칸첸중가에서 무슨 일이 있었는지 진실을 밝히려고. 형이 목숨을 잃은 이유도 알고 싶고."

"그러겠네. 가족의 일인데 알고 싶겠지. 각오했었어. 혼자 가?"

"……혼자야. 단독으로 오를 거야."

'요전의 여성 잡지기자와 둘이서 오른다고 하면 쓸데없는 걱정만 끼치게 된다'는 것은 역시 변명일 것이다. 에리나에게 끌리고 있는 자신을 자각하고 있어서 떳떳하지 못한 것이다.

요코는 발끝에 시선을 떨구고는 중얼거리듯 말했다.

"무사히 돌아올…… 거지?"

"죽을 생각으로 오르는 등산가는 없어. 기다리고 있는 고난을 극복할 자신이 있으니까 오르는 거야."

요코가 고개를 들었다. 한참을 서로 응시했다. 그녀의 눈동자에는 갖가지 감정이 소용돌이치고 있다. 불안, 슬픔, 당혹감.

"절대 죽으면 안 돼."

쥐어짜 낸 목소리는 당장이라도 끊어질 것처럼 가늘었다. 아마도 이해심 많은 좋은 연인을 필사적으로 연기하고 있을 것이다. 사실은 한마디 불평이라도 하고 싶겠지. 적금은 장비 비용뿐만 아니라 입산료로도 사라진다. 칸첸중가의 경우 1인당 8천8백 달러다. 에베레스트는 올해 1인당 1만1천 달러로 인하되기 전까지 2만5천 달러였다. 그에 비하면 싸다고는 해도 일반적으로는 큰 액수다. 도락이라고 비난받아도 어쩔 수 없다. 하지만 그녀는 최대한의 이해를 보이려 하고 있다.

마스다는 자신의 떳떳하지 못함을 감추고 고개를 끄덕였다. 크리스마스에 그녀에게 받은 손목시계 '알피니스트'를 들었다.

"이걸 걸고 맹세해. 반드시 살아서 돌아올게."

20

네팔 수도 카트만두

네팔어로 '궁정'을 뜻하는 더르바르 광장에는 관광객도 많았다. 문 옆에 힌두교의 원숭이 신 하누만 동상이 세워진 옛 왕궁 하누만 도카를 에워싸듯, 원형의 5층 지붕이 특징적인 판차 무키 하누만 사원, 피라미드 모양의 기단 위에 삼층탑이 솟아 있는 시바 사원, 한 그루의 거목으로 만들어졌다는 전설이 있는 카스타만다프 사원 등이 늘어서 있다.

마스다는 에리나와 광장을 걸었다. 어수선한 분위기였다. 시트 위에 옷과 채소와 수공예품을 펼쳐 놓은 상인들 옆을 차와 오토바이가 저속으로 지나간다.

카트만두에서 일박을 하면서 필요한 물건을 현지에서 구입할 예정이었다. 그녀와 더르바르 광장에서 시간을 보냈다.

"몇 년 전에 비하면 노숙자들이 줄었습니다."

"아." 에리나는 광장을 둘러봤다. "전 네팔은 처음이에요."

"전 에베레스트에 한 번 도전했죠. 그때에는 실력 부족으로 정상 공격 팀에는 빠졌지만."

해가 지기 시작하자 더르바르 광장에서 나왔다. 거리는 차도와 보도의 구분이 없어서 자동차와 오토바이, 자전거가 행인들 틈을 지나간다. 나팔로 응원 시합이라도 벌이듯 경적 소리가 끊임없이 울렸고, 네팔어와 고성이 어우러져 소음을 만들고 있었다. 바로 뒤에서 엔진 소리가 들렸나 싶은 순간 차체가 피부를 스치며 지나가는 공포는 일본에서는 맛볼 수 없다. 간혹 납작하게 찌그러진 과일이 땅바닥에 달라붙은 모습이 보였다. 노점상이 펴 놓은 시트에서 굴러떨어진 과일이 신발이나 타이어에 밟혔으리라.

네팔 사람들은 원피스나 블라우스, 조끼, 청바지 차림이 많았고 전통 의상—기모노처럼 스탠딩칼라에 기장이 긴 초로_{나뭇결무늬가 있는 견직물의} _{한 가지} 위에 사리라는 긴 천을 몸에 두른다—을 입은 여성은 드물었다. 화려한 문양을 수놓은 다카토피 모자를 쓴 노인도 보기 힘들었다.

좁은 길로 들어서자 양쪽으로 노점상이 북적댔다. 바나나와 구운 옥수수, 고추가 산처럼 쌓여 있고, 바구니에는 색색의 향신료가 가득하다. 급속한 도시화에 대항하듯 검은 소가 느릿느릿 걸으면서 시트에 산적한 과일에 흥미를 보이며 코끝을 갖다 댔다.

마스다는 늘어선 가게를 한차례 훑어보고 빨간 벽돌과 목재를 사용한 네와르 양식의 레스토랑으로 들어갔다. 목조 창틀과 기둥이 역사를 느끼게 한다. 바닥에는 고풍스러운 티베트 카펫이 깔려 있다.

스시나 튀김을 먹을 수 있는 일본 음식점도 있지만, 몇 주 동안의 장기 체류가 될 걸 생각하면 현지 음식에 익숙해지는 편이 좋다.

마스다는 달바트 타칼리를 2인분 주문했다. 금속제의 둥근 접시에 콩 수프(달), 밥(바트), 채소(타칼리)가 담긴 네팔 정식이다.

"야기사와 씨, 이 상태로 다카세 씨를 따라잡을 수 있을까요?" 외국인용 스푼도 있었지만 마스다는 현지인을 따라 오른손으로 산양 고기를 쥐고—힌두교에서는 왼손을 부정하다고 여겨 사용하지 않는다— 입으로 가져갔다. "거리가 너무 벌어지면 놓칠 수도 있습니다."

"앞으로의 일정을 서두르면 충분히 따라잡을 수 있어요."

"그렇다면 다행이지만……." 마스다는 타칼리를 씹어 삼켰다. "그건 그렇고. 다카세 씨는 가가야 씨를 어떻게 찾을 생각일까요? 며칠 동안의 수색으로도 찾지 못했는데."

"저도 그 점이 신경 쓰여요. 역시 어느 정도는 목표 지점이 있지 않을까요? 눈사태 직전까지 함께 행동했으니까."

"그래도 매몰된 상태라면 쉽지 않을 텐데요."

"그렇죠. 뭔가 계획은 있으리라 생각하지만."

마스다와 에리나는 달바트 타칼리를 다 먹고 숙박 시설 수백 채가 밀집된 타멜 지구로 이동했다. 서양과 인도의 유행가가 경쟁하듯 흘러나오고 짐수레와 인력거가 스쳐 간다. 값싼 로지에서 일박한 후 몇 명의 짐꾼과 합류했다. 둘이서 몇 주일분의 식료와 연료를 메고 다닐 수는 없기 때문이다.

등산 신청은 일본을 출발하기 전에 일본인 에이전트에게 부탁했다. 예전에는 일본 산악 협회의 추천이 필요했지만 지금은 상당히 간편해졌다. 그 자리에서 신청해도 허가를 얻을 수 있다.

관광청 등산국을 찾아가 쓰레기와 짐꾼 문제에 관한 간단한 설명을 영어로 듣고, 국내선 비행기에 올라 타라이 지방 최대 도시 비랏나가르로 이동했다. 약 40분의 비행이었다. 그 후 택시를 타고 일람으로 이동했다. 네팔 최동단의 구릉지대다. 마을 일대에는 녹색 차밭이 펼쳐져 있다. 3월이 되면 수건을 뒤집어쓰고 바구니를 등에 멘 여성들이 찻잎 수확에 땀을 흘리는 광경을 볼 수 있을 것이다.

네팔의 유명한 일람 티를 마시며 휴식을 취하고 자동차로 네 시간 걸려 산악 지방인 타플중으로 향했다. 포장도로가 이어져 있지만 능선을 넘어야 하기 때문에 산길을 달린다. 표고는 이미 약 2천4백 미터. 추위와 희박한 공기를 실감한다.

타플중은 소와 닭, 산양을 방목하고 있었다. 목장 지대에 초가집 같은 오두막이 흩어져 있다.

북쪽을 바라보자 눈과 얼음으로 덮인 칸첸중가가 기다리고 있었다. 마침내 왔구나, 하는 긴장감이 느껴진다. 은백색의 왕관을 연상케 하는 봉우리들이 하늘 높은 곳에서 존재를 과시하고 있었다. 길게 뻗은 흰 구름이 정상에 얽혀 있는 모습은 왕이 흰 담비 모피를 두르고 있는 듯했다. 고귀한 풍격이 감돈다.

"긴장되세요?" 에리나가 물었다.

"조금요." 마스다가 칸첸중가를 응시하며 대답했다. "형의 목숨을 빼앗은 산이니까. 더구나 페이스 조절도, 루트 선택도 우리가 결정할 수 없는 상황이니."

보통은 안전한 등반 루트를 면밀하게 검토하고 날씨 등의 조건을 확인해서 공략한다. 하지만 이번에는 다카세를 쫓지 않으면 안 된다. 언제 어떤 루트로 어떻게 나아갈지 전부 그에게 달렸다.

"위험은 충분히 알고 있어요." 에리나가 결연하게 말했다. "칸첸중가에서 무슨 일이 일어났는지 우리가 진상을 밝혀내요!"

타플중 로지에서 일박한 후, 짐꾼과 함께 녹음으로 뒤덮인 산에서 몇 시간 단위의 트레킹과 야영을 반복한 뒤 조금씩 표고를 높여 갔다. 하늘을 침식할 듯 가지를 뻗은 빼곡한 거목이 한낮에도 나무 그늘에 잠긴 어두컴컴한 산길을 형성하고 있다. 산 표면은 수풀이 완전히 뒤덮고 있었다. 촉수 같은 나뭇가지들이 거암 위까지 타고 올라가 자연의 올가미를 이루고 있었다.

일주일 걸려서 도착한 곳은 산 사이에 있는 군사^{Ghunsa} 마을이었다. 표고는 약 3,400미터. 전날의 큰비에 탁류로 변한 군사 콜라^{Ghunsa Khola} 현수교를 건너 마을로 들어갔다. 바라크 같은 목조 가옥과 돌을 쌓아 만든 가옥이 흩어져 있었다. 통나무로 만든 울타리 안쪽에는 '야크'가 사육되고 있다.

마스다는 마을을 둘러봤다. 티베트어로 '동쪽 사람'을 뜻하는 셰르파족이 살고 있다. 산을 잘 알고 오랫동안 히말라야 등반대에 도움을 주기도 해, 일반적으로 '현지인 가이드'라는 의미로 알려진 셰르파는 사실 다민족국가인 네팔의 한 민족이다. 그들은 셰르파어를 쓰고 티베트 불교를 믿는다. 용모가 일본인과 비슷해 친근감이 느껴진다.

마을 구석에서는 시트를 펼치고 등산 용구를 파는 사람도 있었다. 일본이나 서양에서는 더 이상 판매되지 않는 골동품과 중고품도 눈에 띈다. 꾀죄죄한 피켈, 끝부분이 마모된 아이스 스크루, 아날로그식 알파인 비컨2500······.

"나마스테." 마스다는 주민에게 네팔어로 인사한 후, 일본인 등산객이 찾아오지 않았는지 영어로 물었다.

"어제부터 와 있습니다. 짐꾼 몇 명과 찾아와서 단독으로 칸첸중가에 들어간다고 합니다. 텐트는 저쪽입니다."

안내받은 곳으로 가자 설치된 텐트 앞에 다카세가 있었다. 배낭을 뒤적이고 있다.

망설임 없이 다가간 사람은 에리나였다.

"또 만났네요, 다카세 씨."

돌아본 다카세의 눈이 휘둥그레졌다. 입을 반쯤 벌린 채 에리나의 얼굴을 응시한다.

"……왜 여기에?"

"당신이 꼭 칸첸중가에 오를 것 같아서 쫓아왔습니다."

"뭘 위해?"

"증거인멸을 막기 위해서요."

"뭐라고?"

"고의로 가가야 씨를 죽게 했죠? 시신에 그 증거가 남아 있으니까 찾아서 인멸하려는 생각 아닙니까?"

다카세는 반듯한 얼굴에 조소를 띠며 코웃음을 쳤다.

"혼자서 일부러?"

"아니요." 에리나가 뒤를 돌아봤다. "여기, 마스다 나오시 씨와 함께입니다. 눈사태 사고로 사망한 마스다 겐이치 씨의 동생분이죠."

에리나의 소개에 마스다가 앞으로 나왔다. 인사를 했지만 다카세는 힐끗 쳐다볼 뿐 침묵했다.

"뉴스로 미담은 지겹게 봤습니다. 형의 등반대에 조롱낭하고 외면당했지만 가가야 씨가 목숨을 구해 줬다고요. 전부 사실입니까?"

"……믿고 싶지 않으면 믿지 마."

다카세는 관심 없다는 듯 내뱉고는 배낭의 내용물 정리로 돌아갔다. 식량과 하네스, 카라비너, 자일 등을 확인해 간다.

"변명도 안 합니까?" 에리나가 끼어들었다. "당신이 아즈마 씨의 집을 나온 후 그의 집을 방문했다가 목맨 시체를 발견했습니다. 당신이 죽였나요?"

상체를 수그리고 있던 다카세는 피켈을 쥔 채 고개를 들었다. "첫 번째 목격자라는 기자가 그쪽인가? 어쩐지 이름이 낯익다 했지."

"그날 아즈마 씨하고 무슨 일이 있었죠?"

"말해야 할 의무는 없어." 다카세는 피켈을 쓰다듬고 바닥에 내려놓더니 아이젠 발톱과 헬멧을 확인하기 시작했다.

"오해가 있다면 풀어야 하지 않나요?"

"칸첸중가 산속에 일본의 목소리는 닿지 않아. 필요 없어."

"가가야 부인에게 받은 거금은 뭐에 대한 사례입니까? 거짓 미담으로 가가야 씨를 칭찬한 일? 아니면 칸첸중가에서 가가야 씨를 살해한 일?"

다카세는 손을 멈추고 몸을 일으켰다. "그때도 나를 미행했나?"

"네. 돈을 받는 장면도 촬영했습니다. 잡지에 싣지 않았지만. 빠져나갈 수 없습니다."

"……그녀를 힘들게 하지 마. 헛소리를 기사로 냈다가는 명예훼손으로 고발할 테니."

다카세는 냉정의 가면을 벗고 감정을 드러냈다. 자신에 대한 비난은 아무렇지 않게 무시해도, 가가야 부인이 엮이면 평정을 유지할 수 없다는 것인가. 역시 두 사람은 뭔가 관계가 있다. 연인 사이일까. 아니면 무언가 다른…….

"난 당신을 놓치지 않을 겁니다." 에리나는 손가락으로 다카세를 가리켰다. "땅 끝까지라도 쫓아갈 겁니다. 그리고 진실을 폭로할 겁니다. 산에 불성실한 인간은 용서할 수 없습니다!"

결연한 선전포고였다.

"죽음을 두려워하지 않는 자는 죽는 법이지." 불꽃같은 열의를 품은 에리나의 목소리와 달리, 다카세의 목소리는 그 열의를 꺼 버리는 설풍의 냉기를 띠고 있다.

다카세는 배낭을 등에 메고 군사 마을을 떠났다. 에리나는 그 등을 노려보다가 당황한 듯 발길을 돌렸다.

"우리도 쫓아가요!"

"지금 바로 말입니까?" 마스다는 고개를 저었다. "고도순응도 아직 덜 됐습니다. 군사에서 하루 정도는 보낸 후에 행동해야 합니다."

"다카세 씨를, 아니 진실을 놓칩니다. 고도순응은 더 가서 하죠. 다카세도 갑자기 칸첸중가에 오를 리는 없습니다. 팡페마의 베이스 캠프에 가기 전에 있는 캄바첸과 로낙 사이를 오갈 거예요."

고도순응은 오륙백 미터의 고도차를 두 번 왕복해서 몸을 고도에 적응하게 만드는 방법이 일반적이다. 산소통이 있다는 걸 고려하면 약간의 무리를 해 볼 수 있다.

"알겠습니다. 출발합시다."

짐꾼들을 데리고 군사 마을을 나오자 이끼 낀 바위들 틈새로 백골 같은 나목이 가지를 뻗고 있는 비탈면이 나왔다. 마른 가지가 머리 위에서 거미줄처럼 엉켜 있다. 양손에 쥔 스틱으로 지면을 찌르며 올랐다.

다카세의 등이 이내 눈에 들어왔다. 다녀간 지 얼마 되지 않아서인지, 그의 발걸음에는 주저함이 없다.

굴러다니는 돌멩이에 발을 삐지 않도록 주의하면서 나아간다. 에리나의 체력도 상당해서, 빠른 걸음으로 다카세를 뒤쫓았다. 그녀가 바로 뒤에서 말을 건다.

"가가야 씨의 시신은 어디에 있습니까?"

다카세는 거목에 손을 얹고 등산화로 바위를 힘껏 밟으며 넘어갔다. 뒤돌아보지 않고 나아간다.

"찾아낼 방법이 있습니까? 아니면 숨겨 뒀습니까?"

다카세는 침묵을 지켰다. 납빛 산괴山塊 _{산줄기에서 따로 떨어져 있는 산}에 낀 골짜기를 걷는다.

"우리는 놓치지 않을 겁니다, 절대로!"

늘어선 나목들을 누비고 앞으로, 앞으로 향했다. 군사 콜라 강가로 나오자 크고 작은 돌들이 겹치듯 굴러다니는 사이를 강이 흐르고 있었다. 멀리에 이름도 모르는 바위산이 하늘을 향해 칼처럼 날카롭게 솟아 있다. 연일의 강행군으로 종아리 근육이 땅겼다. 앞에서 걷는 에리나의 어깨도 위아래로 들썩인다.

"우리를 따돌리려고 해도…… 헛수고입니다!"

부르짖는 듯한 에리나의 목소리가 산골짜기에 울린다. 다카세에게 외침으로써 자신에게 채찍을 가하는 것이리라. 뒤에서 따라오는 짐꾼들은 익숙한 일인지 여전히 발걸음이 힘차다.

마스다는 걸으면서 이마를 눌렀다. 두개골 안쪽을 쇠망치로 두드리는 기분이었다. 관자놀이가 격렬하게 요동치는 것이 느껴진다. 고산병 초기 증상이다. 고도순응을 소홀히 한 데다가 한 번에 고도를 수백 미터나 올렸으니 무리도 아니다.

앞서가던 에리나의 발걸음도 무거워서 거리가 점점 좁혀졌다. 이내 어깨를 나란히 했던 에리나가 뒤처졌다. 마스다는 뒤를 돌아 그녀를 봤다.

"쉴까요?"

에리나는 얼굴을 들고 고개를 흔들었다. "다카세 씨의 목적지는…… 알고 있지만 만에 하나 그를 놓치면 그땐 찾을 수 없어요. 놓치면 안 돼요."

"무리하면 안 됩니다. 쓰러지면 쫓을 수도 없게 됩니다."

"그가 베이스캠프에 도착했을 때 우리가 뒤처져 있다면 그는 바로 칸첸중가에 오를 거예요."

고개를 끄덕인 마스다는 다시 기합을 넣고 산길을 걸었다.

군사 마을을 출발한 지 약 여섯 시간. 걷고 또 걸어 마침내 캄바첸이 보이기 시작했다. 골짜기 아래에 건물 몇 채가 여기저기 흩어져 있다. 다카세가 텐트를 펴기 시작했다. 고도순응을 위해 체재하려는 것이다.

마스다와 에리나는 다카세와 조금 떨어진 곳에 텐트를 쳤다. 한밤중에 산길로 들어갈 가능성은 없다. 출발은 빨라도 새벽이다. 천천히 쉬면서 약 4,800미터의 고도에 적응해야 한다.

에리나와 함께 식사를 하고 각자의 텐트에서 잤다. 다음 날 아침, 다카세는 아직 출발하지 않는다. 그를 감시하면서 아침 식사를 했다.

다카세를 따라 캄바첸을 나선 후 완만한 언덕을 오르고 산속 암석 지대를 걸었다. 네 시간 거리였다. 표고 약 4,800미터의 로낙이 가까워지자 앞쪽으로 칸첸중가 빙하가 보였다. 꼬리를 끄는 눈보라와 바람에 흐르는 흰 구름에 마치 빙산이 분화하는 것처럼 보였다.

로낙에서 몸을 쉬며 밤에는 텐트에서 머물렀다. 다음 날 다카세가 어떻게 나올지 감시했다. 그가 산길을 내려가기 시작했다. 캄바첸까지 다시 표고를 내려서 무리가 가지 않도록 고도에 순응할 생각이리라. 마스다는 내심 안도했다. 만약 곧바로 표고를 올린다면 고산병 초기 증상으로 끝나지 않았을 터다.

캄바첸으로 돌아가 일박을 한 후 다시 로낙으로 향했다. 무사히 도착해 하루를 머물렀다. 출발은 다음 날 아침 8시였다. 완만한 능선을 넘어 표고 약 5,800미터 지점에 있는 팡페마를 향한다.

계속 나아가자 시야를 막고 있는 산괴를 가르듯 칸첸중가가 다시 모습을 드러냈다. 온몸에 눈과 얼음을 휘감은 칸첸중가는 흡사 인간의 침입을 결코 허락하지 않는 얼음 속 성채 같았다. 얼음 갑옷으로 무장한 주봉 옆에는 철탑 같은 봉우리들이 하늘 높이 솟아 있다. 비할 데 없는 준봉峻峯이다. 분명 수많은 등산가들에게 표현하기 힘든 두려움을 안겨 주었으리라.

마스다는 에리나와 함께 다카세를 쫓아 팡페마로 들어갔다. 절반이 눈으로 덮인 평원에 무인 산막이 세 채쯤 있다. 짐꾼들에게 짐을 넘겨받아 거점이 될 베이스캠프를 만들었다. 짐을 운반해 준 데 대한 감사의 말을 전한다. 그들과는 이곳에서 이별이다. 이제는 에리나와 둘이서 올라야 한다.

"드디어……," 에리나가 길게 숨을 내쉬었다. "이제부터 칸첸중가입니다."

"몸은 어떻습니까?"

"조금 숨이 막히는 느낌이에요. 하지만 나쁘지 않아요. 괜찮아요. 충분히 따라갈 수 있습니다."

"놓치면 고생한 게 물거품이 됩니다."

마스다는 베이스캠프에서 장비를 확인했다. 칸첸중가산맥의 미답봉은 빙벽도 있는 험난한 고봉이다. 여행사에서 가이드를 포함한 관광 상품으로도 내놓고 있는 팡페마까지의 트레킹과는 달리, 설산 등산과 암벽등반 기술이 필요하며 순간의 방심이 목숨을 앗아 가는 곳이다.

다카세가 움직인 건 다음 날 아침이었다. 비니를 쓰고, 선글라스를 끼고, 배낭을 멘다.

"칸첸중가로 들어갑니까?" 마스다가 그의 등 뒤에서 말을 걸고 하늘을 올려다본다. "며칠, 상황을 지켜보는 편이 좋아요. 날씨가 나빠질 가능성이 높습니다."

다카세는 등을 돌린 채 대답했다.

"더 이상 시간이 없어. 석 달이 지나기 전에……."

다카세는 말을 끊었다. 말이 잘못 나왔다는, 그런 느낌이었다. 추궁하기 전에 출발해 버린다. 마스다는 에리나와 얼굴을 마주했다.

"우리도 가요!"

"……아니, 너무 위험합니다. 하늘 상태를 보십시오."

"다카세 씨를 놓칠 수는 없어요. 게다가 혼자인 그가 악천후라도 만나면 어떡해요. 모른 척할까요?"

마스다는 멀어져 가는 다카세의 등을 노려보았다. 날씨가 급변할 경우, 베이스캠프에 대기하고 있다가는 그가 있는 곳을 찾을 수 없다. 날씨가 회복되기를 기다렸다가 수색을 시작하면 늦는다. 설령 가가야와 아즈마를 죽인 자라 해도, 산에서 죽음이 다가오는 걸 알면서도 눈앞에서 모른 척할 수는 없다. 그것이 등산가의 본능이다.

위를 올려다보니 날카롭게 깎아지른 새하얀 칸첸중가의 주봉이 당장이라도 천공을 가를 듯했다. 수호하듯 늘어선 주변의 산들이 복종하듯 넙죽 엎드려 있다. 에베레스트와 거의 다를 것 없는 고봉이 이어지는 미답봉도 상당한 고난도의 산이다. 등반은 말 그대로 신을 만나러 가는 것과 같다. 올라선 정상에 무엇이 기다리고 있을까.

마스다는 입술을 꼭 다물고 주먹을 꽉 쥐었다.

"……알겠습니다. 갑시다."

배낭에서 장비를 꺼내 몸에 착용했다. 무릎 아래까지 오는 롱스패츠는 아이젠 발톱에 걸려도 잘 찢기지 않는 원단에 투습 방수 가공한 소재로 되어 있다.

흡습 확산성이 뛰어난 폴리에스테르 소재의 속옷 위로 플리스 소재의 겉옷을 껴입고, 나일론과 흡습 방수 가공 소재를 섞은 아우터를 입는다. 겹쳐 입은 옷 사이에 공기층이 생겨 보온성이 높아진다.

화학섬유로 된 이너 장갑에 울 장갑, 방한용 벙어리장갑을 삼중으로 꼈다.

텐트를 나오자 네팔 사람들이 모여서 돌을 쌓아 제단을 만들고 경문이 적힌 오색 깃발 타르초를 사방으로 펼쳤다. 그들은 사용하는 등산 도구를 늘어놓고, 향을 피우고, 전원의 무사 안전을 기원하는 산신제를 지냈다.

그리고 마침내 배낭을 메고 에리나와 출발했다. 눈과 얼음으로 뒤덮인 칸첸중가로.

21

눈으로 뒤덮인 아름다운 칸첸중가의 봉우리들은 군데군데 납빛 바위 표면을 드러내고 있다. 모든 생명을 거부한 채 풀 한 포기 보이지 않는다.

마스다는 에리나와 설산을 걸었다. 멈춰 서서 먼 곳을 둘러보니 흰색과 짙은 남색 얼룩무늬로 채색된 히말라야 산들이 운해 위로 머리를 내밀고 청공을 뾰족뾰족하게 잘라 내고 있었다.

마스다는 오랫동안 잊고 있던 고향에 돌아온 듯한 반가움을 느끼는 반면, 외면당하지는 않을까 두려움이 인다.

히말라야 고봉에 오르는 건 두 번째다. 에베레스트에서는 기량 부족으로 정상 공격 팀에서 제외됐지만, 나중에 반드시 정상에 서겠다고 결심했었다. 옆에 미쓰키가 서 있는 모습을 상상하며 매일 기량을 키워 갔다. 하지만 그녀는 시로우마다케에서 목숨을 잃었다.

미쓰키의 죽음은 대체 누구에게 책임이 있을까. 눈사태를 일으킨 하늘일까. 여자들을 텐트에 남겨 두고 구조 요청을 나선 형 일행일까. 책임을 방기하고 혼자 하산한 산악 가이드 가가야일까. 그도 아니면 동행하지 못해서 그녀를 구할 수 없었던 자신일까.

만약 자신이 가가야의 정체를 알았다면…….

어떻게 했을까. 시로우마다케의 생환자들과 마찬가지로 복수를 위해 등반에 참가했을까. 가가야가 여성들을 남겨 두고 하산하지 않았다면 그녀들은 살아남았을 가능성이 크다. 왜 산악 투어객을 방치했을까? 혼자 하산한 자가 일반 등산객이었다면 체념하고 넘어갈 수도 있다. 하지만 가가야는 책임이 있는 산악 가이드였다.

등산은 기본적으로 자기 책임으로 행하는 것이다. 침몰하는 배에서 선장이 가장 먼저 도망가는 것과 똑같이 볼 수는 없다. 하지만 산악 투어는 산악 가이드의 안전 배려 의무가 계약으로 전제되어 있다. 투어객을 방치한 가가야에게 책임이 없다고 단언할 수 있을까.

심중을 살피자 가가야의 죽음을 동정하지 못하는 자신이 있었다. 그를 증오하는 '유족'의 마음이 이해된다. 가가야가 형사상이나 민사상의 책임을 졌고 사죄했다면 감정이 달랐을지도 모른다. 하지만 그 직후 일어난 동일본 대지진으로 시로우마다케 사건은 흐지부지 넘어갔다.

돌이켜 보면 당시에는 지진 뉴스 일색이었기 때문에 그 직전에 일어난 형과 미쓰키 일행의 조난 사고는 텔레비전에 보도되지도 않았고 인터넷 기사로도 뜨지 않았다. 이번 칸첸중가 눈사태 사고 관련자들의 연관성을 아무도 눈치채지 못한 것도 무리는 아니다.

그렇다 해도 역시 목숨으로 보상받으려는 생각은 틀렸다. 설령 다카세가 시로우마다케 희생자와 관련이 있는 사람이라고 해도 산의 폐쇄성을 이용해 사람의 목숨을 뺏는다면 그야말로 죄를 물어야 한다. 증오는 증오, 복수는 복수를 낳을 뿐이다.

마스다는 에리나와 함께 다카세의 뒤를 좇았다. 설면이 굴곡을 그리며 펼쳐져 있다. 등산화에 장착한 아이젠에 힘을 주며 걷는다. 게걸음 자세로 앞 발톱 외의 열 발톱을 전부 사용하고, 스틱 대용으로 피켈의 슈피체자루 끝의 돌을 찍는 부위를 설면에 꽂으면서 미끄러지지 않도록 나아간다. 다져지지 않은 신설은 발이 푹푹 빠져서 걷기 힘들었지만, 처녀설魔女雪 같은 깨끗함이 등산화 바닥을 통해 느껴졌다.

호흡을 할 때마다 얼굴 앞에서 입김이 안개처럼 흩어져 사라졌다. 불순물이 섞이지 않은, 옅은 농도의 공기가 폐에 채워진다.

히말라야에 돌아왔다…….

실감과 함께 감동이 가슴에 밀려온다. 증거인멸을 막기 위함이라는 목적이 없었다면 순수하게 등산을 즐길 수 있을 텐데.

계속해서 한풍이 불었고, 설면에는 연기처럼 날리는 눈이 띠처럼 길게 뻗어 있었다. 젖은 드라이아이스로 덮인 대지를 걷는 것 같다. 얼굴의 맨살이 드러난 부분이 햇볕에 따끔따끔하다.

마스다는 배낭 밖으로 나와 있는 튜브에 입을 댔다. 음료를 채운 하이드레이션 팩고무호스로 연결된 물주머니가 내장된 팩의 튜브다. 배낭을 벗지 않고도 수분을 보충할 수 있어 편리하다. 설산에서는 갈증에 둔감해지기 쉬운데, 실제로는 꽤 많은 땀을 흘리고 있다. 고산병 예방을 위해서도 정기적으로 목을 축여야 한다. 음료를 마신 후에는 숨을 불어서 튜브 속에 남은 수분을 팩 속으로 밀어 넣어 얼지 않도록 했다.

적설에서 들어 올리는 다리가 무겁고 불안정했다. 살펴보니 아이젠에 눈 새알심들이 생겨났다. 밑창에 눈덩이가 붙어서 아이젠의 발톱을 전부 덮고 있다. 방심은 금물이다. 미끄러짐의 원인이 된다.

마스다는 피켈의 슈피체로 아이젠 옆을 두들겨 눈 새알심을 빼냈다. 그리고 다시 걷기 시작했다.

앞선 다카세는 눈 덮인 비탈면을 오르지 않고, 횡으로 이동^{traverse}하고 있었다. 눈사태가 있었던 곳을 향하고 있을 것이다.

선글라스를 벗고 주변을 둘러봤다. 일대가 은빛 세계였다. 햇빛을 반사한 순백의 빛이 눈을 찌른다.

마스다는 다시 선글라스를 쓰고 계속 걸었다. 설산군雪山群을 오르내린다.

다카세는 얼어붙은 급경사면을 오르기 시작했다. 위험하기 그지없는 루트 선택이다. 자칫하면 수백 미터를 미끄러진다.

마스다는 에리나를 돌아봤다. "괜찮아요?"

"물론이죠." 비니를 깊이 눌러쓴 그녀가 얼굴을 들었다. 선글라스가 없었다면 강한 의지로 빛나는 눈동자와 마주했을 터다. "다카세 씨가 일부러 무모한 루트를 선택하더라도 놓치지 않을 거예요."

"의도적인 선택이라는 뜻입니까?"

"다카세 씨는 가가야 씨의 시신을 발견했을 때 우리가 같이 있으면 곤란하죠. 증거인멸을 할 수 없으니까요. 그는 우리를 떼어 놓고 싶을 거예요. 그래서 저런 루트를 통과하는 거죠."

"……우리도 계속 갑니까?"

"놓칠 수는 없으니까요."

"알겠습니다." 마스다는 걸음을 멈추고 배낭에서 둥글게 만 자일을 꺼냈다. "혹시 모르니 연속등반으로 오릅시다."

연속등반은 위험성이 높은 경사면에서 서로를 자일로 묶어 한쪽이 미끄러지면 다른 한쪽이 막아 주는 확보 기술이다. 두 사람이 동시에 행동할 수 있어서 효율적인 등반이 가능한 장점이 있다. 항상 한 사람이 확보 지점을 만들면서 추락 제지 자세를 취하는 '격시등반'은 안전성과 확실성이 높은 반면 동시에 행동할 수 없어서 무모한 속도로 올라가는 다카세에게 뒤처지게 된다.

에리나는 말없이 선글라스 너머로 자일을 노려보고 있었다.

"왜 그러십니까?"

"……전에 술자리에서 얘기했었죠. 전 계속 단독으로 올랐기 때문에 다른 사람과 신뢰를 맺는 것에 익숙하지 않아요."

"서로의 안전을 확보하기 위해서입니다." 마스다는 자일 한쪽 끝을 에리나에게 내밀었다. "전 당신을 믿습니다. 당신도 저를 믿어 주십시오."

몇 초간 시선이 교차했다. 에리나는 입술을 깨물고 얼음과 눈으로 덮인 비탈면으로 나아갔다. 거부당했다고 생각했다. 그녀는 등을 돌린 채 양팔을 벌렸다. 설면에 십자가 그림자가 새겨진다.

"마스다 씨, 제가 쓰러지면 받아 주실 건가요?"

"네?" 하고 되묻는 순간, 에리나가 뒤로 쓰러졌다. 마스다는 황급히 한 발을 내디디며 그녀의 몸을 받았다.

"무슨 일입니까, 갑자기."

에리나는 온몸을 의지한 채 턱을 들고 선글라스를 벗었다. 부드러운 시선과 마주쳤다.

"트러스트 폴, 신뢰의 뒤로 쓰러지기. 설산에서 서로의 목숨을 맡기는 신뢰 관계가 이 정도의 '놀이'로 보장될 리는 없지만 문득 시험해 보고 싶었어요."

에리나는 일어서더니 급경사면을 오르는 다카세의 뒷모습을 응시했다. 옆얼굴에 슬며시 배어나는 듯한 미소가 엿보인다. 그녀에게는 의미 있는 행위였을 것이다.

"……이전에 다카세 씨에게 들었던 말이 떠올랐어요. '산에서는 자신의 목숨을 맡기고 상대방의 목숨을 맡는 절대적인 신뢰가 없으면 파트너를 만들 수 없다. 사람과의 신뢰 관계를 맺지 못하면 언젠가 죽는다.'는." 그녀는 자일 한 끝을 꽉 쥐었다. "저도 당신을 믿어요."

세팅이 번거로운 '오사카식 연속등반_{자일을 서너 번 감아 고리를 만들고 이어지는 자일을 어깨에 걸친 후 카라비너로 하네스에 연결해 두었다가 상대방이 미끄러졌을 때 어깨 힘으로 제동하는 방식}'이 아닌, '도쿄식 연속등반_{자일을 서너 번 감아 고리를 만들어 손에 쥐고 있다가 상대방이 미끄러졌을 때 고리 안에 피켈을 끼우고 바닥에 꽂아 제동하는 방식}'을 선택했다. 하나의 자일로 서로를 연결한 후 자일을 너덧 번 말아 쥐고, 남은 부분은 상체에 감았다.

"좋아, 갑시다."

마스다는 기합을 넣고 한 걸음 내디뎠다. 빙설이 반짝이는 급경사면이 거의 벽처럼 솟아 있다. 아이젠의 모든 발톱을 설면에 꽂는 플랫 푸팅을 이용할 수 없다. 비탈면에 대해 직각으로 두 개의 앞 발톱을 걷어차듯 꽂는 프런트 포인팅을 이용한다. 보행 기술보다는 암벽등반 기술이 필요하다.

얼어붙은 단단한 눈은 두꺼운 유리 같아서, 피켈의 슈피체도 튕겨낸다. 바닥에 박히지 않고 미끄러지는 피켈은 스틱의 기능을 못할 뿐 아니라 간담을 서늘하게 한다.

마스다는 피켈 쥐는 법을 바꿨다. 블레이드_{얼음을 깎는 부분}를 쥐고 무게를 실어 날카로운 픽_{얼음을 찍는 부분}을 설면에 꽂는 대거 포지션^{dagger position}으로 한 걸음 한 걸음 올라간다. 그 방법은 안정적인 반면, 추락 제지 자세를 취하는 데 시간이 걸린다는 단점이 있다. 피켈을 반대로 바꿔 쥐어야 하기 때문이다. 하지만 슈피체가 꽂히지 않는 이상 다른 선택지는 없다.

올려다본 시선 끝에는 수십 미터를 앞서가는 다카세의 주홍색 등이 조그맣게 보였다.

그는 지점을 확보하면서 오르는 것이 아니었다. 이런 급경사면에서 만에 하나 추락하더라도 정지할 자신이 있는 걸까. 아니, 그가 오르는 모습에는 기적의 생환으로 얻은 목숨을 거리낌 없이 내던지는 무모함이 느껴진다. 죽음이 두렵지 않은 걸까?

돌아보니 전투용 도끼처럼 돌출한 바위까지 급격한 경사를 이루며 빙설이 이어지고 있었다. 등골이 오싹해지며 피도 골수도 일시에 얼어붙는 느낌이 들었다. 만약 미끄러져 멈추지 못한다면 시속 수십 킬로미터의 속도로 바위에 격돌해 온몸의 뼈가 아스러지리라.

방심하지 마. 집중해.

발끝까지 온 신경을 긴장시켰다. 얼음으로 덮인 급경사면을 차근차근 올라간다. 아이젠과 피켈의 이빨 자국을 새겨 가며.

경사가 너무 심해서 얼음 표면에 연기처럼 길게 뻗은 눈이 하늘에서 흘러내린 순백의 무대막을 연상케 한다.

마스다는 종아리의 땅김을 의식했다. 힘을 줄 때마다 근육이 경련

한다. 계단에 양쪽 발가락 끝을 올리고 발뒤꿈치를 올렸다 내리는 운동을 매일 했지만, 아이젠의 앞 발톱에 온몸의 체중이 걸리는 프런트 포인트로 계속 오르자 역시 부담이 컸다.

비탈면에 대해 한쪽 다리를 옆으로 해서 플랫 푸팅을 했다. 프런트 포인트와 조합해 좌우 다리를 바꿔 가며 오른다. 이걸로 부담이 조금 감소됐다.

갑자기 바로 뒤에서 "추락!" 하고 외치는 에리나의 목소리가 들렸다. 추락 신호에 뒤를 돌아보자 에리나의 자세가 무너져 있었다. 추락 전까지의 세상은 슬로모션이었지만, 추락하기 시작한 후부터는 속력이 배가된다. 심장이 튀어나오면서 위기감에 휩싸였다.

마스다는 곧바로 몸을 되돌리고, 너덧 번 감아 만든 자일의 고리 사이에 피켈을 꽂고 온몸의 무게를 실어 슈피체를 설면에 박았다. 에리나와 이어진 자일이 도망가는 뱀처럼 몸부림치며 뻗어 간다.

멈춰, 멈춰, 멈춰!

피켈에 감긴 자일 고리가 서서히 조여지며 정지했다. 아래를 내려다보니 급경사면 아래쪽에서 에리나가 엎드린 상태로 멈춰 있었다. 자일이 그녀의 몸까지 일직선으로 뻗어 있다.

큰 소리로 무사한지 묻자 에리나는 상체를 일으키고 피켈을 흔들어 대답했다. 안도의 한숨이 새어 나온다. 위험했다. 추락 신호를 들은 순간 곧바로 행동해야 했다. 거기에는 풍부한 경험과 강한 신뢰가 필요하다. 처음 손발을 맞춘 파트너였기 때문에 무심코 돌아봐 버렸고, 순간 지체했다. 만약 자일 고리에 피켈을 꽂지 못했다면 구하지 못했을 상황이었다.

에리나는 일어나서 신중하게 비탈면을 오르기 시작했다. 목소리가 닿을 거리가 되자 마스다가 괜찮으냐고 물었다. 그녀는 고개를 숙인 채 아랫입술을 깨물고 있다.

"……미안해요. 제가 발목을 잡았네요."

"제가 추락하면 당신이 도와줄 거 아닙니까?"

에리나가 고개를 휙 들자 마스다는 웃음으로 답했다. 그녀의 눈에 순간 당혹감이 비쳤지만, 이내 오기 어린 표정으로 되돌아왔다.

"물론입니다. 안심하고 미끄러지세요."

"그러죠." 정신을 차리고 보니 다카세와의 거리가 벌어져 있었다. "자, 쫓아갑시다!"

마스다는 에리나와 '도쿄식 연속등반'으로 계속해서 급경사면을 올랐다. 둘 다 미끄러지지 않고 표고를 올려 간다.

다카세를 따라잡은 건 한 시간 후였다. 그는 도중에 횡단 등반하여 눈 덮인 언덕처럼 굴곡이 완만한 비탈면을 걷고 있었다. 추락의 위험은 적다.

"어디로 갈 생각입니까!"

에리나가 피켈처럼 날카로운 목소리를 다카세의 등에 꽂았다. 그는 대답하지 않고 오로지 앞만 보고 있다. 다카세의 시선을 쫓자 초목 하나 없는 백은의 급경사가 빙벽까지 이어지고 있었다.

암벽등반을 할 생각인가?

다카세는 말없이 나아가더니 클라이밍 도구를 꺼내 준비하기 시작했다.

"따돌릴 수 있다고 생각하십니까?"

다카세는 에리나의 말에 반응하지 않고, 양손에 쥔 아이스 액스를 이용해 얼음 암벽을 오르기 시작했다.

"우리도 올라가요." 에리나는 배낭을 내려 자일과 아이스 스크루를 꺼냈다. "선등은 당신이?"

"……네, 제가 하죠."

마스다는 하네스의 버클과 다리 루프를 점검하고 자일을 받아 장착했다. 낙빙을 대비해 헬멧을 쓰고 자욱한 가스가 정상을 가리고 있는 얼음 속 암벽을 올려다보았다. 바위 표면도 보이지 않을 만큼 두꺼운 얼음으로 뒤덮여 있다. 새파란 표면은 울퉁불퉁했으며, 거대한 짐승이 발톱으로 닥치는 대로 파헤쳐 놓은 듯했다.

긴장감이 담긴 숨을 내쉰다. 높다. 도심에 솟은 초고층 타워 맨션의 벽을 기어오르는 것과 같다. 하지만 주눅이 들어서는 안 된다. 두려움은 실력 발휘를 방해한다.

미쓰키가 꿈꾸던 아이거 북벽은 높이 1,800미터. 도쿄 타워의 다섯 배다. 거기에 비하면 별거 아니다.

꽉 쥔 아이스 액스는 완만한 S 자형으로, 학의 옆모습 같은 형상을 하고 있다. 빙벽의 움푹한 곳을 노려 부리를 내리꽂았다. 턱을 당겨 흩날리는 얼음을 헬멧으로 받는다. 무릎을 지렛목으로 해서 아이젠의 앞 발톱으로 걷어차고, 팔을 끌어당겨 몸을 들어 올린다. 그 동작을 반복하며 1미터, 2미터, 3미터…… 차근차근 올라간다.

어느 정도의 높이에 이르러 아이스 액스로 빙벽의 표면을 가볍게 긁어 무른 얼음을 제거했다. 작은 구멍을 만들어 그곳에 아이스 스크루 끝부분을 밀어붙이고 L 자형 핸들을 돌려 비틀어 박는다. 조금 떨어진 곳에 또 하나의 아이스 스크루를 세팅했다. 카라비너를 끼워 슬링을 연결하고 자신의 자일을 고정한다.

두 곳의 지점을 만들면 하중이 분산되는 데다가 한쪽이 빠져도 치명적인 추락은 피할 수 있다.

안전을 확보한 후 빙벽 등반을 재개했다. 아이스 액스를 박을 때마다 유리가 깨지는 듯한 소리가 들리고, 흩날린 얼음 파편이 반짝반짝 빛을 내며 떨어진다.

아이스 스크루로 지점을 만들면서 올라, 10여 미터 아래에서 대기하는 후등자 에리나에게 신호를 보낸다. 그녀 역시 양손에 아이스 액스를 쥐고 더블 액스 테크닉으로 등반을 시작했다. 도중에 지점인 아이스 스크루를 반시계 방향으로 빙글빙글 돌려 회수해 간다.

에리나의 클라이밍 기술은 상당해서, 작은 체격에 어울리지 않게 힘차다. 순식간에 옆까지 올라왔다.

"두레박식으로 가요. 이번에는 제가 선등으로 오를게요."

"네?" 마스다는 빙벽에 달라붙은 채 그녀의 얼굴을 돌아봤다. "후등과 달리 선등은…… 부처님한테 설법이겠군요. 난도가 높아진다는 걸 알고 교대를 원하는 거죠?"

"……저를 믿는다고 했잖아요. 전 당신을 믿는데, 당신은 저를 믿지 않나요?"

에리나의 눈동자에는 절실할 만큼 진지한 빛이 담겨 있었다. 도전적인 말과 달리 목소리는 간절한 울림을 띠고 있다. 그녀도 자신과 싸우고 있는 것이다. 타인을 믿고, 자신 역시 타인에게 믿음을 얻는, 그런 관계를 만들 수 있을지 없을지.

형과 둘이서 고자이쇼다케 오쿠마타의 릉제를 등반했던 때를 문득 떠올렸다. 그때의 자신은 기량 부족을 인정하지 않고 무리하게 형과 선등을 교대했다가 결국 추락해서 골절했다. 미쓰키의 약혼 소식으로 인한 동요와 초조가 무모한 짓을 저질렀다. 하지만 에리나는 그때의 자신과는 다르다. 경험으로 뒷받침된 실력이 있어서 목숨을 맡겨도 안심할 수 있다.

"그럼, 부탁합니다. 선등은 긴장할 수밖에 없어서 육체적으로도 정신적으로도 피폐해집니다. 솔직히, 교대해 주면 고맙겠습니다."

에리나는 웃는 얼굴로 끄덕였다. "맡겨 주세요."

빙벽에 달라붙은 상태여서 아이스 스크루 등의 장비를 넘겨주는 데에 조금 시간이 걸렸지만, 역할을 교대하자마자 에리나는 아이스 액스를 꽂아 가며 성큼성큼 올라갔다.

그녀에게 눈을 떼지 않으면서 형을 생각했다. 성장한 자신을 보여주고 싶었다. 고자이쇼다케 등반에서 실패한 후, 형은 미쓰키와 시로우마다케의 산악 투어에 참가했고, 그녀를 잃었다. 형은 그날을 경계로 산을 버렸다. 적성에도 맞지 않는 회사원이 되어 일에 전념했다.

─그녈 지켜야 했어. 형이 버리고 온 거야. 형 탓이고 형이 죽었어.

약혼자를 잃은 형에게 잔혹한 말들을 내던졌다. 그녀를 지킬 만한 실력도 없는 미숙한 자신이 형을 비난했다. 극한상황에서의 선택 따위 경험해 본 적도 없는 주제에 형을 책망만 했다. 가가야 복수 계획에 참가할 만큼 형을 정신적으로 몰아붙인 사람은 형을 비난한 자신인지도 모른다. 당시에 형의 마음을 헤아려 줬다면 형이 눈사태로 죽는 일은 없지 않았을까.

아니, 지금은 눈앞의 벽에 집중해. 그녀를 지켜.

계속해서 오르고 있는 에리나를 응시하고 있는데, 눈 섞인 거센 바람이 불었다. 마스다는 박혀 있는 아이스 액스의 자루를 꽉 쥐고 견뎌 냈다. 힘을 뺀 순간 벽에서 떨어져 나갈 듯했다.

난감하다. 예상대로 날씨가 나빠지기 시작했다.

에리나는 위쪽에서 아이스 스크루를 빙벽에 돌려 꽂았다. 현명하다. 지점을 확보하는 간격은 짧은 편이 좋다. 시간을 아끼려다가 목숨을 잃으면 아무것도 남지 않는다.

그녀가 등반을 재개하자 거리가 점점 멀어진다. 에리나의 모습이 인형 크기만 해졌다.

주홍색 옷을 입은 다카세는 이미 콩알로밖에 보이지 않는다. 단독으로 오른다는 것은 죽음을 전혀 두려워하지 않는 것과 마찬가지다. 무엇이 그를 그렇게까지 내몰았을까. 죄의 증거를 인멸하고 싶다는 불순한 동기로 도전할 수 있는 고봉이 아니다.

모르겠다. 다카세는 무슨 생각을 하고 있는 걸까.

생각에 잠겨 있으면서도 에리나에게서 눈을 떼지 않았다. 후등자는 자일 조정과 안전 확보가 임무다. 만일의 추락에 대비해 정신을 바짝 차리지 않으면 안 된다.

순조로운 등반이 이어졌고, 마침내 머리 위에서 에리나의 외침이 내려왔다. 외침은 눈보라에 쓸려 바로 위가 아니라 옆에서 비스듬하게 들렸다. 신호였다.

마스다는 다시 기합을 넣고 아이스 액스를 빙벽에 세게 내리쳤다. 한 번에 꽂히지 않아 위치를 비켜서 두 번, 세 번 반복했다. 아이스 액스가 깊숙하게 박히자 다시 같은 동작을 반복한 후 단번에 올랐다.

어느새 강설은 눈보라로 바뀌어 있었다. 고글 너머로 펄럭이는 대설의 암막이 일대를 잠식하고 있는 세상이 보였다. 에리나의 모습을 눈으로 확인할 수 없다. 자일이 뻗어 있을 뿐이다.

빨리 오르지 않으면 위험하다.

마스다는 눈앞의 벽에 집중하며 등반을 이어 갔다. 옷에 달라붙은 눈이 곧바로 얼어붙어 얼음 갑옷으로 변했다. 몸무게가 두 배가 된 느낌이다. 중력에 당겨져 새우등처럼 꺾여 추락할 것 같다. 팔을 움직이는 것만으로 옷감이 퍼석거린다.

마스다는 아이스 스크루의 지점을 회수하면서 올랐다. 폭풍설의 적의에 지지 않으려고 아이스 액스를 휘두른다. 아이젠의 앞 발톱을 빙벽에 박고 체중을 싣는다.

위쪽에서 둔탁한 소리가 굴러떨어지듯 들려온다. 반사적으로 턱을 당겼다. 얼음 조각이 아슬아슬하게 옆을 통과했다. 반향이 되어 울리는 소리가 풍설의 막 속으로 빨려 들어가 사라졌다. 무저갱으로 빨려 들어가는 듯했다. 이미 자신이 몇십 미터의 높이에 달라붙어 있는지 알 수 없었다. 농밀한 가스 속에서 얼음 암벽이 일어서는 듯하다. 죽음과 이웃해 있는 빙하에 심장이 수축한다. 한편으로는 지상이 보이지 않는 만큼, 고도를 의식하지 않을 수 있어서 공포심은 반감했다.

추위에 얼어붙은 얼굴은 무언가에 닿기만 해도 산산이 부서질 것 같다. 금이 간 빙벽이 얼음처럼 튀어나온 곳은 우회했다.

눈보라 끝에 사람의 형체가 어슴푸레 보였다. 집중해서 신중하게 올라간다. 에리나의 모습이 확인되었다. 고글을 들어 올린 순간 눈덩이가 덮쳐 눈썹이 얼어붙었다.

"괜찮아요?" 에리나에게 물었다. 오렌지색 옷은 눈송이로 새하얗
게 덮여 있다.

"교대해 줄 수 있어요?"

"물론입니다."

마스다는 자일과 장비를 받아 들고 선등을 담당했다. 아이스 스크
루로 지점을 확보해 가면서 올라간다. 후등과는 달리 손발이 미끄러
지면 20미터는 추락한다. 지점이 역할을 해 주면 공중에 매달린 채
정지하지만, 확실하게 보장할 수는 없다. 심장이 바짝 오그라들고,
삼중 장갑으로 감싼 손가락이 마비되는 듯한 공포도 달라붙는다.

가끔씩 눈보라의 굉음을 뚫고 얼음덩이가 떨어지는 소리가 들린
다. 그럴 때마다 긴장감이 온몸을 휘감았다. 헬멧도 부술 만큼 단단
한 얼음덩이에 직격당하면 한순간에 목숨을 잃는다.

이런 상황에서 선등자의 역할을 확실하게 해낸 에리나가 존경스럽
다. 자기 자신에게도, 공포에도 이긴 것이다. 목숨을 맡길 수 있는 파
트너다. 그녀도 그렇게 생각할 수 있도록 올라야만 한다.

마스다는 모든 신경을 집중해서 등반했다. 소용돌이치는 폭풍설에
몸이 흔들려 몇 번이나 간담이 서늘해졌다. 아이스 액스가 손바닥에
서 빠져나갈 것 같다.

갑자기 끊어진 곳이 나타난 건 세 번째 지점을 확보한 후 이삼 미
터쯤 올라갔을 때였다.

끝까지 오르고 난 후, 나락처럼 수직으로 꺼져 있는 얼음 단애를
향해 큰 소리로 신호를 보냈다. 소리쳐도 들리지 않을 것 같아서 트

랜스시버를 사용했다. 잠시 기다리자 눈보라의 암막을 가르듯 에리나의 모습이 나타났다.

안도의 한숨이 새어 나왔다.

무사히 빙벽을 공략한 것이다.

"다카세 씨는요?" 에리나가 눈보라에 지워진 능선을 응시하며 물었다.

"놓쳤습니다."

22

허리케인 같은 거센 눈보라에 한 치 앞도 보이지 않았다. 맹수의 포효를 떠올리게 하는 폭풍설이 휘몰아치며 무수한 하얀 이빨이 달려들어 물어뜯는다. 두꺼운 옷도 발라클라바도 누더기가 되도록 찢어 버릴 듯하다.

마스다는 N형 안자일렌으로 에리나와 안전을 확보해 가며 눈보라가 휘몰아치는 대지를 뚫고 나아가고 있었다. 그녀는 15미터 뒤떨어져 걷고 있다. 두 사람의 안자일렌의 기본 간격이다. 한 명이 크레바스 등에 빠졌을 때 딸려 가지 않기 위한 거리다.

지금 칸첸중가는 아름다운 순백의 드레스를 벗어 버리고 죽음의 옷을 두르고 있다. 대자연에 거부당하면 인간 따위는 자연의 일부도 아닌, 어차피 하찮은 이물질에 지나지 않음을 알게 된다. 칸첸중가 미답봉 도전은 무모했던 게 아닐까. 나약함이 마음에 숨어든다.

미지의 루트를 무작정 나아가는 수밖에 없다. 폭풍설이 점점 강해져 자세가 흐트러진 순간 하늘까지 날아갈 듯한 공포에 휩싸인다. 만약 삼림대가 있었다면 거목들이 뿌리째 뽑혔을 듯하다. 겹겹이 껴입은 옷 위로 들이치는 눈은 심장을 얼어붙게 한다.

몇 번이고 생각한다. 증거인멸 저지 같은 이유가 아닌, 순수한 도전으로 형과 미쓰키와 왔다면 얼마나 좋았을까. 지금 자신의 실력이라면 걸림돌이 되지 않고 서로 도와 가며 등정할 수 있지 않을까.

마스다는 뒤를 돌아봤다. 눈보라 속에서 자일이 뻗어 있다.

지금의 파트너는 에리나다. 그녀를 신뢰할 수 있다. 혹독한 상황에서도 반드시 함께 살아남으리라.

가슴에 결의를 새기고 계속해서 나아갔다. 갑자기 무언가에 걸려 앞으로 고꾸라질 뻔했다. 발밑을 보니 눈덩이가 자리 잡고 있었다. 앞이 보이지 않는 시야 속에서 주위를 둘러봤다. 능선 아랫부분에 크고 작은 데브리, 즉 눈사태로 쌓인 눈 더미가 모여 있었다. 말 그대로 눈의 테트라포드tetrapod 방파제나 강바닥을 보호하는 데 쓰이는 콘크리트 블록다.

눈사태가 일어난 지 얼마 되지 않았다면, 이미 약층 위의 적설이 미끄러져 내려온 상태라 곧바로 2차 눈사태가 일어날 위험은 적다. 서양의 스키장 순찰대가 일부러 폭약을 터뜨려서 소규모의 눈사태를 일으켜 눈을 떨어냄으로써 스키장의 안전을 확보하는 것과 같은 이치다. 하지만 만약을 위해 크게 돌아가는 편이 좋다. 눈사태가 일어나기 쉬운 지형은 피해야 한다.

트랜스시버로 에리나에게 상황을 전달하고 루트를 변경했다. 기복이 적은 눈 능선으로 나아간다.

칸첸중가에서 보면 인간 따위는 순백의 캔버스에 연필로 툭 찍은 점 하나와 마찬가지다. 칸첸중가가 지상에서 살아가는 하찮은 존재가 하늘에 도전하는 무모함을 비웃는 듯한 기분이 들었다. 얼음덩어리가 돌로 된 소나기처럼 퍼붓는다.

거센 눈보라의 장막이 펄럭이는 가운데 갑자기 앞쪽에 사람의 형체가 떠올랐다. 주홍색 등산복. 다카세였다. 비컨을 노려보고 있다.

"……찾았습니다!" 마스다는 폭풍설에 소리가 묻히지 않도록 크게 외쳤다. 다카세가 돌아봤다. 눈은 고글에 가려져 있다.

"왜 이렇게까지 나를 쫓지?"

"진실을 알고 싶은 마음, 단지 그것뿐입니다. 내 형이 살해됐을지도 모릅니다. 그래서 이곳에서 무슨 일이 있었는지 알고 싶습니다."

눈 위를 걷는 발자국 소리가 바로 뒤에서 들렸다. 돌아보니 에리나가 쫓아와 있었다. 눈으로 뒤덮인 고글을 벗고 결의가 담긴 눈빛으로 다카세를 노려본다.

"그 비컨은 뭡니까?"

에리나의 추궁에 다카세는 비컨을 응시했다.

"매몰된 사람을 찾는 데에는 이게 최적이야."

"가가야 씨는 비컨을 안 갖고 있을 텐데요. 아즈마 씨가 그렇게 말했습니다. 갖고 있었다면 발견됐겠죠. 다른 시신들과 마찬가지로."

"아즈마는 몰랐을 뿐이다. 가가야 씨는 비컨을 갖고 있었어."

설산을 지배하는 폭군의 명령을 받은 것처럼 눈보라가 미친 듯이 날뛰며 인간의 목숨을 빼앗으려 하고 있다. 얼음 칼처럼 변한 무수한 눈발이 달려들었다.

"설사 가가야 씨가 비컨을 갖고 있었다고 해도," 마스다가 끼어들었다. "이미 건전지가 떨어졌을 겁니다."

비컨의 건전지 수명은 송신의 경우 2백 시간에서 3백 시간 정도.

날짜로 치면 1, 2주간이다. 눈사태가 일어난 지 3개월이나 지났으니 이미 전파는 발신되지 않는다.

다카세는 말없이 등을 돌리고 비컨을 노려보며 걷기 시작했다. 조금 떨어진 것만으로도 그 뒷모습이 폭풍설에 가려진다.

"앗!" 에리나가 소리를 질렀다. "설마 '알펜 비컨1500'? 마스다 씨가 강의에서 얘기했던 그 비컨!"

마스다는 퍼뜩 생각이 났다. 리튬 건전지를 사용하는 '알펜 비컨1500'은 말 그대로 1천5백 시간, 약 2개월 동안 발신이 가능하다. 마이너 업체에서 유사품으로 '알파인 비컨2500'도 발매했다. 3개월 이상 지속되는 장점이 있다.

"아니, 하지만 그런 아날로그식 골동품은 이십 년 전에 발매 중지가 됐습니다."

"군사 마을에서 팔고 있던 걸 봤잖아요. 가가야 씨는 비컨을 깜빡해서 어쩔 수 없이 거기서 샀는지도 몰라요."

"그렇군요! 가능성이 있는 얘기입니다."

다카세가 입산 전에 흘렸던 말, '더 이상 시간이 없다. 삼 개월이 지나기 전에'의 의미를 깨달았다. 가가야가 갖고 있던 아날로그 비컨의 수명이 다하기 전에 행동해야 했던 것이다. 기적의 생환 이후 충분한 휴식도 취하지 않고 산으로 돌아온 것은 그런 이유였다. 이미 언제 건전지 수명이 다해도 이상할 것 없다.

"마스다 씨. 우리도 수신으로 바꿔서 수색해요. 다카세 씨보다 먼저 시신을 찾아내요!"

마스다는 고개를 끄덕이고 비컨의 끈을 몸에 건 채 수신 상태로 전환했다. 하지만 전파는 잡히지 않는다.

다카세의 뒤를 쫓듯 걸었다. 발을 내디딜 때마다 눈 속에 무릎까지 잠긴다. 발을 빼내는 것도 힘든 일이다. 조금이라도 걷기 편한 루트를 찾는다.

한 시간쯤 지났을 때, 신들이 잠시 변덕을 부린 듯 눈보라가 멈추고 시야가 열렸다. 솟아오른 눈 언덕이 끝없이 이어진다. 말 그대로 눈의 사막이다. 2, 30미터 앞을 배회하는 다카세의 모습도 보인다.

폭풍 전야의 고요함을 연상케 한다. 저녁부터는 다시 눈보라가 일 것이다. 방심해서는 안 된다.

마스다는 고글을 벗고 멀리 시선을 던졌다. 백운의 얇은 베일로 정상을 가린 하얀 봉우리들이 지상을 흘겨보고 있었다. 눈과 얼음으로 뒤덮인 사그라다 파밀리아 성당을 올려다보는 개미라도 된 기분이다. 장엄한 대성당에 결코 뒤지지 않는 칸첸중가의 압도적인 고봉. 이것을 창조해 낸 신에게 기도를 올리고 싶어진다.

"좋은 기회입니다." 에리나가 말했다. "단숨에 전진해요!"

마스다는 그녀와 함께 두 개의 작은 눈산을 넘었다. 그때였다. 불길한 예감이 드는 지형에 발을 디뎠다.

"스톱!" 마스다는 손바닥으로 그녀를 제지했다. "여기는 눈사태 주로가 될 것 같습니다. 약층 체크를 합시다."

"하지만," 에리나가 비탈면을 오르는 다카세를 노려보았다. "저 사람은 가고 있어요."

"경솔하게 따라가다가 눈사태를 유발할 수도 있습니다."

"……알겠어요. 이 부분은 전문가에게 맡기죠."

마스다는 무릎을 꿇고 양팔로 직경 30센티미터 정도의 원을 그렸다. 그 원을 중심으로 삽으로 눈을 파내 적설 속에 높이 70센티미터의 원기둥을 완성했다.

후우 하고 하얀 숨을 내쉬고는 이마의 땀을 닦는다.

"이제 약층이 있는지 없는지 조사하겠습니다."

마스다는 허리를 낮춰 눈으로 만든 원기둥을 두 팔로 껴안고 천천히 자기 쪽으로 끌어당겼다. 그러자 위에서부터 50센티미터쯤 되는 위치에서 원기둥이 쉽게 절단되었다. 눈덩이가 멋들어지게 미끄러져 떨어졌다. 단면은 일본도로 자른 듯 날카롭다. 등골이 얼어붙었다.

원기둥이 절단된 것은 그곳에 약층이 있기 때문이었다. 더구나 아직 손목의 힘밖에 사용하지 않았는데도. 즉, 약간의 무게로도 미끄러져 떨어지는 극히 무른 약층 위에 약 50센티미터의 적설이 있다는 뜻이다.

"여기서 벗어납시다!" 마스다는 일어나서 비탈면을 횡단하듯 나아갔다. 돌아보니 에리나는 떨어진 자일을 줍는 중이었다.

"빨리!"

큰 소리를 내는 것도 주저됐다.

마스다는 다시 돌아서서 걷기 시작했다.

"앗, 눈사태!"

에리나의 외침이 귀를 때렸다. 위를 보니 적설 바로 밑에서 점점 분화가 일듯 연기 같은 눈이 뿜어 오르며 수많은 눈덩이와 함께 새하얀 대폭포가 떨어지고 있었다. 대지가 흔들리는 듯한 굉음을 동반했다. 심장이 멈췄다. 두 무릎의 떨림이 온몸으로 퍼져 갔다. 마스다는 힘이 빠진 다리를 채찍질해 눈 속에서 빠져 나오며 옆으로 달렸다. 눈사태는 중앙이 가장 에너지가 강하다. 끝 쪽으로, 한 걸음이라도 더 끝 쪽으로.

N 자형 안자일렌으로 연결한 자일에 몸이 당겨졌다. 몸을 젖힌 채 뒤를 돌아본다. 에리나가 미처 도망쳐 나오지 못했다. 거대한 눈 해일이 하늘을 잠식하고 있다.

그녀를 직격한다…….

마스다는 본능적으로 등산 나이프를 꺼내 '신뢰'로 이어진 자일을, 잘랐다. 에리나와 눈이 마주쳤다. 그녀는 크게 놀란 듯 손바닥으로 입을 가렸다. 다음 순간, 눈사태에 덮인 그녀가 순식간에 사라졌다. 마스다는 등을 돌려 눈사태가 미치는 가장자리를 향해 전력으로 질주했다. 눈의 파도에 발을 빼앗겨 굴렀고, 세상이 뒤집혔다. 시야를 새카맣게 감싼다. 커다란 소용돌이에 휩쓸린 것과 마찬가지였다. 이리저리 밀리면서 배낭을 벗으려고 발버둥 쳤다. 몸을 조이는 감촉에 의지해 더듬거린다. 여하튼 필사적이었다. 모든 벨트를 푼 순간 몸이 가벼워졌다. 생존 본능에 따라 움직였다. 개구리헤엄을 치듯 눈 위로 올라간다. 허겁지겁 공기를 들이마시고, 눈 속에 잠기지 않도록 버르적거렸다.

대자연의 폭력에 휩쓸렸다가 마침내 멈췄다. 하체가 데브리 더미에 묻혀 있었다. 콘크리트에 묻힌 느낌이었다. 빠져나오려고 해도 몸이 움직이지 않는다. 두 팔로 눈을 헤치고 혼신의 힘을 다해 상체를 끌어 올린다.

빠져라, 빠져라, 제발 빠져라…….

한쪽 다리가 눈 더미에서 빠져나왔다. 배를 깔고 엎드린 채 헐떡거리며 나머지 다리도 빼냈다. 탄식을 내며 일어선다. 주변을 둘러보고 깜짝 놀랐다. 비탈면이 백수십 미터의 폭으로 U 자를 새기고 있다. 눈사태는 수백 미터나 이어졌을 것이다. 온통 산적해 있는 눈 더미들은 무질서하게 늘어선 하얀 묘비처럼 보였다.

에리나! 에리나는…….

마스다는 비컨을 꺼내려고 했다. 없었다. 사라졌다. 어깨와 가슴 벨트로 몸에 단단히 장착했는데.

심장이 요동쳤다. 설마, 하고 생각한다. 필사적으로 발버둥 치며 배낭을 벗어 던질 때 비컨 벨트까지 함께 풀어 버린 걸까. 그리고 눈사태에 빼앗긴 걸까.

무슨 짓인가. 처음 경험하는 눈사태로 패닉에 빠져, 있을 수 없는 실수를 범했다. 등산가 실격이다.

초조감과 위기감이 위장을 조인다. 매몰된 사람을 비컨 없이 찾는 건 불가능하다. 15분. 15분밖에 없는데.

죽은 미쓰키의 새하얀 얼굴이 뇌리에 떠오른다. 피부를 만졌을 때 눈보다 차갑다고 느꼈다. 대자연의 철퇴는 착한 사람에게도 똑같이 내린다는 걸 통감했다.

에리나도 똑같이…….

안 돼. 냉정해져. 지식을 총동원해서 매몰 현장을 추측해 내. 무엇을 위해 눈사태학을 연구해 왔는가? 미쓰키의 목숨을 앗아 간 눈사태에서 한 명이라도 더 많은 산악인을 구하기 위해서가 아닌가.

원래라면 그녀가 떠내려가기 시작한 '조난 지점'과 모습이 사라진

'소실점'을 연결해서 매몰 가능성이 높은 구역을 계산해 낸다. 하지만 자신의 도피에 정신이 없어서 '소실점'을 보지 못했다. 어디인가. 대체 어디를 찾아야 하는가.

마스다는 쌓인 눈 더미들을 넘어 다니며 눈 속에서 등산복의 일부라도 찾으려고 돌아다녔다. 죽게 내버려 둘 것인가. 눈앞에서 죽게 할 것인가.

큰 소리로 그녀의 이름을 부르고 설면에 귀를 대 보았다. 2미터쯤 되는 깊이라면 희미하게나마 대답 소리를 들을 수 있다. 하지만 광대한 눈의 대지에서는 정신이 아득해질 작업이었다. 무엇보다 그녀가 의식을 잃었다면 의미가 없다.

5분, 10분…… 무의미하게 시간이 흘렀다.

자일을 잘랐을 때 봤던 그녀의 표정이 뇌리에서 떠나지 않는다. 외면했다는 오해를 받은 채 죽음으로 헤어지고 싶지는 않다. 부탁이야, 제발 무사히 있어 줘. 신이시여, 그녀를 찾게 해 주십시오. 더없이 하늘에 가까운 지상 6천 미터의 높이에서 애원했다.

경사가 완만하고 데브리가 쌓여 있는 구역을 돌아봤다. 비탈면 위쪽에서 빨간색 점이 눈에 들어왔다. 등산복이다! 등산복이 보인다! 마스다는 희망을 담아 주먹을 꼭 쥐고 눈 속에 정강이까지 파묻히는 다리를 빼내 가며 위쪽으로 향했다.

빨리, 빨리, 빨리. 시간이 없다. 눈사태 발생 후 벌써 12분. 파내는 시간까지 생각하면 서둘러야 한다.

쌓인 눈에 구멍을 만들면서 올라간다. 빨간 점이 서서히 커졌다.

도착하자마자 무릎을 꿇고 양손으로 눈을 파냈다. 삽은 눈사태에

쓸려 버렸다. 제길. 빨리 꺼내 주지 않으면…….

눈을 파내고 또 파낸다. 계속해서 파낸다. 묻혀 있던 건, 에리나의 빨간 배낭이었다. 그녀가 아니었다. 이게 무슨 짓인가. 잊고 있었다. 그녀의 등산복은 오렌지색이었다.

온몸에서 힘이 빠져나가 바닥에 손을 짚었다. 눈앞에 암막이 쳐진 듯한 절망감에 휩싸였다. 눈을 움켜쥐고 하늘을 향해 소리를 질렀다. 목에서 핏줄기가 뿜어 나올 듯했다.

실패다. 그녀를 찾지 못했다. 그녀를 살리지 못했다. 눈물로 어른 거리는 시야를 비탈면 위쪽으로 향한 순간, 물체의 움직임이 포착됐 다. 눈가를 훔치고 응시했다.

다카세는 실족했는지 눈 덮인 급경사면에서 미끄러지고 있었다.

아니다, 실족한 것이 아니다. 저것은 두 발과 피켈을 지렛대 삼아 비탈면을 미끄러져 내려오는 '글리사드' 기술이다. 의도적으로 미끄 러지고 있다.

다카세는 거리가 가까워지자 등산화 모서리를 이용해 정지하고 고 글을 들어 올린다.

"동행자는 어떻게 됐나? 눈사태에 휩쓸린 건가!"

순간적으로 목소리가 나오지 않았다. 마스다는 두 번, 세 번 고개 를 끄덕였다.

"비컨은?"

"잃, 잃어버려서……."

다카세는 혀를 차며 비컨을 내밀었다.

"이걸 써. 나도 예비용으로 찾을 테니!"

"네? 하, 하지만 괜찮습니까? 그녀는……."

"성가신 기자? 멍청한 자식! 눈앞에서 사람이 죽어 가는데 외면하란 말인가!"

그의 눈동자에는 거짓 없는 분노가 끓어오르고 있었다. 그는 진심으로 에리나를 걱정하고 도와주려 하고 있다.

"고맙습니다." 마스다는 고개를 숙이고 비컨을 받아 들었다. 끈을 몸에 걸고 수신 모드로 바꿨다. 순간 반응이 있었다. 최근 기종은 수신 상태에서 2차 눈사태에 휩쓸린다고 해도 일정 시간 조작이 없으면 자동으로 송신 상태로 전환돼서 안심할 수 있다.

비컨을 천천히 좌우로 흔들어 숫자를 확인하면서 나아갔다.

매몰 후 15분 이내에 구출하면 대부분의 경우 목숨을 구한다. 하지만 15분이 지나면 사망률은 급격하게 높아진다. 이미 25분이 지났다.

부탁이야, 죽지 말아 줘.

마스다는 걸으면서 조금씩 매몰 장소를 좁혔다. 하지만 사람이 매몰됐을 가능성이 있는 범위, 이른바 그레이존이 너무 넓어서 정확하게 특정할 수 없다. 닥치는 대로 팠다가는 때를 놓친다.

아랫입술을 깨물었을 때 다카세의 모습이 눈에 들어왔다. 반대쪽에서 수색해 오다가 같은 장소에 이른 듯하다.

"배낭을 잃어버렸을 테니 장소는 내가 특정하지."

다카세는 접이식 탐사 봉을 꺼냈다. 다절곤충처럼 40센티미터 정도의 봉 8개가 와이어로 연결되어 있다. T 자형의 핸들을 당기자 끝과 끝이 달라붙어 하나의 긴 봉으로 변신했다. 그것을 적설과 데브리에 꽂아 수색해 간다.

눈사태 발생으로부터 35분.

"반응이 있어!"

다카세가 데브리에서 탐사 봉을 뽑고 조립식 삽을 꺼냈다. 한 자루를 눈 위로 던진다.

"이 아래, 일 미터 반. 얼른 파!"

마스다는 달려가 삽을 조립했다. 쌓인 눈 더미에 삽을 내리꽂아 눈을 파냈다. 오로지 눈을 파내는 소리만 울린다. 살리기 위해서가 아니라, 왠지 그녀의 무덤 자리를 파고 있는 착각에 휩싸였다.

"죽지 마! 절대로 죽지 마!"

순백의 눈 속에서 오렌지색 등산복이 보였다.

마스다는 소리치며 무릎을 꿇고 얼굴 위치를 추측해 양손으로 눈을 헤쳤다. 눈 아래에서 나타난 것은, 새까만 '무언가'였다. 한 박자 늦게 정체를 깨달았다. 장갑이었다. 그녀는 입가를 두 손바닥으로 가리고 있다.

"괜찮아? 정신 차려!"

다시 눈을 더 헤치자 새까만 장갑이 좌우로 열리고, 에리나의 창백한 얼굴이 드러났다. 잠시 사이를 둔 그녀가 천천히 미소를 지었다.

"……에어포켓을 만들었어. 강의가 도움이 됐네."

퍼뜩 생각이 났다. 그녀와 처음 만난 건 눈사태 강연을 하던 곳이었다. 매몰될 것 같으면 양손으로 얼굴 앞에 에어포켓을 만들어 호흡 공간을 확보하는 것이 중요하다, 공기층이 생명을 연장시켜 준다고 강의했다. 그녀는 그 내용을 기억하고 있었던 것이다.

에리나의 새파란 입술이 움직였다.

"구해…… 줄 거라고 믿었어."

가슴이 옥죄였다.

"그때 내가 자일을 끊은 건……,"

"나를 구하기 위해서지? 눈사태의 정면에 서 있던 나와 안자일렌을 하고 있으면 당신도 끌려들어 가니까. 둘 다 매몰되면 구해 줄 사람이 없어지잖아."

에리나는 절단의 의미를 이해해 주었던 것이다.

마스다는 에리나가 눈사태에 휩쓸리기 직전 파트너가 자일을 끊는 것을 보고 버림을 받았다는 생각에 놀라서 입을 막았다고 생각했다. 하지만 실제는 달랐다. 눈사태의 규모를 직접 보고 몸을 피할 틈도 없이 파묻힐 거라고 판단한 그녀는 파트너가 반드시 구해 주리라 믿고 곧바로 에어포켓을 만들었던 것이다.

"믿어 줘서 고마워." 마스다는 웃음을 지어 보였다. "하지만 나 혼자 구한 게 아니야. 저 사람이 도와줬어."

"응?" 에리나는 시선을 다리 쪽으로 돌렸다. 삽으로 눈을 제거하는 다카세를 응시한다.

"저 사람이?"

"응. 일부러 내려와서 비컨과 삽을 빌려줬어."

"왜? 내버려 뒀으면 방해꾼이 사라졌을 텐데."

"수다는 나중에 떨어." 다카세가 말했다. "꺼내야지."

마스다는 고개를 끄덕이고 눈 더미를 밀어낸 후 에리나의 몸을 조심스럽게 끌어냈다. 다카세가 한쪽 무릎을 꿇고 등산복 위로 전신을 확인했다.

"좋아. 출혈도 골절도 없는 것 같군. 안전한 곳에서 몸을 따뜻하게 해야 해. 업을 수 있겠나?"

"물론입니다." 마스다는 갑자기 생각난 듯 "앗!" 하며 비탈면 위쪽을 가리켰다.

"저쪽에 그녀의 배낭이……."

"알았다. 내가 가져오지."

"고맙습니다."

마스다는 다카세에게 자일을 받아 들고 커다란 고리를 두 개 만들어 에리나의 두 다리에 끼웠다. 그것을 이용해 그녀를 업었다. 긴급시의 운반법이다.

배낭을 주워 온 다카세와 함께 눈사태가 난 곳을 횡단하여 비교적 안전한 장소를 찾아 앉았다. 자신의 배낭을 잃어버린 마스다가 에리나의 텐트를 쳤다. 입구는 눈이 들이치는 것을 막는 타입으로, 벤틸레이터라고 하는 환기구가 달려 있다. 보온성을 높이기 위해 아웃 플라이도 쳤다.

"옷을 갈아입자." 마스다는 에리나를 텐트 안에 깔아 놓은 단열 매트에 눕혔다. 옷이 젖어 있으면 말라 있을 때보다 25배의 열이 손실된다. "갈아입을 수 있겠어?"

에리나는 떨리는 팔을 움직여 가슴 앞까지 가져갔다가 떨어뜨렸다. 창백한 얼굴을 힘없이 옆으로 흔든다.

"아직 무리 같아. 팔이 뜻대로 안 움직여."

"그럼……."

"갈아입혀 줘."

"괜찮겠어?"

그녀는 핏기 없는 입술에 웃음을 띠웠다. "괜찮고 말고가 어디 있어, 긴급 상황인데."

"그, 그렇지."

어느새 서로 반말을 하고 있었다. 위기감이 서로의 거리를 좁혔을 것이다. 마스다는 숨을 내쉬고는 그녀의 상체를 일으켜 젖은 아우터, 겉옷, 속옷 순으로 벗겼다. 불필요한 지방이 없는 육체가 속옷에 감싸여 있었다. 그럼에도 가슴에서 허리의 라인은 유연했다.

쑥스러움을 떨쳐 내고 배낭에서 새 옷을 꺼내 그녀에게 입혔다. 마지막으로 실내용 다운재킷을 입혔다. 다행히 손발은 동상에 걸리지 않았다.

다카세가 텐트 입구에서 얼굴을 내밀었다.

"다 갈아입었나? 응급처치를 하지. 마스다 씨, 물을 끓여다 줘."

마스다는 텐트에서 나와 작은 산을 이룬 눈을 삽으로 퍼서 커다란 비닐봉지에 담았다. 사람의 발길이 닿지 않고 나무도 자라지 않는 칸첸중가의 눈은 낙엽 등의 불순물도 없이 깨끗하다. 텐트로 돌아와 코펠에 눈을 넣은 후 얼마 남지 않은 페트병의 물을 '마중물'로 부었다. 뚜껑을 덮고 소형 가솔린스토브의 불을 켠다.

"추워……."

에리나가 떨리는 입술로 힘겹게 소리를 내며 손가락을 힘없이 움직였다. 손발이 시릴 터다. 무리도 아니다. 극한 추위 속에 놓이면 인체는 체온을 유지하기 위해 피부와 손발의 혈관을 수축시킨다. 말단의 혈액순환을 느리게 해서 몸의 주요 부위인 중심부 온도가 외부로 빠져나가지 못하도록 하는 것이다. 손가락과 발가락부터 동상에 걸리는 이유가 이것이다.

다카세가 에리나의 두 팔에 손바닥을 댔다.

"곧 물이 끓을 거야. 손발 마사지는 안 되니까 조금만 참아."

과연 구조대원 출신이다. 적절했다. 저체온증 환자의 몸을 따뜻하게 하기 위해 마사지를 할 때도 손발은 만지면 안 된다. 신체 말단의 혈액순환이 느려진 동안에 노폐물이 모세혈관에 쌓이기 때문에 차가워진 혈액과 함께 노폐물이 심장으로 흘러들어 가 심실세동을 일으킬 가능성이 있기 때문이다.

알코올이나 커피, 홍차, 담배도 마찬가지로 엄금이다. 카페인이 이뇨 작용을 해 탈수증상을 일으키고, 니코틴은 혈관을 수축시켜 동상을 유발한다.

마스다는 숟가락으로 눈덩이를 휘저어서 녹인 후에도 계속 가열했다. 끓인 물을 다카세에게 빌린 보온 물주머니에 부었다. 그는 그것을 에리나의 양 옆구리에 바짝 대 주었다.

다카세의 치료는 적확했다. 마침내 에리나가 안정을 되찾자 다카세는 이마의 땀을 닦고 한숨을 내쉬었다.

"이제 괜찮아. 하룻밤만 지나면 회복할 거야."

"고맙습니다." 에리나가 미소를 지었다. "생명의 은인이네요."

"눈앞에서 누군가 죽는 걸 보고 싶지 않을 뿐이다."

"……당신이 정말로 가가야 씨를 죽게 버려뒀어요?"

다카세는 그녀의 시선을 가만히 되받았다.

"어떨까. 산에서 무슨 일이 있었는지는 아무도 몰라."

"당사자는 알겠지요."

"당사자라. 내가 정말로 당사자인가?"

"무슨 뜻이죠?"

"글쎄. 오늘은 천천히 쉬어."

"이 틈에 우리를 떼어 낼 셈인가요?"

"나도 오늘 밤은 옆 텐트에서 쉴 생각이다. 아무래도 다시 눈보라가 칠 것 같아."

다카세의 말대로 날씨는 다시 나빠졌고 거센 눈보라가 몰아쳤다. 폭풍설을 맞은 텐트 천의 움직임이 생생해서 연체동물의 체내에 갇힌 기분이 들었다. 텐트는 두꺼운 나일론 재질에다가 폴pole의 압력을 분산시키는 기능도 있다고 하지만 당장이라도 낙엽처럼 날아갈 것 같다. 마스다는 에리나 옆에서 책상다리를 하고 앉아 입을 열었다.

"지금도 다카세 씨가 가가야 씨를 죽음으로 내몰았다고 생각해?"

에리나는 텐트 천장을 응시했다. 어둠 속에서 천장에 매달린 랜턴형 LED 등의 희미한 주황색 불빛이 그녀의 얼굴에 음영을 드리우고 있다.

"솔직히 모르겠어."

"그는 우리를 도와줬어. 나쁜 사람 같지는 않아."

"산에서 누군가의 목숨을 빼앗은 인간이라고 '악'으로 일관하는 건 아니야. 가가야 씨의 일은 무언가의 감정에 움직여진 결과일지도 모르고. 속죄하는 마음으로 나를 도와준 걸 수도 있어."

"아직도 그를 의심하는 건가?"

"……사실은 나도 그를 믿고 싶어. 하지만 그에게는 수상한 점이 있어. 가가야 씨의 다운재킷을 입고 생환한 건 왜일까. 영상에 나온 여덟 발톱의 아이젠을 봐도 알 수 있듯이 그가 히말라야에 적합하지 않은 가벼운 장비로 올랐던 건 사실이잖아. 눈보라가 치기 시작한 칸 첸중가에서 무사히 하산하려면 고성능의 장비가 필요했어. 가가야 씨의 짐을 빼앗았을 가능성은? 본인 말처럼 양보받은 거라면 미담을 얘기할 때 '산의 사무라이'의 좋은 일화로 얘기하지 않았겠어?"

"깜박했는지도 모르지."

"응, 물론 그럴 수도 있지. 하지만 그뿐만이 아니야. 아즈마 씨의 주장과 엇갈리는 건 왜지? 미담이 거짓이라면 가가야 씨를 영웅으로 치켜세워야만 하는 이유가 뭐지? 가가야 부인과의 관계는? 카페에서 받은 거금은 뭐에 대한 사례지? 아즈마 씨가 목맨 시체로 발견되기 직전, 아즈마의 집에서 나온 이유는?"

그녀의 말대로 다카세의 언동에는 수상한 점이 있다. 칸첸중가에서 가가야와 무슨 일이 있었던 걸까? 미담의 진위는? 텐트가 눈보라에 흔들릴 때마다 랜턴형 LED 등이 흔들리면서 다양한 형태의 그림자가 늘었다 줄기를 반복했다.

"그래. 의문점이 너무 많아. 하지만 지금은 쉬는 게 좋겠어."

"……응, 나도 확실히 피곤해." 그녀는 입술에 웃음을 새겼다. "눈 침낭은 너무 차가웠어."

"침낭은 역시 다운이 좋지."

마스다는 에리나의 배낭에서 다운 침낭 두 개를 꺼냈다. 침낭에 파고든 그녀가 내민 손에 살짝 닿았다. 피부를 통해 생명의 따스함이 전해진다.

구할 수 있어서 다행이었다고 마음 깊이 생각한다. 미쓰키를 잃었을 때는 형을 탓하고 자신의 무력함을 탄식했다. 하지만 이번은 다르다. 에리나를 구했다. 다카세에게도 감사해야 한다.

두 번 다시 눈사태로 소중한 사람을 잃고 싶지 않다.

소중한 사람…… 인가.

마스다는 에리나의 손을 부드럽게 쥐고 그녀의 얼굴을 응시했다. 그녀는 어느새 눈을 감고 숨소리를 내고 있다.

자신은 에리나를 어떻게 생각하고 있을까? 2주 동안이나 함께 행동했고, 목숨을 잃을 위기를 극복했다. 서로의 거리가 좁혀진 걸 실감한다. 산을 오르지 않는 사람과는 공유할 수 없는 이 느낌. 대자연이 만들어 낸 혹독한 고봉의 한가운데에서 두꺼운 옷을 껴입고 있어도 맨몸으로 영혼을 기대고 있는 듯한, 생명의 본질을 그대로 드러내고 마음과 마음으로 이어진 듯한, 그런 느낌.

에리나를 여자로 의식한 순간, 아까 보았던 반라의 모습이 눈앞에 어른거리고 심장 소리가 빨라졌다. 잠든 얼굴을 바라보며 숨을 내쉰다. 에리나와 같은 텐트에서 자는 것은 처음이었다. 팀을 이룬 여성과 함께 침낭을 덮은 적은 있지만 그때는 단순한 '동지'로밖에 보지 않았다. 하지만 에리나는 다르다. 혈색이 돌아온 연분홍색 입술에 얼굴이 끌려갈 듯했다. 문득 손목시계 '알피니스트'가 눈에 들어왔고, 의지를 총동원해 자신을 막았다.

마스다는 랜턴형 LED 등을 꺼 에리나의 얼굴을 어둠으로 가리고 침낭에 파고들어 눈을 감는다.

어둠 속에서 폭풍설의 신음 소리를 듣고 있자 기억이 되살아났다.

예전에도 비슷한 경험을 한 적이 있다.

그것은…….

미쓰키의 안부를 알지 못한 채 시로우마다케 기슭의 여관에 묵었을 때였다. 산악 투어객의 가족들이 모인 탓에 빈방이 없어서 남녀라고 해도 다른 방을 잡을 수 없었고, 마스다는 동행해 준 요코와 같은 방에서 지냈다. 그때는 미쓰키 걱정뿐이어서 요코를 전혀 의식하지 않았다.

당시, 방의 불을 끈 순간 달빛도 없는 새까만 어둠 속에 갇혔었다. 창문을 두드리는 눈덩이 소리가 불안감을 증폭시켜 가슴이 터질 듯해 잠들지 못했다. 이렇게 큰 눈이 내리는데 미쓰키는 무사할까. 얼마나 두려움에 떨고 있을까.

눈보라 소리는 귀신들의 울음소리로 들렸다. 미쓰키를 데려가려고 온 귀신들의 소리로밖에 들리지 않았다. 어둠이 무섭고 불안했다. 그러던 중 손에 따스함이 느껴졌다. 요코가 손을 잡아 줬다.

괜찮아, 괜찮을 거야…….

그때는 그녀의 부드러우면서도 마음 든든한 격려를 들으며 잠이 들었다.

결국 미쓰키는 구하지 못했고, 함께해 준 요코와도 헤어졌지만 나중에 재회하여 교제를 시작했고 추억을 만들었다. 곧 2주년 기념일이다.

항상 자신을 지지해 준 요코를 배신하고 있는 기분이 든다. 에리나를 좋아해서 어쩌려고? 도쿄에 혼자 두고 온 요코는 어떡하고?

두 사람을 비교할 것 같아서 마스다는 고개를 흔든다. 계산으로 결론을 내릴 수 있는 문제가 아니다.

자자. 오늘은 일단 자자.

다음 날 아침, 잠에서 깨니 묘하게 압박감이 느껴졌다. 어느새 돔형의 천장이 휘어져 있었다.

위험한데.

마스다는 밖으로 나왔다. 풍설이 매섭게 휘몰아쳐서 몸이 떠밀린다. 화려한 레몬색의 텐트는 뒤집어쓴 눈에 눈으로 만든 움집처럼 보였다. 쌓인 눈을 쓸어 냈다. 아웃 플라이를 치면 이중 구조가 되어 밀폐성이 높아지기 때문에 스토브를 사용하지 않아도 산소결핍증에 빠질 위험이 있다. 텐트로 돌아와 다운 침낭에 둘러싸인 채 잠들어 있는 에리나의 얼굴을 바라보았다. 그러자 잠시 후 그녀가 눈을 떴다.

"……그 사람은?"

"옆 텐트에 있어. 움직임은 없어. 그보다 몸은 어때?"

"이제 괜찮아." 그녀는 침낭에서 나와 상체를 일으켰다. "배고파."

"아침밥 만들게."

마스다는 레토르트 돼지고기 미소시루를 끓였다. 버터와 깨를 넣어 칼로리를 높인다.

흰밥과 함께 돼지고기 미소시루를 먹었다. 숟가락을 입에 가져가면서 에리나를 슬쩍 보았다. 어제의 충동은 가라앉아 있었다. 눈사태로 그녀를 잃을 뻔했던 절망감이 안도로 바뀌면서 일시적으로 감정이 고양됐었을 것이다.

그녀는 하루 만에 체력도 식욕도 되찾았고, 걷는 데에 문제가 없을 만큼 회복했다. 하지만 날씨는 점점 악화되고 있었다. 굉음을 동반한 거센 바람에 텐트 전체가 흔들리고 있다. 마치 폭주하는 열차 지붕 위에서 야영을 하고 있는 느낌이었다. 앉아 있는 엉덩이가 끊임없이 들썩인다.

다카세가 텐트를 접은 건 그다음 날이다. 폭풍설 속에서 짐을 배낭에 담고 있다. 주홍색 등산복에 눈이 잔뜩 달라붙어 있었다.

"출발할 생각입니까?" 에리나가 물었다. "조난당하고 싶어요?"

다카세는 계속 준비를 하면서 대답했다.

"……그 사람의 비컨 건전지가 떨어지기 전에 찾아야 해."

"다시 묻겠는데, 정말로 당신이 가가야 씨를 버렸나요?"

"믿고 싶은 대로 믿어."

"가가야 씨의 장비를 갖고 있는 이유가 뭐죠? 정말로 그가 준 건가요? 가가야 씨의 아내에게 받은 거금은 무슨 사례죠? 아즈마 씨의 집에서 무슨 일이 있었죠?"

다카세는 이어지는 질문에 하나도 대답하지 않고 배낭을 맸다. 에리나가 돌아본다.

"우리도 출발하자."

그녀를 말릴 수 없음을 알고 있었다. 어떤 위험이 기다리고 있어도 진실을 밝히기 위해 나아가리라. 파트너로서 같이 가는 수밖에 없다.

마스다는 에리나와 함께 짐을 정리하고, 폭풍설로 몇 미터 앞도 보이지 않는 설산을 나아가기 시작했다. 몸을 앞으로 숙이지 않으면 상체가 젖혀져 버린다. 바람이 초속 20미터는 될 것이다. N형 안자일렌으로 이어진 에리나는 15미터 뒤를 걷고 있다.

숨 쉬기가 힘들어지면 산소통을 사용했다. 마스크를 입에 대고 몇 분 빨아들이는 것만으로도 훨씬 편해진다.

휘몰아치는 눈보라는 칸첸중가에서 목숨을 잃은 수많은 등산가들의 통곡을 떠올리게 했다. 듣고 있으면 저승으로 끌려갈 것 같은 기분이 든다.

에베레스트에는 '무지개 계곡Rainbow Valley'이라고 불리는 곳이 있다. 이 아름다운 이름의 유래는 섬뜩하다. 컬러풀한 등산복을 입은 등산가들의 추락사로 계곡 바닥에 쌓인 시체 모습이 무지개처럼 보여서 그렇게 부르게 된 것이다. 칸첸중가에도 원통한 시체가 곳곳에 숨겨져 있을 것이다.

마스다는 다카세에게 빌린 비컨을 확인했다. 돌려주려고 하자 눈사태를 만나면 어쩔 셈이냐며 다카세는 받지 않았다. 마스다가 비컨을 갖고 있으면 가가야의 시신을 찾는 데 사용할 것임을 다카세도 알고 있을 터다.

선수를 빼앗겨도 상관없다는 뜻일까.

비컨에 반응은 없다.

쌓인 눈을 밟으면서 작은 산을 넘어 나아간다. 다카세의 등이 눈보라로 지워지지 않을 거리, 약 2미터를 유지했다. 기온은 영하 20도 이하일 것이다. 속옷, 겉옷, 아우터를 겹쳐 입었음에도 맨몸으로 냉동실에 갇혀 있는 기분이다. 걸음을 멈춘 순간 온몸이 얼어붙을 것 같았다.

마스다는 트랜스시버로 에리나에게 말을 걸었다.

"여기는 마스다. 그쪽은 괜찮은가, 오버."

"……물론. 당신이야말로 다카세를 놓치진 않았지? 오버."

"걱정 마. 바로 앞에서 걷고 있어."

그는 추락하면 아무도 막아 줄 수 없는 단독 등반으로 나아가고 있다. 자신이 있는 걸까, 무모한 걸까.

다카세는 비컨의 반응을 살피기 위해 눈 덮인 비탈면을 지그재그로 걸었다.

시신이 발견될 리가 없다. 많은 사람들이 눈사태 주로에서 데브리 축적 지역까지 철저하게 수색했다.

다카세는 반대쪽 비탈면을 내려가기 시작했다.

마스다는 숨을 헐떡이며 뒤를 쫓았다. 강풍이 내리치고 얼음 조각이 섞인 눈발이 고글에 부딪힌다. 압도적인 폭풍설이다. 겹겹이 포개진 눈의 박판薄板이 연속적으로 내리치는 느낌이다. 발라클라바로 덮은 귀조차 먹먹해지는 바람 소리.

미끄러지지 않도록 신중하게 비탈면을 내려간다. 그때였다. 밑창의 감촉에 위화감이 있었다. 거대한 달걀 껍데기 위를 걷는 듯했다. 체중 이동을 한 것만으로도 균열이 생기는 불길한 소리가 들린다.

발바닥부터 머리끝까지 순식간에 핏기가 빠져나간다. 본능이 위기를 알렸다. 그곳에서 벗어나려고 한 걸음 내딛던 순간 대지가 갈라지면서 체중이 사라졌다. 추락이다. 눈앞의 빙벽이 튀어 오르는 것이 보인다. 절규가 터져 나왔다.

척추에 충격이 가해졌고, 추락이 멈췄다. 한 줄의 자일로 허공에 매달려 있다. 에리나가 가까스로 막아 주었으리라. 자일이 팽팽하게 당겨진 상태로 걷고 있었는데도 낙하 거리가 길었다. 에리나는 크레바스 가장자리까지 끌려왔을 것이다. 하마터면 함께 추락사할 뻔했다. 우박 같은 식은땀이 이마에서 배어 나와 볼을 타고 턱 끝으로 내려간다.

눈에 덮여 가려진 크레바스, 히든 크레바스다. 땅속으로 삼켜진 느낌이었다. 크게 놀란 탓에 심장이 튀어나와 목을 막아 버린 것처럼 숨쉬기가 힘들다. 당장이라도 지반 변동이 일어나 양쪽 빙벽이 자신을 짓눌러 버리는 것은 아닐까 하는 망상 같은 공포를 느꼈다.

"……대답해! 괜찮아?"

허리 부근에서 에리나가 크게 외치는 소리가 울렸다. 마스다는 허공에 매달린 채 트랜스시버를 꺼내 송신 버튼을 누르고 응답했다.

"간신히 살았다, 오버."

"다행이다. 이번에는 내가 구해 줄 차례네. 금방 올려 줄게. 아, 다카세 씨도 도와준대."

자일을 임시로 묶어 두려는지, 작업 과정에서 수십 센티미터 정도 몸이 내려갔다. 그때였다. 갑자기 비컨이 반응했다. 날카로운 전자음이 연속적으로 울리기 시작한다.

갑자기 왜?

설마.

마스다는 나락 같은 크레바스의 바닥을 내려다봤다. 얼어붙은 벽이 어둠 속에 잘려 나가 있다.

트랜스시버를 쥐고 말했다.

"끌어 올리지 말고 기다려 줘. 가가야 씨를 찾은 것 같아."

마스다는 자일과 아이스 액스를 이용해 크레바스 바닥으로 내려갔다. 푸르게 빛나는 얼음벽도 내려갈수록 어두운 색에 잠긴다. 중간부터는 헤드램프의 빛이 필요했다. 바닥까지 내려간 후, 두 사람이 내려오는 모습을 지켜봤다. 해저 동굴에 갇힌 기분이었다. 주위가 두껍고 탁한 유리를 모자이크 모양으로 겹쳐 쌓아 올린 것처럼 보인다. 숨이 막힐 듯한 압박감과 공포. 하지만 한편으로는 대성당 품에 안긴 것처럼 엄숙한 안도감이 드는 것은 왜일까.

다카세와 에리나가 크레바스 바닥에 내려섰다.

"가가야 씨를 찾은 것 같다니, 무슨 말이야?"

"둘 다 비컨이 반응하고 있을걸." 마스다는 다시 안쪽으로 돌아섰다. 어슴푸레한 어둠 속으로 헤드램프의 노란색 빛줄기가 뻗었고, 얼음의 세계가 떠오른다.

"눈사태에 휩쓸린 가가야 씨는 크레바스로 흘러들어 간 거야. 그이후 연일 이어진 대설로 크레바스에 '눈과 얼음의 뚜껑'이 만들어졌지. 이곳은 깊이가 상당해서 지상에서는 전파가 잡히지 않아. 비컨의 한계야."

"그렇구나!" 에리나가 소리를 질렀다. "마스다 씨가 그 뚜껑을 밟고 빠지면서 전파가 닿는 거리가 된 거네."

"응. 가가야 씨의 시신은 분명 가까이에 있을 거야."

"그렇군." 에리나는 다카세에게 시선을 돌렸다. "시신이 있는 장소를 알았지만 우리를 따돌리기는 무리일 것 같네요. 어떻게 할래요?"

"……뭘 어쩔 생각 따위 없어." 다카세는 비컨의 반응을 보면서 얼음의 대지를 걷기 시작했다. "난 시신을 찾고 싶었을 뿐이야."

"죄의 증거를 인멸하기 위해서?"

다카세는 말없이 나아간다. 동굴 같은 크레바스 바닥은 전체가 투명한 얼음 습곡으로 덮여 있다. 육각기둥의 얼음 결정들이 무질서하게 꽂혀 있는 모습은 말 그대로 거대한 수정이었다.

마스다와 에리나는 다카세의 뒤를 쫓았다. 우뚝 솟은 빙벽은 침입자를 짓눌러 버리겠다는 듯 양쪽에서 압박하고 있다. 그 벽면에 자연이 새긴 조각은 태고의 벽화를 연상케 한다.

계속해서 안쪽으로 들어가자 비컨의 반응이 뚜렷해졌다. 한쪽 벽에서 튀어나온 얼음덩이로 관 뚜껑이 만들어져 머리를 숙이고 빠져나가지 않으면 안 됐다. 동굴에는 모래시계 모양의 얼음이 솟아 있고, 얼음 기둥들이 매달려 있다.

마침내 다카세가 멈춰 섰다. 그의 시선 끝에는, 얼음 속에 갇힌 시신이 누워 있었다. 헤드램프의 불빛이 그 모습을 비추고 있다.

에리나가 먼저 달려갔다. 마스다도 뒤를 이었다.

시신은 틀림없는 가가야였다. 벗어 버릴 시간도 없었는지 배낭을 멘 채였다. 몸에 두른 장비는 12발톱의 아이젠, 빙벽용 피켈—밴드로 손목에 묶여 있었다— 등 모두가 엄동기의 히말라야용이었다. 허리에는 '알파인 비컨2500'이 장착되어 있다.

피켈로 표면의 얼음을 부숴 가며 배낭을 열자 충분한 양의 연료와 식량, 원정용 고품질 다운재킷, 값비싼 다운 침낭, 얼음 톱 등이 나왔다. 히말라야의 고봉에 도전하기에 충분한 품질과 양의 장비다.

에리나가 고개를 돌려 다카세를 응시했다. 그의 헤드램프가 역광이 되어 그 표정을 읽을 수 없다.

"어떻게 된 거죠? 당신은 가가야 씨의 장비를 뺏어서 그걸로 기적의 생환을 이루어 낸 것 아니었나요?"

다카세는 발라클라바와 헤드램프를 벗고 머리를 긁적이며 체념이 담긴 한숨을 쉬고는 그녀의 눈을 정면으로 보았다.

"그 반대다. 가벼운 장비였던 가가야 씨의 장비와 동계 히말라야용이었던 내 장비를 교환했어. 가가야 씨를 생환하게 하려고."

23

마스다는 깜짝 놀라 다카세를 응시했다.

"······이제 설명해 주시죠." 에리나가 침묵을 깼다. "장비를 교환했다니 무슨 말이죠? 칸첸중가에서 대체 무슨 일이 있었죠?"

다카세는 얼음의 대지에 한쪽 무릎을 꿇고 얼음에 갇힌 가가야의 시신에 손을 가져가 가엾다는 듯 쓰다듬는다.

"내가 가가야 씨와 만난 건 우연이었다. 눈보라 속을 걷고 있는데, 눈 동굴에서 떨고 있는 그를 발견했지. 조난자라고 생각했어. 말을 걸자 그는 등반대의 일원으로 칸첸중가에 오르고 있다고 하더군. 도중에 미끄러져서 일행을 놓쳤다고. 그도 당연했어. 그의 장비는 도저히 히말라야에 도전할 만한 것이 아니었으니까. 팔 발톱의 아이젠, 종주용 피켈, 낡은 저가의 다운재킷, 적은 용량의 배낭."

"그건 자살행위인데."

"산을 얕잡아 본 장비에 난 화가 나서 소리를 질렀어. 그러자 가가야 씨는 생각에 잠긴 표정으로 고개를 숙이더군. 난 도와줄 테니 하산하자고 했지만 그는 거부했어. 등반대를 쫓아 오르겠다고 우기더군. 그의 마음을 바꾸는 건 무리였어. 그는 죽음조차 각오한 비장한 결의를 보였어. 혼자라도 오르겠다고 해서 난 어쩔 수 없이 동행하기로 했지. 안자일렌으로 걷고 빙벽을 올랐어. 앞 발톱이 없는 그는 빙벽 등반을 할 수 없어서 내가 일정 높이까지 오르고 나서 그를 끌어올리는 방법을 선택했지. 도중에 가가야 씨가 낙빙의 직격으로 의식을 잃었지만 간신히 끌어 올리는 데 성공했어. 그리고 안전한 장소에서 텐트를 치고 커피와 라면으로 몸을 따뜻하게 했지. 조금 안정이 되자 나는 그렇게까지 하면서 오르려는 이유를, 등반대를 쫓는 이유를 물었어. 그는 망설이다 함께 위기를 극복했다는 일시적인 신뢰감 때문이었는지 모든 걸 얘기하더군."

가가야는—그때의 성은 다와라였지만— 산악 가이드였다. 4년 전, 자격을 취득하고 얼마 되지 않아서 등산 용품점의 기획으로 산악 투어 팀을 인솔했다. 목표는 시로우마다케의 겨울 등정이었다. 대피소가 폐쇄되는 시기의 등산이기도 해서, 참가자는 일정의 실력을 갖춘 경험자로 제한되었다. 커플 할인의 효과로, 부부와 연인들만이 참가했다.

날씨도 좋아서 순조롭게 정상을 향했다. 하지만 일기예보와 달리 날씨가 급변한 데다가 지형도의 '자침방위각'을 고려하지 않는 실수를 저질렀고, 조난당했다. 미끄러진 여성을 구하려다가 무리해서 발목도 다쳤다.

절체절명 중에 텐트를 치고 불시 야영을 했다. 하루, 이틀, 사흘이 지나도 눈보라는 잦아들기는커녕 점점 거세졌다. 일박의 야영 후 하산할 예정이어서 식량도 연료도 부족했다. 제출한 등산 계획서에 기입하지 않은 루트로 와 버렸기 때문에 조난 사실을 알게 된 구조대가 출동해도 발견되기 힘들었다.

남은 수단은 한 가지. 목숨을 걸고 전파가 닿는 위치까지 하산해 구조를 요청하는 수밖에 없었다. 문제는, 누가 그 임무를 맡느냐 하는 것이었다.

논의 끝에 다섯 명의 남자가 나서기로 했다. 누군가가 뒤처진다고 해도 어떻게든 한 명만 기슭까지 내려가면 된다. 그렇게 계산했다. 여자들은 텐트에 남았다. 설산 등산의 경험자라고 해도 남자보다 체력적으로는 약하다. 발목을 다친 가가야에게 여자들을 맡기고 나머지 남자들은 텐트를 나섰다.

가가야와 여자들은 식량과 연료를 아껴 가며 구조를 기다렸다. 하지만 이틀이 지나도 누구 하나 오지 않았다. 비스킷을 나눠 먹으며 간신히 주린 배를 달래는 나날들. 여자들은 지쳐 있었다. 텐트 내에 절망감이 만연했다.

"내가 상황을 보고 올게."

30대 여성이 일어나더니 비틀거렸다. 다른 여자를 붙잡고 쓰러진 그녀는 기듯이 텐트 입구로 향한다.

"구조대가 오고 있는지 보고 와야……."

가가야는 그녀의 어깨를 잡고 말렸다.

"제가 가겠습니다. 다행히 발목 통증도 가셨습니다."

산악 가이드로서의 직무, 책임감이었다. 텐트 안에서 힘없이 엎드려 있는 여성에게 무리한 일을 시킬 수는 없다.

휘몰아치는 눈보라 속에서 가가야는 상황을 보기 위해 텐트를 나섰다. 중간에 마른 나뭇가지에 붉은 깃발을 묶어 표식을 했다. 멀리 가지 않도록 주의하면서 구조대의 모습을 찾았다. 하지만 아무도 보이지 않았다. 남자들은 어떻게 됐을까.

걱정하면서 돌아가려고 했다. 하지만 눈보라가 시야를 완전히 덮어서 여자들이 있는 텐트를 찾을 수 없었다. 한참을 배회하다가 큰 소리로 외쳤다. 그 목소리는 폭풍설의 굉음 속으로 사라져 시로우마다케에 먹혀 버렸다.

어떻게 해야 할까.

궁극의 선택을 해야 했다. 식량도 없이 홀로 조난당한 이상, 움직이는 수밖에 없다.

가가야는 걷기 시작했다. 밤이 되자 삽으로 눈 더미를 파서 만든 동굴에서 눈바람을 피했다. 아침이 되면 다시 걸었고, 밤에는 눈 동굴을 만들어 잔다.

구조대에 발견된 건 그러던 와중이었다. 이송된 병원에서 여성들이 눈사태로 사망했다는 소식을 들었다. 크레바스에 빠진 듯한 절망감이 들었다. 불행이 뒤를 잇듯이 도호쿠에 있는 본가가 동일본 대지진으로 쓰나미에 떠내려갔다. 부모님이 행방불명된 상태에서 집으로 갔다. 가족의 시신은 찾지 못했다. 설산에 올랐던 자신은 구사일생으로 살아남고, 평범하게 살던 부모님이 목숨을 잃다니. 괴로웠다. 살아남은 자신에게 새로운 십자가가 짓누르는 기분이 들었다.

시로우마다케 조난 사고 뉴스는 그 직후의 지진 때문에 언론에 보도되지 않았다. 하지만 단 하루도 죄의식에서 벗어난 적은 없다. 여자들의 텐트를 잃어버리지만 않았다면. 함께 데리고 나왔더라면.

회한의 마음은 날이 갈수록 커져 갔다.

산악 가이드를 그만두고 산을 버렸다. 산에 관심이 없는 여성과 교제하고 결혼했다. 그럼에도 괴로움은 사라지지 않았다. 투어 참가자들을 몇 명이나 죽게 했다. 등정을 성공시키고 무사히 하산시키는 것까지가 산악 가이드의 임무인데도. 대체 어떻게 하면 죄를 갚을 수 있을까.

"……가가야 씨는 텐트에서 그런 이야기를 했어." 다카세가 일어나서 얼음에 갇힌 시신을 응시했다. "그는 사 년 전의 실수를 후회하고 있었어."

마스다는 주먹을 쥐고 더 이상 말을 할 수 없게 된 가가야를 내려다봤다. 그리고 다카세에게 시선을 옮겼다.

"시로우마다케 눈사태로 목숨을 잃은 사람은 형의 연인이자, 내가 몰래 연모했던 여자였어."

다카세가 놀란 듯 눈을 크게 떴다.

"지금 이야기," 마스다가 말을 이었다. "사실인가? 가가야 씨는 혼자 살아남기 위해 걸림돌이 되는 여자들을 버린 건지도 몰라. 그래서 자신의 죄를 감추기 위해 당신에게 가짜 경험담을 이야기한 걸 수도 있어."

"그는 마음 깊이 후회하고 있었어. 그 고뇌의 표정은 거짓이 아니었어."

"실수로 참가자들을 죽게 한 후회의 표정일까, 그들을 방치하고 혼자 생환한 후회의 표정일까. 타인은 진실을 알 수 없어."

"……뭐, 그럴 수도 있겠지. 진실은 알 수 없어. 하지만 가가야 씨가 사 년 전의 일을 계속 후회했던 건 사실이다. 그렇지 않다면 칸첸중가 등반에 참가하지 않았겠지."

"가가야 씨가 산으로 돌아간 이유를 알고 있는 건가?"

"그래. 본인에게 들었어. 어느 날, 한 남자가 그를 찾아왔다더군. 이름은 아즈마 교이치로. 사 년 전 시로우마다케에서 아내를 잃은 남자야. 아즈마는 사 년 전의 생환자들끼리 히말라야 고봉을 등반할 계획이라고 했다는군. 시로우마다케의 생환자들은 아내와 연인을 구하지 못한 죄책감으로 괴로워했던 모양이야. 그들은 생존자 증후군을 치료하는 모임에 다니게 되었고, 그곳에서 재회했어."

형이 생존자 증후군을 치료하는 모임에 다녔다는 것은 형의 전 애인에게 들었다. 아즈마는 서로 모르는 사람이고 등산 교류 사이트에서 알게 되었다고 했지만, 역시 그건 거짓말이었다. 실제로는 모두 과거 시로우마다케의 생환자로, 그 모임에서 재회했다.

"아즈마는 괴로움에서 해방되려면 산에 오르는 수밖에 없다. 그것도 난도가 높은 외국 산을 올라야 한다고 가가야 씨에게 호소했지. 그들의 등산 계획을 듣는 동안 그는 느꼈어. 그 등산 계획이 사실은 복수 계획이 아닐까, 사망률이 높은 칸첸중가로 불러들여 '아내와 연인을 방치해 죽게 한 산악 가이드'를 죽이려는 게 아닐까. 가가야 씨는 해명하지 않았어. 여성들의 텐트를 찾지 못하고 혼자 하산한 게 사실이니, 자신이 죽인 것과 마찬가지라고 고뇌하고 있었으니까."

"잠깐. 그가 자신을 죽일지도 모르는 일행과 함께 산에 올랐다고?"

"그래."

"가가야 씨의 장비는 십일월의 히말라야에 부적합했다고 했지? 사고로 위장해서 살해하기 위해 아즈마 일행이 준비한 건가?"

"가가야 씨는 전직 산악 가이드야. 부적합한 장비를 건네받았다면 눈치챘겠지. 그는 자기 스스로 그런 장비를 지참한 거야, 일부러."

"뭐 때문에?"

"단죄."

단죄가 필요하다…….

가가야 부인이 남편에게 들었다는 의문의 말이다.

"가가야 씨는 그들의 살의를 시험해 보려고 했어. 칸첸중가에 부적합한 장비를 보고 아무 말도 안 한다면 자신을 죽이려고 한다는 걸 알 수 있고, 그들은 아직 용서하지 않은 것이라고. 그렇다면 각오를 하고 살해당하기 위해 오르자고."

무슨 말인가. '단죄가 필요하다'는 말을 듣고 가가야가 누군가를, 아마도 형을 심판하려는 것이라고 생각했다. 하지만 반대였다. 자신에 대한 말이었다.

4년 전의 죄가 용서됐는지, 아닌지.

결국 가가야는 부적합한 장비로 칸첸중가에 올랐다. 그렇다면 형을 포함한 전원이 묵인했다는 뜻인가. 장비가 허술했다면, 크레바스로 밀어 버리는 등의 적극적인 살해 방법을 사용하지 않더라도 위험한 루트를 선택하는 것만으로 목숨을 빼앗을 수 있다. 미필적 고의라고는 해도 양심의 가책은 덜하다.

"난 텐트에서 그 이야기를 듣고 격노했어. 먼저 가가야에 대한 분노가 치밀었지. 목숨을 걸고 구해 준 건 실수였는지도 모른다고 생각했다. 목숨을 빼앗기러 산에 오르다니……."

"산에 대한 모독?" 에리나가 끼어들었다.

"아니, 난 산을 그렇게까지 신성시하지 않아. 거울을 본 듯한 기분이 들었어. 나 자신, 과거에 토사 붕괴와 화재에서 생환했고 지켜야 할 사람을 지키지 못한 괴로움에 철저하게 빠져 있었으니까. 가가야 씨의 자포자기적인 속죄 의식은 내 마음 그대로였다. 내가 혼자 위험한 산을 오르는 것은 죽을 장소를 찾고 있는 것인지도 모르지. 재해여, 대자연이여, 이번에야말로 내 목숨을 빼앗아 줘, 하고."

"그런……."

"뭐, 내 얘기는 됐고. 여하튼 난 화가 났어. 그의 자포자기적인 태도에 화를 낸 후에는 등반대 인간들에게 화가 치밀었지. 생환자가 다른 생환자의 목숨을 뺏는, 그런 어리석은 짓이 또 있을까? 자기 대신 타인을 탓해서 죄책감을 떨어 버리려는 거야. 나는 그 얕은 생각을 용서할 수 없었다. 하지만 가가야 씨는 등반대를 쫓아가겠다고 우겼어. 그 장비로는 무리라고 했지만, 죽으면 그건 그거대로 '단죄'라고 하더군. 생환자들에 의한 '복수'가 완성될 때까지 가가야 씨는 포기하지 않았을 거야. 그는 복수당하기를 바라는 마음조차 있었어. 나는 그의 마음을 바꿀 수 없었어. 애초에 똑같이 자포자기적인 삶을 사는 내 주장에 설득력 따윈 없었겠지. 텐트에서 잔 후, 나는 그보다 먼저 눈을 떴어. 그를 등반대 일행에게 가게 해서는 안 된다는 생각에 고민했지. 등반대와의 합류는 반드시 그의 죽음으로 이어진다. 하지만 말릴 수 없다면, 최소한 도중에 죽을 게 빤한 장비만은 어떻게 해야겠다고 생각했지. 그래서 소리를 죽이고 침낭에서 빠져나와 그의 장비를 훔쳤어. 대신에 내 장비를 두고 왔지. 체격이 같아서 문제는 없었어. 가가야 씨가 눈을 떴을 때, 그 의미를 깨닫는다면 살아남으려고 할지도 모른다고 생각했지. 게다가 등반대 일행도 가가야 씨의 목숨을 빼앗으려면 그의 자살을 바라는 마음을 이용하지 말고 직접 그 손을 피로 더럽히라고 생각했다."

다카세가 가슴속에 품은 분노의 근원을 이해할 수 있을 것 같았다.

"혹시 '알파인 비컨2500'도 그때에?"

"그래. 내 거야. 비컨을 깜박했다는 걸 알았을 때, 군사 마을에서 우연히 보고 손에 넣었지. 아무리 구식이라도 없는 것보다는 나아. 그랬는데 산에서 만난 가가야 씨도 비컨을 갖고 있지 않았어. 그래서 그걸 두고 왔고."

그랬군. 다시 의문 하나가 풀렸다. 텔레비전에서 다카세가 비컨이 없다고 고백했을 때, 산속에서 만난 다른 등산가에게 구조될 가능성도 있는데, 단독 등정이라도 그것을 소지하지 않는 건 이상하다고 생각했었다. 그런데 가가야에게 양보해서 갖고 있지 않았던 것인가.

풀린 의문은 또 하나 있다. 다카세는 인터뷰에서 '가가야 씨는 비컨을 갖고 있었다'고 했다. 한편 아즈마는 '가가야에게는 비컨이 없었다'고 했다. 두 사람의 주장이 대립했던 이유도 이걸로 설명이 된다.

"칸첸중가에 도전할 장비가 없어진 나는 하산하는 수밖에 없었어. 가가야 씨의 생환을 기원하며 베이스캠프를 향했다. 하지만 등반대를 뒤쫓아 간 가가야 씨는 눈사태에 휘말려서," 다카세는 얼음에 갇힌 시신을 응시했다. 눈빛에는 연민이 담겨 있다. "이렇게 목숨을 잃었다. '위대한 다섯 개의 눈의 보고'라고 불리는 칸첸중가를 살인의 장으로 선택한 인간들에게 천벌이 내린 것은 알겠어. 하지만 왜 가가야 씨까지…….”

“자연은 이빨을 드러낸 인간만을 선택하지는 않아.” 마스다는 말했다. 그의 주장을 인정해 버리면 형의 죽음도 자업자득이라고 비난하는 게 된다. “그 미담은 거짓이었나?”

“난 눈사태의 직격을 맞지는 않았어. 간신히 피할 수 있었지. 그후 눈사태에 휘말렸을 가능성이 높은 등반대와 가가야 씨를 구할 수는 없을까 해서 현장으로 돌아갔다. 하지만 도중에 조난을 당했고 비바크를 했어. 구조대에게 구조된 건 그때였다.”

다카세는 텔레비전에서 미담을 얘기할 때, 눈사태로 매몰됐지만 간신히 자력으로 기어 나왔다고 했다. 운동을 정지한 눈사태는 급속하게 단단해져 콘크리트처럼 되기 때문에 인간의 힘으로는 빠져나올 수 없게 된다. 지금 생각해 보면 ‘기적의 생환’에는 무리가 있었다. 눈사태에 매몰된 경험이 없어서 그런 거짓 이야기를 했을 것이다.

“왜 그런 거짓말을?”

“……텐트에서 모든 것을 고백한 가가야 씨는 내게 말했어. 어떤 결말이 기다리고 있더라도 다른 사람에게 진실을 말하지 말아 달라고. 난 등반대 일행이 저지르려는 죄를 용서할 수 없다고 했다. 하지만 그는 애원했어. 살인 계획이 알려지면 사람들은 살인의 동기를 알려고 할 테고, 그렇게 되면 자신의 사 년 전 죄가 파헤쳐져 아내와 자식이 상처를 입는다. 그것만은 피하고 싶다고.”

“미담을 만들어 낸 건 살인을 계획한 등반대 일행을 폄하하고 가가야 씨를 영웅으로 만들기 위한 것이었나?”

“그렇다. 가가야 부인에게 남편이 사 년 전 여성들을 죽게 해 원한을 산, 죄 많은 산악 가이드가 아니라, 자신의 목숨도 돌보지 않고 낯선 타인을 구한 영웅으로 기억하게 하고 싶었다."

"그러면 가가야 부인에게 받은 돈은? 미담을 만들어 낸 사례금이 아니었다는 건가?"

"오해야. 그 돈은 무언가의 사례 따위가 아니야. 난 그녀를 찾아가, 구조대가 포기한 가가야 씨의 시신을 찾기 위해 다시 한번 칸첸중가에 오를 생각이라고 밝혔다. 그러자 그날 부인이 불러서 나갔더니 장비 비용과 입산료에 보탰으면 한다며 준 돈이다."

거금은 악의의 증거가 아니었던 것인가. 모든 것은 불신감으로 빚어진 망상이었다.

"그렇다면 왜 몰래?"

"아즈마가 생환해서 내가 지어낸 미담을 부정했기 때문이다. 그런 와중에 가가야 부인과 만나는 모습이 촬영됐다면 세간에서는 어떻게 볼까? 바로 지금 당신들과 똑같이 우리 관계를 의심하겠지."

이야기의 앞뒤가 맞았다. 이 순간을 모면하기 위해 지어낸 이야기는 아닐 것이다.

"아즈마 씨가 미담을 부정하고, 가가야 씨가 등반대의 장비를 들고 도망갔다고 주장한 건 왜였을까?"

"용서할 수 없었던 거야." 다카세가 대답했다. "귀국해 보니 사 년 전에 자신들의 아내와 연인을 '방치했던 비겁자'가 영웅시되고, 등반대가 중상모략을 당하고 있었으니까. 하지만 진상을 고백할 수도 없었지. 사 년 전의 이야기를 하면 살인 계획이 발각되니까. 자기 혼자 살아남기 위해 등반대의 식량과 장비를 들고 도망갔다는 거짓 이야기는 사 년 전 사건의 재현이었어. 당시의 '도주'를 폭로할 수 없으니까 대신에 현재의 '도주'를 꾸며 낸 거지."

아즈마의 마음은 충분히 납득이 되었다.

장비를 탈취했다는 에리나의 의심에도 다카세가 침묵으로 일관한 건 가가야 부인을 지키기 위해서였을까. 장비 교환을 고백하면 이유를 추궁당할 테고, 결과적으로 가가야의 과거가 드러난다.

"아즈마의 심리는 추측인가. 아니면⋯⋯."

"절반은 추측이다." 다카세는 말했다. "후반부는 본인에게 들었다. 그의 집을 방문했을 때."

에리나가 나섰다.

"아즈마 씨가 자살한 이유는?"

마스다는 눈을 크게 뜨고 그녀를 응시했다. "자살일까? 아즈마 씨는 두 다리가 골절됐을 텐데. 현장에는 발판이 없었잖아. 기사에서 봤어."

"목맨 시체를 발견했을 때, 아즈마 씨는 하네스를 착용하고 암벽등반을 하는 듯한 자세로 죽어 있었어. 나도 계곡 등반을 할 때 자주 연습하는데, 그는 로프 테크닉으로 몸을 들어 올렸을 거야."

로프 테크닉은 나무를 오르는 트리 클라이밍에서 사용되는 기법이다. 하네스를 이용해서 매달아 놓은 자일을 두 팔로 당겨 몸을 끌어올리는 것이다. 다리를 사용할 필요가 없다. 자기가 자기를 들어 올리는 하역 기술이라고 할까. 설득력이 있다. 완력 단련 연습용으로 자택에 자일이 세팅되어 있다면 다리가 골절되었어도 대들보까지 오를 수 있다.

"경찰도 자살로 보고 있을 거야. 내가 기사로 살인 의혹을 제기한 건, 다카세 씨가 증거인멸 목적으로 네팔에 가는 걸 막으려고 한 거고. 미안합니다. 진실을 알았다면 그런 기사는 쓰지 않았을 겁니다."

다카세는 어깨를 으쓱해 보였다.

"아즈마는 내가 죽인 것과 마찬가지야. 왜 미담을 꾸며 냈는지 가르쳐 주겠다고 전화로 얘기했더니, 아즈마는 집에서 얘기하고 싶다고 했어. 난 그를 찾아가 진실을, 가가야 씨에게 들었던 그의 진의를 전했지. 죽음을 각오하고 속죄할 생각으로 등반에 참가했던 거라고. 가가야 씨의 마음을 알게 된 아즈마는 동요했어."

아즈마가 죽음을 선택한 이유도 왠지 이해가 됐다. 그는 시로우마다케에서 사랑하는 여인을 잃고 생환하게 됐다. 후회와 죄책감이 늘 가슴을 옥죄고 있었으리라. 살기 위해 생존자 증후군을 치료하는 모임에 다녔을 정도다. 하지만 마음은 전혀 가벼워지지 않았고, 4년 전의 생환자들과 재회하면서 오히려 고통이 증폭됐다. 그들은 이야기를 나누는 동안 복수 계획을 세웠다. 그렇게까지 심리적인 궁지에 몰려 있었던 것이다.

그들은 찾아낸 가가야를 교묘한 말로 유인해 사망률이 높은 칸첸중가에 올랐다. 그곳에서 제2의 비극이 일어났다. 예기치 못한 대형 눈사태가 발생했고, 자신 이외의 전원이 목숨을 잃었다. 또다시 많은 목숨이 희생된 설산에서 생환한 것이다.

아즈마의 고뇌는 얼마나 컸을까. 살인 계획 따위 세우지 않았다면 산의 노여움을 사지도 않았을 테고, 자신과 똑같은 괴로움을 안고 있던 사람들은 죽지 않았을 것이다. 그렇게 자신을 몰아붙였을 터다.

그러던 중 다카세가 나타나 가가야가 자신의 죄를 책망해 왔으며 살해당할 각오로 칸첸중가 등반에 참가했다는 이야기를 들었다.

아즈마는 잊고 있었는지 모르지만, '가해자'인 가가야도 역시 생환자의 한 사람이었던 것이다. 4년 전 등반 참가자인 여자들을 죽게 한 것을 끊임없이 후회하고 있는 생환자. 그도 자신과 마찬가지로, 아니 자신보다 더 고뇌하는 입장이었다는 것을 깨닫고, 살인 계획이 얼마나 어리석은 짓이었는지 알게 됐다.

진실을 이야기한 다카세가 떠나자마자 아즈마는 충동적으로 하네스를 장착하고 자일을 이용해 몸을 들어 올렸다. 그리고······.

마스다는 숨을 내쉬면서 얼음 천개天蓋를 올려다봤다.

······형. 왜 살인 계획에 동참한 거야?

물어봐도 대답은 없다. 형 일행은 우행을 저지른 결과 눈사태로 목숨을 잃었다.

마스다는 가가야 옆에 무릎을 꿇고 시신을 바라봤다. 왜 복수 계획을 알면서도 칸첸중가 등반에 참가했는가. 그를 원망하고 싶어진다. 그가 거절했다면 등반은 중지되었을 테고 형 일행은 죽지 않았다. 자기중심적인 속죄 의식이 대참사를 불렀다. 가장 탓해야 하는 사람은 형 일행이라는 걸 알면서도 가가야에게 화풀이를 하고 싶어진다.

시선을 옮기자 시체의 하네스에 장착된 자일이 눈에 들어왔다. 끝이 끊겨 있다. 형의 자일과 마찬가지로 심 부분의 얇은 세 가닥의 밧줄이 예리하게 절단되어 있었다.

마스다는 자신도 모르게 일어섰다.

잘린 부분이 똑같다. 형의 유품인 자일과 똑같이 잘려 있다. 이게 어떻게 된 거지? 설마…….

아니, 그렇게밖에 생각할 수 없다. 원래는 하나의 자일이었던 것이다. 그것이 형의 하네스에도 가가야의 하네스에도 연결되어 있었다. 이유는 하나다. 형과 가가야는 안자일렌으로 이어져 있었던 것이다.

그렇다면, 조작된 자일은 형의 것이 아니라 가가야 것이었다.

24

마스다는 가가야의 자일을 가리켰다.

"여기 봐. 연결 방식이 안자일렌이지? 가가야 씨는 형과 같은 자일로 이어져 있었어."

"형과 이어져 있었다는 걸 어떻게 알지?"

"잘린 부위야. 이쪽에도 똑같이 인위적인 흔적이 있어. 결국 예의 유품인 자일은 형의 것이 아니라 가가야 씨 것이었어."

"죽일 상대가 형이 아니라 가가야 씨였다는 뜻?"

"그래. 그리고 또 한 가지 알아낸 게 있어. 형은 살인 계획에 동참하지 않았을지도 몰라."

"어떻게 알지?"

"설산을 이용해 죽일 생각이었다면 가가야 씨와 안자일렌을 할 필요가 있었을까?"

안자일렌은 상호 안전 확보의 기술이다. 목숨을 서로에게 맡긴다. 조금 전 크레바스에 떨어졌을 때처럼, 한쪽이 위기에 처했을 때 다른 한쪽이 몸을 당겨 멈추게 해 주는 것이다. 신뢰할 수 없는 파트너와는 안자일렌을 할 수 없다.

"가가야 씨를 사고로 위장해 죽이기 위해 누군가가 그의 자일에 손을 댄 거야. 하지만 그건 형이 아니야. 손을 댄 걸 알았다면 안자일렌에 가가야 씨의 자일을 사용할 리가 없지. 자신의 자일을 사용했을 거야. 자신이 발을 헛디뎠을 때 자일이 끊어진다면 자신이 목숨을 잃게 되니까."

에리나는 생각에 잠긴 듯 얼음의 대지를 노려보았다. 눈보라도 들어오지 못하는 크레바스 바닥은 귀가 아플 정도로 고요하다.

"나," 에리나가 고개를 들었다. "고백할 게 있어. 주간지에 실은 아즈마 씨의 편지, 사실은 두 통이었어. 내가 게재한 건 칸첸중가 등반 전의 날짜였어. 증오심이 들끓고 있었을 무렵의 고발. 가가야 씨가 사 년 전에 무엇을 했는지. 그건 당신도 봤지. 아마도 자신에게 무슨 일이 생겼을 때 진실이 밝혀지도록 미리 써 두고 칸첸중가로 갔을 거야. 또 한 통은 자살한 날의 날짜였어. 경찰은 두 통 다 공개하지 않았지만."

"다른 한 장에는 뭐가 적혀 있었어?"

"……진실." 에리나는 각오한 듯 크게 숨을 내쉬었다. 이곳에는 하얀 입김을 지워 버리는 풍설은 없다. "동료들은 가가야를 죽이기 위해 칸첸중가에 간 것이 아니라고."

"의미를 모르겠어. 그러면 왜?"

"냉정하게 생각해 봐. 아무리 사랑하는 여성을 산에서 잃었다고 해도, 산을 사랑한 남자들이 산에서의 살인 계획에 전부 동조했겠어?"

"……듣고 보니 그건 좀 무리일 것 같군."

"아즈마 씨가 가가야 씨에 대한 원한을 애기했을 때 한 사람이—유서에는 **ABC**로 표기되어 있었지만— '상황을 보러 텐트에서 나왔다가 길을 잃었다는 말은 사실일지도 모른다'고 주장했대. 의견이 나뉘었던 모양이야. 각자의 주장을 펼치던 중 한 사람이 '함께 산에 올라보면 제대로 된 등산가인지 아닌지 금방 알 수 있다'고 했대. 그래서 논의한 결과 가가야 씨가 정말로 동료를 외면하지 않는 '산 사나이'인지 아닌지 확인하고 싶어서 등반을 하자고 꾄 거야. 하지만 가가야 씨는 칸첸중가를 얕잡아 본 장비로 나타났지. 그걸 용서할 수 없었던 모양이야."

마스다는 예전에 형이 화를 냈던 일을 떠올렸다. 일부러 위험을 만들어 그것을 극복하기 위해 경장비로 산에 도전하려고 했던 때다. 팀원 중 한 명이 산을 얕잡아 보고 장비를 꾸리면 동료 전원이 위험에 빠진다, 너의 그 태도는 자기만족이다 하는 식으로 화를 냈었다.

그렇다. 팀을 이룬 이상 불충분한 장비로 나타난 가가야는 동료의 목숨을 경시하는 것과 마찬가지였다. 아즈마 일행은 그 시점에서 분노가 격화됐을 것이다. 그런 장비로 나타난 가가야와는 신뢰를 맺을 수도 없고 안자일렌을 할 수도 없다. 그래서 등반대 내에서도 밀려났다. 누구와도 파트너가 되지 못해 뒤처졌다가 조난당했다. 다카세와 만난 건 그러던 중이었다.

가가야는 다카세가 바꿔 놓고 간 히말라야용 장비를 두르고 등반대를 쫓아갔다. 형은 가가야의 의지를 확인하고 안자일렌을 했다. 누군가가 그의 자일에 손을 댔다는 사실을 모른 채.

"자일에 손을 댄 사람은?"

"아즈마 씨가 도중에 칼집을 넣었던 모양이야." 에리나가 대답했다. "장비 문제로 화가 나서 충동적으로 그렇게 했다고."

자일에 손을 댔기 때문에 가가야가 죽은 건 아니라고 생각한다. 대형 눈사태에 휩쓸렸을 때, 그 압도적인 힘에 자일의 흠집 부분이 끊어진 건 사실이다. 하지만 흠집이 없었다고 해도 가가야의 생사는 변하지 않았을 것이다. 그 정도로 큰 눈사태였다.

자일에 칼집을 내지 않았다면 안자일렌 상태로 눈사태에 휩쓸렸을 터다. 형은 그에게 끌려가다 크레바스에 빠졌을 것이고, 시신은 오랫동안 잠들어 있었을지도 모른다.

마스다는 온몸에서 힘이 빠지는 기분이었다. 형은 살인 계획을 세웠던 것이 아니다. 가가야를 신뢰했고 목숨마저 맡겼다. 등산가로서의 자긍심은 버리지 않았다.

그 사실을 안 것만으로도 충분했다.

다카세가 가가야의 시신을 메어 올렸다.

"도와주지 않겠나. 그를 아내 곁에 되돌려 주고 싶어."

마스다는 고개를 끄덕였다. 유일하게 발견되지 않았던 시신. 시신이 돌아오지 않으면 가가야 부인은 영원히 남편의 죽음에 얽매이게 될 것이다.

아이스 액스와 아이젠 앞 발톱을 빙벽에 꽂아 가며 세 사람이 나란히 크레바스에서 탈출했다. 3분의 1 구조법을 이용해서 하네스에 고정한 시신을 끌어 올린다.

끌어 올린 시신을 침낭에 담았다. 다카세가 스키 판을 이용해 조립한 간이 썰매에 시신을 뉘었다. 휘몰아치는 눈보라 속에서 세 사람은 안자일렌으로 연결하고 순서를 바꿔 가며 교대로 썰매를 끌었다. 날씨는 차차 회복되기 시작했다. 신이 희망의 활로를 열어 준 것처럼 시야가 환해진다.

마스다는 풍경을 바라봤다. 태양이 히말라야 산들에 반쯤 잠겼고, 연봉의 빙설이 옅은 핑크빛으로 물들어 있었다. 밀려오는 운해는 타오르는 듯한 오렌지색을 띠고 있다.

시간의 흐름과 함께 눈과 얼음으로 된 얇은 명주옷을 입은 칸첸중가의 바위 표면은 그림자와 하나가 되어 어두컴컴한 밤에 녹아들어 간다.

"아름다워……."

돌아보니 에리나가 하늘을 올려다보고 있었다. 마스다도 밤하늘을 올려다보았다. 보석 같은 별들이 반짝이고 있었다. 손을 뻗으면 잡힐 듯하다. 지금 자신들은 지구 상에서 하늘과 꽤 가까운 위치에 서 있다고 실감했다. 생각해 보면 칸첸중가에 발을 디딘 후부터 경치를 음미할 여유가 거의 없었다.

밤하늘의 반짝임을 만끽한 후 텐트를 치고 야영을 했다. 날이 밝기 전에 잠에서 깨 에리나를 밖으로 불러냈다. 30분쯤 기다리자 경이로운 아침노을을 볼 수 있었다. 지평선까지 이어지는 히말라야 산봉우리들 너머로 태양이 얼굴을 내민 순간 산 전체를 덮고 있던 어둠이 조금씩 물러났고, 꼭두서니색으로 물든 산이 모습을 드러냈다. 이내 눈과 얼음이 황금색으로 바뀌어 간다. 칸첸중가를 덮고 있던 은빛 눈이 전부 벗겨져 나간 그 속에서 금괴가 드러난 듯한 착각에 빠진다.

"최고의 절경이네. 눈보라가 치고 있었으면 못 봤겠지."

"응. 평생 살아도 이런 장면은 몇 번 경험하기 힘들 거야."

마스다는 그녀가 쥐고 있는 디지털카메라를 힐긋 봤다.

"사진, 안 찍어도 돼?"

에리나는 그제야 생각난 듯 디지털카메라를 들어 올리는 듯하더니 이내 고개를 흔들었다.

"렌즈를 통과하면 경치가 바랠 것 같아. 눈에 새겨 둘래."

"……그래. 추억을 안고 돌아가자. 그러려면 하산할 때 긴장을 늦추지 말아야 해."

조난 사고의 대부분은 하산 중에 일어난다. 정상에 섰다는 만족감 때문인지, 등정으로 체력과 정신력을 다 소진한 때문인지, 방심이 마음에 숨어든다. 마지막까지 긴장을 늦춰서는 안 된다.

다카세가 얼굴을 내밀고 식사 준비가 됐다고 한다. 그의 텐트에서 아침 식사를 했다. 그 후, 출발하려고 텐트를 정리하고 있을 때 마스다는 문득 생각이 나서 다카세에게 물었다.

"그러고 보니, 주간지에서 당신 이야기가 나왔었어. 후지산에 올랐던 등산객의 고발이었지."

기사에 따르면, 등산 중에 다카세는 사소한 일로 말다툼을 벌인 등산객의 배낭을 빼앗고는 텐트를 꺼내 등산 나이프로 찢었다. 그 등산 팀은 야영을 할 수 없게 돼 어쩔 수 없이 하산했다. 도중에 눈보라도 만났더라면 눈 동굴을 파는 수밖에 없었고, 목숨을 잃을 위험성이 높았다고 기사는 결론짓고 있었다.

마스다는 기사의 내용을 설명하고 "사실인가?" 하고 물었다. 그 기사를 읽었을 때는 다카세의 이중성을 의심했다. 감춰진 공격적인 얼굴이 있다고 생각했다. 실제는 어땠을까. 다카세와 이야기하면 할수록 악질적인 중상모략으로 여겨진다.

"……아, 그 일 말인가." 다카세는 코웃음을 쳤다. "기억나. 뭐, 거짓말은 아니군."

"왜? 왜 그런 짓을?"

"산을 얕봤으니까. 그 일행은 경장비로 후지산을 올랐어. 그런 의미에서는 칸첸중가에서 만난 가가야 씨와 마찬가지였지. 난 하산하는 편이 좋다고 조언했어. 날씨가 나빠질 게 분명했으니까. 하지만 일행은 근거 없는 자신감으로 뭉쳐서는, 곤란해지면 구조 헬기를 부를 거니 괜찮다면서 웃더군. 민간 헬기만 안 부르면 공짜라며. 난 구조대 시절에 몇 번이나 재해 현장에 출동했는데, 어떤 잘못도 없이 사고에 휘말린 사람들이 대부분이었어. 그래서 그들의 자기중심적인 태도를 용서할 수 없어서 나도 모르게 화를 냈다가 말싸움이 됐지. 그대로 등산을 계속하면 조난 사고로 이어질 게 확실했기 때문에 텐트를 찢었어. 그렇게 하면 하산할 수밖에 없으니까. 지금 생각해 보면 꽤 감정적인 행동이었지. 하지만 그때라도 포기하면 눈보라가 일기 전에 하산할 수 있으니까. 난 생명을 구하고 싶었어. 단지 그것뿐이야."

다카세는 등을 돌리고 텐트를 배낭에 넣었다.

그런 거였군. 뉴스에서 다카세의 얼굴을 본 당시의 등산객은 원한을 품고 주간지에 정보를 팔았을 터다. 거짓말은 하지 않더라도 자신들에게 불리한 부분을 감추면 진실은 이렇게까지 왜곡된다.

함께 행동해 보고 알았다. 생환의 죄를 짊어진 다카세는 때로는 자살 충동과도 같은 고뇌에 빠져 있으면서도 타인의 목숨을 구하고자 하는, 유약함과 강인함이 공존하는 평범한 사람이다.

다카세가 등에 배낭을 멨다.

"자, 출발하지."

마스다는 에리나와 자일을 연결하려다가 그녀가 다운재킷을 입은 채라는 사실을 깨달았다.

"그거, 벗어야지."

에리나는 자신의 모습을 힐끗 보고 말했다. "앗, 깜박했네. 이런 추위는 처음이라서 그만……."

설산에서 이동할 때는 속옷, 겉옷, 아우터를 겹쳐 입는다. 다운재킷은 산막이나 텐트 안에서 입기 위한 것이며, 원칙적으로 이동 중에는 입지 않는다. 다운은 젖으면 보온성을 잃게 되는 성질 때문에 눈이나 땀으로 젖는 상황에는 적합하지 않다.

이동 중에는 다운재킷을 입지 않는다……?

자신의 말에서 뭔가 위화감을 느꼈다. 다운재킷. 다운재킷……. 젖는다? 미착용?

그거였다. 형의 수첩에 적혀 있던 말.

다운재킷 미착용. 왜?

입고 있어야 했는데 입지 않았다. 그런 상황이 짐작이 갔다. 그래, 그건…….

미쓰키다. 시로우마다케의 조난 사고에서 그녀의 시신을 대면했을 때, 너무 추워 보여서 자신의 다운재킷을 살짝 덮어 주었던 기억이 났다. 그녀는 겉옷 차림이었던 것이다.

냉정하게 생각하면 부자연스럽다.

텐트에서 비바크 중에 눈사태에 휩쓸렸을 텐데 왜 다운재킷을 입고 있지 않았을까?

남자들이 구조를 요청하러 갔지만 아무도 구해 주러 오지 않은 채 시간이 흘렀다. 산악 가이드인 가가야는 비바크 중인 여자들을 남겨 두고 상황을 보러 나간 후, 텐트를 찾지 못했다고 한다. 찾아도 보이지 않아서 어쩔 수 없이 하산을 결심했고, 그 결과 여성들을 의도적으로 방치한 것은 아닌가 하는 의심을 받았다.

텐트 안에서 서로 몸을 맞대고 있는 중에 눈사태를 만났다면 그녀들은 다운재킷을 입고 있었을 터다. 하지만 미쓰키는 입고 있지 않았다. 분명 다른 여성들도 마찬가지였다고 생각한다. 왜일까. 그 이유는 여성들 모두가 눈보라 속에서 이동 중이었기 때문이다. 그래서 다운재킷을 입고 있지 않았다.

등줄기를 타고 전율이 밀려 올라왔다.

진실은 반대였던 게 아닐까?

가가야가 여자들을 버린 게 아니라, 여자들이 가가야를 버렸다…….

사전에 제출했던 입산 신고서에 의하면, 등산 참가자가 소지했던 식량은 꽤 적었다. 구조를 요청하러 가는 남자들이 어느 정도의 식량을 가져갔기 때문에 남은 양은 극히 적었을 것이다.

구조대가 오기 전에 영양부족에 빠질 위험성이 높았다. 최악의 경우 아사할 가능성도 있었다. 극한상황 속에서 여자들은 얼굴을 마주한다. 그런 상상이 뇌리에서 떠나지 않는다. 여성들의 시선은 육체적으로 가장 많은 에너지를 필요로 하는 유일한 '남자'에게 쏠린다.

계획을 제안한 사람은 누구였을까. 미쓰키는 아니라고 믿고 싶다. 하지만 살기 위해 다른 선택지가 없었다면…….

여자들은 교묘한 말로 가가야가 상황을 보러 나가도록 유도한다. 여자 한 명이 나가려고 하다 쓰러진 척했던 것도 가가야의 입에서 '상황을 확인하러 나가겠다.'라는 말을 꺼내기 위한 행동이었는지도 모른다. 가가야가 눈보라 속으로 걸어간 모습이 보이지 않게 되자마자 여자들은 힘을 합쳐 텐트를 정리하고 배낭을 메고 이동한다.

입 하나를 덜기 위해.

구조대를 찾지 못한 채 가가야가 돌아왔지만, 여자들의 텐트는 홀연히 사라지고 없다. 설마 버림을 받았다는 생각은 하지 못한 가가야는 자신이 길을 잃었다고 착각한다. 텐트를 찾지 못해 초조해하며, 죄책감을 가슴에 품은 채 하산을 결심한다. 최소한의 장비만으로.

물론 다른 가능성을 생각할 수 없는 건 아니다. 돌아오지 않는 가가야가 걱정돼서 미쓰키가 상황을 보러 나왔다. 그래서 다운재킷을 입지 않았다는.

하지만 그렇게 생각하기는 힘들다. 왜냐하면 시신으로 발견된 여성들의 비컨은 전원이 꺼져 있었기 때문이다. 형은 '시야가 좋지 않으니까 발견하기 쉽게 전원을 켜 두라'고 말했다고 한다. 그런데도 전원이 꺼져 있었다.

왜일까?

돌아온 가가야에게 발견되지 않기 위해서다.

텐트가 보이지 않으면 그는 비컨을 수신 상태로 바꾸고 여자들을 찾으려고 할 것이다. 발견되면 안 되기 때문에 더더욱 위치를 알지 못하도록 모두 전원을 껐던 것이다.

……산은 생명의 본질을 그대로 드러내게 하기 때문에 더욱 아름답고, 무서워.

미쓰키의 입버릇이 새삼 되살아난다.

그녀의 말대로, 확실히 산은 아름답고 무섭다는 생각이 든다.

마스다는 손톱이 피부에 박힐 정도로 주먹을 꽉 쥐었다. 형을 책망한 것은 틀렸다. 그들은 눈사태의 위험이 적은 곳에 제대로 텐트를 쳤던 것이다. 그렇게 말한 형의 말에 거짓은 없었다. 눈사태를 만난건 여자들이 스스로 이동한 결과다. 형에게는 아무런 책임이 없다.

아이러니하다는 생각이 든다. 살아남기 위해 가가야를 버리고 이동한 여자들이 목숨을 잃고, 버림받아 죽음을 각오하고 하산을 감행한 가가야는 구조대에 구출되었으니까.

살기 위해서는 누구나 다양한 선택을 한다. 용서받을 수 있는 것, 용서받을 수 없는 것. 제삼자가 판단하고 책망하는 것은 간단할 것이다. 하지만 과연 그것은 정의일까.

극한상황에서 살아남기 위해 전력을 다한 결과다. 그렇게 때문에 더욱 살아남은 생명은 귀중하고 무거운 것인지도 모른다.

아즈마가 가가야에 대한 원한을 이야기했을 때, 시로우마다케의 생환자 중 한 명이 '죽을 위기에 치한 사람을 버린 것이 아니라 정말로 텐트를 찾지 못한 것인지도 모른다'고 주장했다고 한다. 그 사람이 형일지도 모른다. 희망적인 추측이지만.

형은 수첩에 다운재킷의 의문점을 적어 두었다. 미쓰키 일행이 가가야를 버리고 이동했을 가능성을 생각했으리라. 그 추측을 다른 생환자들에게 말했는지 안 했는지는 모른다. 결국 가가야를 시험하기 위해 전원이 칸첸중가에 올랐으니, 아마도 이야기하지 않았을 것이다. 이야기했다면 산악 가이드로서 '자침방위각'을 미처 고려하지 못한 실수를 했다고 해도, 일방적인 피해자인 가가야를 시험할 필요는 없어질 것이다.

자신들의 아내와 연인이 가가야를 버렸다. 그런 사실은 심장을 찌르는 듯한 고통이다. 소중한 사람을 잃고 생환의 죄로 힘들어했던 사람들에게 그 이야기를 해 버리면, 그들은 완전히 무너지고 갈 곳을 잃은 증오로 자기 자신을 태워 버릴지도 모른다. 그들을 걱정했기 때문에 형은 더욱 이야기할 수 없었으리라.

사실을 덮은 채 다른 생환자들을 이해시키기는 힘들었고, 가가야와 칸첸중가를 등반한다는 계획이 세워졌다. 그가 산악가로서 목숨을 맡길 만한 인물인지 아닌지를 시험하기 위해서.

……산을 더럽힐 수는 없어. 그래서 올라야만 해.

형이 과거 애인에게 했던 말의 의미를 이제 간신히 이해한 기분이다. 순수한 산에 악의를 품고 가서는 안 된다. 당시의 생환자들이 가가야에게 복수하려고 한다면 막아야 한다. 형은 그런 생각으로 등반을 결심했을 것이다.

최종적으로는, 살의를 확인하려고 부적절한 장비로 나타난 가가야의 행위가 오해를 사고 증오를 사서 비극으로 이어졌다. 엇갈림이 만든 악몽이다.

하지만 형이 살인을 위해 산을 오른 것은 아니라는 사실을 알게 된 것이 유일한 구원이었다.

"······씨. 마스다 씨!"

에리나가 부르는 소리에 현실로 돌아왔다.

"무슨 생각을 그렇게 해?"

"아니," 마스다는 고개를 흔들었다. "아무것도 아니야."

미쓰키 일행의 '살기 위해 저지른 죄'를 다른 사람에게 말할 필요는 없다. 굳이 얘기한다면 가가야 부인에게 정도일 것이다. 그녀는 남편이 책임을 방기한 산악 가이드인지도 모른다는 의구심에 휩싸여 있다. 오해가 풀리면 조금이라도 힘을 낼 수 있지 않을까.

마스다는 비탈면 끝까지 걸어가서 경치를 둘러봤다. 온통 양모를 펼쳐 놓은 듯한 백운을 뚫고 나온 히말라야 봉우리들이 지평선까지 이어져 있었다. 햇살을 받아 창백하게 빛나는 모난 산들은 면포로 감싼 거대한 다이아몬드를 연상케 한다.

하늘이 치유하지 못할 슬픔은 지상에 없다. 누구의 말이었을까. 대자연의 한가운데에 서서 하늘에 더없이 가까운 높이에서 세상을 바라보고 있자 그 말이 진리처럼 여겨진다. 진실은 피 흘리는 고통을 동반했지만, 알게 된 후회는 없다. 어떤 곤경에 처하더라도 있는 힘껏 살아가자.

에리나가 옆에 섰을 때 마스다는 아름다운 경치에서 눈을 떼지 않고 입을 열었다.

"음, 귀국하면 우리······,"

"안 돼."

말을 끊긴 마스다는 에리나에게 시선을 옮겼다. 서로를 응시한다.

눈에 반사된 햇살을 흡수한 그녀의 눈동자가 희미하게 빛나는 듯 보였다.

"무슨 말을 하고 싶은지 짐작이 가. 지금은 산에서의 고양된 기분에 서로 가까워졌다고 느낄 뿐이야. 하산해도 여전히 마음이 안 변한다면 그때 다시 고백해."

에필로그

아치형 창문의 스테인드글라스에서 모자이크 모양의 햇살이 비쳐 들고 있었다. 마스다 나오시는 새빨간 카펫 끝을 응시했다.

마침내 실내 조명이 꺼지고 한줄기 빛이 문을 비췄다. 그 문이 열리자 바그너의 〈결혼 행진곡〉이 흘렀다. 신부와 그녀의 부친이 팔짱을 끼고 나타났다. 신부는 모친에게 부케를 받아 들고 한 발 한 발 레드 카펫 위를 걷는다.

마스다는 그녀를 똑바로 응시했다.

눈보다 흰 웨딩드레스를 입은 신부는 단상 앞까지 걸어가 베일로 가린 얼굴을 천천히 들었다.

에리나가 행복 가득한 미소를 띠고 있다. 단상 옆 테이블에는 그녀가 얼마 전 출간한 논픽션 『칸첸중가의 대형 눈사태, 생환의 진실』이 놓여 있다. 다카세의 명예 회복을 위해 집필했다고 들었다. 세간을 떠들썩하게 한 미담과 관련자들의 의문의 죽음. 그 진상을 날카롭게 파헤친 책은 많은 주목을 받았고, 계속 중쇄를 찍고 있다고 한다.

가가야는 영웅이 아니었고 비겁자도 아니었다. 단지 산악 가이드

시절의 실수를 후회하고, 자신을 책망해 온 전직 등산가였다. 작품 속에서는 그의 인물상이 심도 있게 파헤쳐져 있다. 시로우마다케의 기획 등산을 인솔하다가 조난을 당했고, 상황을 보러 나갔다가 텐트를 잃어버린다. 부족한 장비로 등산하는 수밖에 없었고, 여성들을 죽게 했다는 죄책감에 괴로워하며 당시의 관련자들에게 복수를 당할 각오로 칸첸중가에 올랐다고 묘사되어 있다.

마스다는 가가야의 장례식 후 가가야의 부인에게만 그가 시로우마다케에서 여성들에게 버림받았을 가능성에 대해 이야기했다. 가가야는 당신이 사랑했던 그대로의 착하고 성실한 사람이었다고 전한 순간 그녀는 얼굴을 감싸고 울음을 터뜨리며 주저앉았다. 어쩌면 진실을 알게 됨으로써 고통이 커졌는지도 모른다. 죄 없는 남편이 부당한 책임으로 괴로워하다 목숨을 잃었기 때문에.

헤어질 때 깊숙이 고개를 숙인 부인은 무슨 생각을 하고 있었을까.

찬미가와 성서 낭독 등 결혼식 절차는 순조롭게 진행됐다.

"……건강할 때나 아플 때나 부자일 때나 가난할 때나 죽음이 두 사람을 갈라놓을 때까지 당신의 아내를 사랑할 것을 맹세합니까?"

하얀 턱시도 차림의 다카세가 에리나의 눈동자를 응시하며, "맹세합니다." 하고 대답했다. 신부님이 성스러운 표정으로 낭독한다.

"……건강할 때나 아플 때나 부자일 때나 가난할 때나 죽음이 두 사람을 갈라놓을 때까지 당신의 남편을 사랑할 것을 맹세합니까?"

"맹세합니다." 에리나가 대답했다.

"그러면 반지를 교환하겠습니다."

다카세는 에리나의 왼손을 쥐고 약지에 반지를 끼웠다. 그녀도 그에게 반지를 끼웠다.

"서약의 키스를."

다카세는 그녀를 끌어안고 입술을 겹쳤다. 논픽션 집필을 위해 둘이서 몇 달 동안이나 만나는 동안 서로를 의식하게 되었다고 한다.

─취재라는 게 상대방의 인생을 알고, 생각을 알고, 인품을 아는 거라서요. 사람의 마음 안으로 들어가서 내면을 보게 됩니다. 산을 사랑하는 동지들이나 때로는 연인보다 깊이 이해한 기분이 들어요.

그녀의 말이 머릿속에 되살아난다. 취재를 하는 동안에 에리나는 다카세의 어떤 내면에 들어갔고, 무엇을 알았을까.

두 사람은 5개월 전에 칸첸중가산맥의 미답봉에서 귀국했다. 신뢰의 자일을 연결하고 둘이서 다시 도전했던 것이다.

─죽을 곳을 찾기 위해서가 아니라 살기 위해 산에 오르고 싶어.

취재 중에 새어 나온 다카세의 말이 계기가 되었다고 한다. 그의 심경 변화에는 가가야 사건이 근저에 있었다. 『칸첸중가의 대형 눈사태, 생환의 진실』에 따르면, '생환의 죄'에 얽매이면 반드시 누군가에게 상처를 주는 불행이 기다리고 있음을 깨닫고, 다시 한번 긍정적인 등산을 해 보고 싶다는 생각에 이르게 된 모양이다.

다카세의 생각에 공감한 에리나는 취재자로서가 아닌, 서로의 생명을 맡기는 파트너로서 동행하고 싶다고 말했다.

다카세는 에리나였고, 에리나는 다카세였다. 두 사람 모두 고독했고, 타자와의 신뢰를 쌓지 못함을 자각하며 괴로워했다. 먼저 이전의 자신과 결별하고 변한 사람은 에리나였다. 다카세를 쫓아 칸첸중가에 갔을 때의 '트러스트 폴'. 그것이 큰 의미가 있었다고 한다. 다음은 다카세 차례라고 그녀는 생각했다. 그도 신뢰의 소중함을 다시 찾았으면 한다고, 고독에서 빠져나왔으면 한다고.

다카세도 처음부터 타인과 신뢰를 맺지 못했던 건 아니었다. 그는 전직 소방대원이고, 전직 구조대원이다. 동료와 신뢰 관계를 맺지 못하면 화재 현장이나 재해 현장에 들어설 수 없을 것이다. 가족의 죽음, 요구조자의 죽음, 동료의 죽음. 수많은 죽음 속에서 살아남는 동안 신뢰의 소중함을 잊어버린 것이라고 생각한다.

결의를 다진 두 사람은 대지진의 상처에서 조금씩 회복하고 있는 네팔로 갔고, 칸첸중가산맥의 미답봉에 도전했다. 첫 등정의 영광은 외국 등반대에 양보했지만, 멋지게 정상에 섰다. 혹독한 설산에서 두 사람은 무엇을 느끼고, 무엇을 생각했을까. 그것은 알 수 없다. 하지만 귀국한 지 석 달 후, 청첩장이 도착했다.

마스다는 그들에게 박수를 보냈다.

"……행복해 보여." 옆에 앉은 요코가 감격의 눈물을 글썽이고 있었다.

다카세를 쫓아 칸첸중가의 미답봉을 올랐던 그때, 네팔에서 돌아오자 요코가 공항에 마중 나와 있었다. 에리나의 모습을 본 요코는 순간 당황한 듯 눈을 크게 떴지만, 이내 웃음을 되찾았다.

……어서 와.

그녀의 말은 한마디였다. 일본에서 마냥 기다릴 수밖에 없었던 불안감을 크게 드러내지도 않고, 단 한마디. 하지만 그 속에는 다양한 감정이 담겨 있었다.

……다녀왔어.

마스다는 웃음으로 답했다. 짧은 말로 서로의 마음을 나눴다는 실감이 들었다. 에리나는 그런 대화를 웃는 얼굴로 바라보고 있었다. 일시적인 고양감이라고 냉정하게 충고해 준 그녀에게 내심 감사했다. 자칫하면 정말 소중한 것을 착각할 뻔했다.

마스다는 다카세와 에리나를 보았다.

동료의 죽음을 동반한 기적의 생환에는 후회와 아픔이 달라붙는다. 살아남기 위해 괴로운 선택을 해야 하는 경우도 있다. 하지만 외곬으로 생각하다 행복을 거부하면 불행한 결말만이 기다릴 뿐이다.

생환자에게는 죽은 사람 몫까지 살아가야 할 의무가 있다고 생각한다. 먼저 청혼한 사람은 에리나였다고 한다. 고민하는 다카세에게 그녀는 이렇게 말했다.

……당신은 이제 행복해도 된다고 생각해. 살아남은 건 당신 탓이 아니야.

그 말이 오랫동안 얼어붙었던 다카세의 마음을 녹였다.

견디기 힘든 고난이 닥쳐도 목숨이 붙어 있는 한 인생은 면면히 이어지는 것이다.

결혼식이 끝나고 신랑 신부가 퇴장했다. 밖으로 이동한 모두에게 생쌀이 주어졌다.

플라타너스 거목이 녹음을 펼친 창공 아래, 예배당에서 다카세와 에리나가 나타났다. 두 사람은 만면에 웃음을 띠고 있었다. 손님 모두가 하늘을 향해 생쌀을 던졌다. 라이스 샤워.

행복 가득한 두 사람의 머리 위로 쏟아지는 것은, 정말로 계절을 비낀 새하얀 눈이었다.

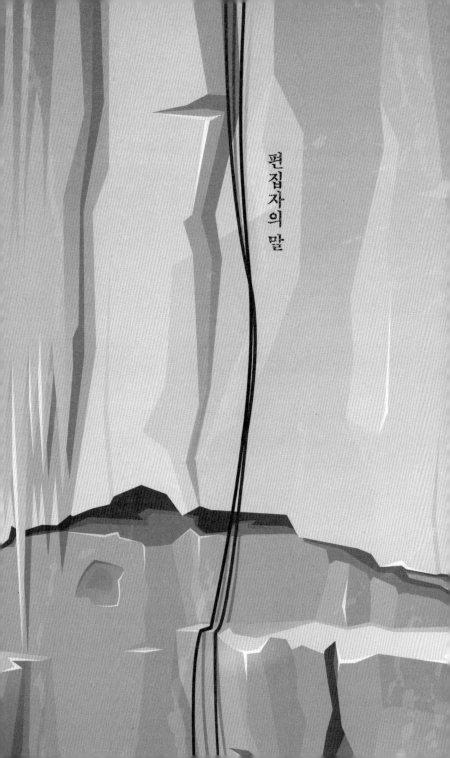

편집자의 말

추리소설에 익숙하지 않은 독자라면 추리소설, 미스터리, 스릴러, 서스펜스 등의 용어에 혼란을 느낄 만하다. 꽤 읽었다고 하는 독자라도 이들 용어를 구분하기가 쉽지 않다. 추리소설의 역사가 깊어짐에 따라 이러한 용어 역시 늘어나고 다양해졌다. 최근에는 질리언 플린의 『나를 찾아줘』가 전 세계적으로 히트를 치면서 '도메스틱 미스터리'라는 용어가 유행했고, 비슷한 유의 작품들이 현재에도 꾸준히 출간되고 있다. 이렇듯 추리소설에 관한 용어를 법으로 정해 놓지 않았으니, 이런 유의 책을 읽으면서 용어를 구분하는 것은 개인의 몫일 것이다.

여기에 독자들의 혼란을 더하자면 추리소설의 사촌 격이라고 할 수 있는 모험소설이라는 분야가 존재한다. 사전의 용어를 빌리면 "문학' 주인공의 모험에 중점을 두어 표현함으로써 독자의 호기심과 모험심을 만족시켜 주는 흥미 본위의 소설.'이라며 『로빈슨 크루소』, 『보물섬』, 『허클베리 핀의 모험』 따위가 있다.'고 예를 들고 있다. 개인적으로는 로버트 루이스 스티븐슨의 『보물섬』은 훌륭한 추리소설로 봐도 무방하다고 생각한다.

이러한 일반 문학 외에도 추리소설에 보다 가까운 모험소설 또한 잔뜩 있는데, 이 또한 등장인물이 처한 위기의 배경이나 상황에 따라 해양 모험소설, 항공 모험소설, 전쟁 모험소설, 산악 모험소설 등으로 세분된다. 대표적인 작가로 앨리스터 매클린, 클라이브 커슬러, 데일 브라운, 잭 히긴스, 밥 랭글리 등이 있으며, 이 중 밥 랭글리의『신들의 트래버스』는 2차 세계대전을 배경으로 한 산악 모험소설로, 아이거 북벽을 배경으로 펼쳐지는 음모와 모략과 모험을 묘사한 걸작이다. 시모무라 아쓰시의『생환자』또한 세계 3대 고봉高峰으로 불리는 네팔의 칸첸중가를 배경으로 한 산악 모험소설이다. 하지만『생환자』는 기존의 모험소설에서 두드러지지 않는 추리적인 요소가 부각되어 있다.

마스다 나오시는 칸첸중가에서 눈사태로 사망한 형의 유품을 정리하던 중 형의 자일에 누군가가 손을 댄 것을 발견한다. 형의 죽음에 의혹을 품고 있던 중, 형이 속한 등반대와 관련 있는 두 남자가 생환하고, 두 사람의 증언은 정확히 반대로 엇갈린다. 둘 중 누가 왜 거짓말을 하고 있는 걸까? 형의 죽음은 정말 사고였을까? 열린 폐쇄 공간인 칸첸중가를 배경으로 한 이야기는 대단히 복잡하게 전개되며 반전에 반전을 거듭한다.

번역 원고를 읽으면서 작가는 프로급 등반가이거나 산에 정통한 등산가 출신이거나 적어도 취미가 등산이리라고 생각했다.『여왕 폐하 율리시스호』를 쓴 앨리스터 매클린은 해군 출신이었고, 스파이 소설의 거장인 존 르 카레 역시 정보부에서 근무한 경험이 있다. 시모무라 아쓰시는 전문가의 도움과 책에서만 정보를 얻었다고 한다. 독자로 하여금 직접 산을 오르고 있다는 생각을 들게 할 만큼 산과 등산에 관한 세밀

한 묘사는 놀랍다.

일본 미스터리 중에는 산을 배경으로 한 작품들을 어렵지 않게 볼 수 있다. 어찌 보면 후지산을 비롯해 높은 산이 즐비한 일본에서 산을 배경으로 한 미스터리가 한 축을 이루고 있는 것은 당연하다고도 볼 수 있다. 다카무라 가오루의 『마크스의 산』역시 작가의 집요하리만큼 치밀한 산 묘사가 일품이며, 마쓰모토 세이초나 모리무라 세이이치의 단편들 중에도 산을 배경으로 한 미스터리를 심심찮게 볼 수 있다. 열려 있지만 폐쇄되었다고도 볼 수 있는 클로스트 서클에서 일어난 사건. 추리소설 독자라면 질리지 않는 설정이리라.

시모무라 아쓰시는 스물다섯 살에 추리 작가의 등용문이라고 할 수 있는 에도가와 란포 상에 응모하기 시작해 무려 다섯 번의 도전 끝에 『어둠 속에 풍기는 거짓말』로 수상의 영예를 안았다. 그의 응모작을 꾸준히 심사해 왔던 평론가 스기에 마쓰코이의 말에 따르면 작가의 습작 시절 응모작은 미스터리라기보다 일반 소설에 가까운 내용으로, 소설로서는 재미있지만 트릭이 약했다고 평했다. 그러나 에도가와 란포 상 수상 이후 그의 작풍은 확연히 바뀌었고, 지금 시모무라 아쓰시는 현대 일본 미스터리 작가의 중심을 잡아 가고 있다.

슬슬 무더워지기 시작한 지금, 눈 덮인 칸첸중가가 배경인 『생환자』를 통해 잠시나마 무더위를 잊길 바라는 마음을 담는다.

2019. 7.

生還者 생환자

초판1쇄 발행 2019년 8월 1일

지은이 | 시모무라 아쓰시
옮긴이 | 박정임
발행인 | 박세진
교 정 | 양은희
표지디자인 | 허은정
용   지 | 두송지업
인   쇄 | 대덕문화사
제   본 | 자현제책사

펴낸곳 | 피니스 아프리카에
출판등록 | 2010년 10월 12일 제25100−2010−000041호
주소 | 03958 서울시 마포구 망원동 419−3 참존 1차 501호
전화 | 02−3436−8813
팩스 | 02−6442−8814
블로그 | www.finisafricae.co.kr
메일 | finisaf@naver.com